표면도

표변도 3
운곡 新무협 판타지 소설

초판 1쇄 찍은 날 § 2002년 10월 14일
초판 1쇄 펴낸 날 § 2002년 10월 25일

지은이 § 운곡
펴낸이 § 서경석

편집장 § 문혜영
편집책임 § 김희정
편집 § 장상수 · 박영주 · 권민정 · 이종민
마케팅 § 정필 · 강양원 · 김규진

펴낸곳 § 도서출판 청어람
등록번호 § 제1081-1-89호
등록일자 § 1999. 5. 31
어람번호 § 제2-0139호

주소 § 경기도 부천시 원미구 심곡1동 350-1 남성B/D 3F (우) 420-011
전화 § 032-656-4452   팩스 § 032-656-4453
http://www.chungeoram.com
E-mail § eoram99@chol.net

ⓒ 운곡, 2002

값 7,500원

ISBN 89-5505-468-8 (SET)
ISBN 89-5505-506-4 04810

운곡 新무협 판타지 소설

표변도

3
무림출정(武林出征)

도서출판
청어람

목
차

제 1 장

혈첩 —사라첨접은 허공을 날고, 혈첩 자취를 감추다

 혈
첩

"왠지 기분이 찜찜한걸?"

종리우가 개운치 않다는 듯 뒷목을 손으로 쓸었다.

"왜? 기, 기분이 어떤데?"

종리혁이 양 손가락을 치켜들어 제 관자놀이에 가 붙은 눈을 후벼 팠다.

그렇게 눈곱을 떼어낸 종리혁이 종리우를 의아한 시선으로 쳐다보았다.

아침부터 종리혁의 눈을 마주 보려니 종리우의 기분은 더욱 찜찜해졌다.

저 널따랗게 떨어진 두 눈을 한 번에 쳐다볼 수는 없었다.

한동안 오른쪽에 가 붙은 눈을 쳐다봐 주다가 심심하면 왼쪽 눈을 쳐다보며 대화를 해야 하는데, 몇 번을 그러고 나면 멀미가 날 지경이었다.

"꼭 뭔가가, 엄청나게 기분 나쁜 그 어떤 것이 우리를 향해 다가오는 것 같아서 말이야."

"아항, 그거? 그거야 네, 네가 맡은 청부를 해, 해결하지 못하고 있으니, 그래서 그런 걸 거야. 일이 진척 안 되니 네가 압박감을 느껴서……."

종리혁이 알겠다는 듯 고개까지 끄덕이며 말했다.

"검각과 사천당문의 청부가 아무리 엄청난 거라도 이 종리우가 겁에 떨 거라 생각해? 형은 나를 그렇게 모르우?"

"아, 아니지, 우리 지랄… 아니, 예쁜 동생은 그럴 놈이 아, 아니지! 암, 아니구말구."

종리혁이 좋은 기회다 싶어 동생에게 아부를 했다.

물론 중간에 '지랄맞은 동생'이라고 말할 큰 실수를 할 뻔했지만.

"화령경(火靈鏡)은 고쳤수?"

"화, 화령경? 글쎄? 그 헛바닥 사건 이후로는 써보지 않아서 말이야."

종리혁이 화령경의 문제가 제 탓인 것처럼 고개를 숙였다.

"화령경은 그렇다 치고 다른 성물(聖物)들이나 법기(法器)들은 괜찮은 거겠지?"

안 그래도 불만 많은 표정의 소유자인 종리우가 인상을 쓰자 종리혁의 두 눈은 불안한 듯 요동 쳤다.

"다, 다른 성물? 그, 그야 뭐, 사용한 지 꽤 되었으니……."

종리혁의 말을 들은 종리우가 깊은 한숨과 함께 고개를 흔들었다.

"우째 되는 일이 하나도 없는 듯하군. 젠장! 그럼 녹슨 검을 닦고 이

끼 긴 법기는 소금으로 닦아야… 아차차! 비단으로 만든 금첩접(琴籤蝶)은 좀이나 쏠지 않았나 모르겠네?"

종리혁이 놀라 양 귀퉁이에 붙은 눈이 동그랗게 변했다.

동그란 눈과 널쩍한 얼굴을 보자니 메기와 별반 달라 보이지 않았다.

"그, 금첩접? 그, 글쎄?"

종리혁이 조심조심 한쪽 귀퉁이로 다가가 궤짝 안에서 조그마한 금(琴)을 집어 들었다.

어른 손바닥만한 크기에 자그맣고 앙증맞아 보였는데, 검고 푸른 나무로 만들어진 금을 조심스럽게 종리혁이 품에 안는 것을 보니 자못 귀한 물건인 듯싶었다.

종리혁이 금을 뒤집어 아랫부분을 누르자 곧 작은 비밀 공간인 복장(腹藏)이 드러났다.

"으음… 사라첩접(紗羅籤蝶)이 다 삭았군. 넣어놓은 지 너, 너무 오래되었나 봐. 다, 다시 하나하나 비단을 만들고 오려서 만들려면 꽤, 쐐나 시간이 걸릴 텐데."

금 속에 보관해 둔 사라첩접이 삭아 부스러진 것이 자신의 책임이라도 되는 양 종리혁은 종리우의 눈치를 살피며 불안해했다.

"몇 개는 쓸 만한 것 같은데?"

"며, 몇 개야 쓸 만하겠지."

종리혁이 흘끔흘끔 종리우의 눈치를 살피다 조심스럽게 사라첩접을 꺼내었다.

어떤 종류인지 모르겠지만 귀한 종이나 비단을 오려낸 조각들을 사라첩접이라 부르나 본데, 이미 오래되어 손만 대도 조각조각 가루가 되어 바닥으로 떨어지고 있었다.

그래도 그중 괜찮아 보이는 것이 있었는지 간신히 추려낸 몇 개를 책상 위에 조심스럽게 올려놓았다.

"현(絃)… 현도 느슨해졌어. 잘못하면 끊어질지도……."

주저하던 종리혁이 종리우의 날카로운 눈매를 보고는 어쩔 수 없다는 듯 조그마한 금 위로 손가락을 놀렸다.

죠르르륵~

보통의 맑고 청아한 소리와는 달리 작은 금에서는 흡사 작은 실개천이 흘러가는 듯한 묘한 소리가 흘러나왔다.

하지만 그 소리가 신기하지는 않았다. 금에서 나는 소리에 맞춰 사라첨접이 허공을 날기 시작한 것에 비하면 말이다.

그러나 종리우는 한두 번 겪는 일이 아닌 듯 태연하게 허공을 떠도는 몇 개의 작은 나비와 새 모양의 조각들을 쳐다보고 있었다.

"도금향(導禽香)은 다 썼다고 하지 않았나?"

"다, 다 썼지. 사부께서도 얼마 남겨주시지 않았고 마지막 남은 것은 네가……."

종리혁이 고개를 끄덕이며 종리우를 쳐다보았다.

종리우가 짜증이 난다는 듯 미간을 좁혔다.

"그래, 내가 다 썼수. 그래서 억울하우? 만약 도금향으로 쫓지 않았다면 우리 밀영각의 명성은 이미 예전에 허물어졌을 거유!"

"아, 알아, 네가 쫓던 그놈을 찾자면 어쩔 수 없었다는 것을……."

"알면 됐수."

5년 전 종리우가 흑백살귀의 모습으로 살인을 청부받았다.

그놈의 행실은 죽어 마땅했고 살인을 청부한 사람들도 대의명분이 있었다.

청부는 금방 수락됐고 거기까지는 아무런 문제가 없었다.

하지만 종리우는 자신이 죽여야 할 대상을 찾는 순간 커다란 난관에 봉착한 것을 알았다.

그놈이 빌어먹을 비종문(飛宗門)의 문주인지 몰랐던 것이다.

다른 재주는 하나도 없고, 발 빠르게 놀리는 경공 하나만 알아주던 문파.

적어도 도망가는 기술을 배우려면 그보다 좋은 문파는 없겠지만 도망가는 수치를 감수하려는 무인은 없었다.

그래서 점점 쇄락한 나머지 사라진 줄 알았더니 종리우 손에 얌전히 죽어주어야 할 그놈이 바로 비종문의 17대 문주가 아닌가! 거기다 귀도 커다란 놈이 틀림없었다.

밀영각의 흑백살귀가 친히 자신을 죽이려 한다는 소식을 누구보다 빠르게 들었으니 말이다.

결국 반바닥에 땀날 정도로 도망기 버린 비종문의 문주를 헥헥내며 종리우는 쫓아다녀야 했다.

일단 마주쳐야 죽이든 말든 할 일이었다. 아무리 밀영각의 흑백살귀가 친히 나섰다 해도 그림자도 구경 못한 놈을 죽일 재간은 없었다.

그래서 마지막으로 남은 도금향을 써야 했던 것인데…….

"그런데 이것들이 좀 묘한 것 같지 않우?"

종리우 역시 그때의 일이 민망했는지 얼른 말을 바꾸었다.

그제야 종리혁이 금의 현을 고르느라 처박고 있던 고개를 들었다.

"뭐, 뭐가?"

"꼭 도금향을 따르려 하는 것 같우데?"

"응?"

종리혁이 놀라 허공 중에 떠다니는 사라첨접들을 쳐다보았다.

일정한 움직임. 흐르는 개울 위에 떠 있는 종이배처럼 사라첨접들은 허공 중에서 일정한 궤적으로 돌고 있었다.

"해, 해가 어느 쪽에?"

종리혁이 놀라 얼른 창문 밖으로 시선을 돌렸다.

사라첨접들이 왼쪽 위에서 오른쪽 아래로 빠르게 움직이니, 그 움직임과 해가 떠 있는 각도를 맞추어보면 서북서(西北西) 방향이었다.

그리고 오른쪽 아래로 빠르게 내려온 사라첨접들이 다시 크게 휘돌아 왼쪽 위로 떠올라가니 거리는 대략 3일 정도 거리라는 뜻이었다.

종리우는 멍하니 허공 중에서 맹렬하게 돌아다니는 사라첨접을 보며 중얼거렸다.

"아무래도 도금향을 온몸에 화끈하게 처바른 놈이 있나 본데? 그 비종문의 문주를 쫓을 때도 이 정도는 아니었어."

"하, 하지만 도금향을 누가 가지고 이, 있단 말인가?"

종리혁이 고개를 갸우뚱거리다 곧 궤짝으로 뒤뚱거리며 뛰어갔다.

종리혁이 궤짝 안에서 이상한 탁자와 붓을 꺼내 드는 것을 보고 종리우가 물었다.

"화혼탁(火魂託)을 받으려고?"

"으응, 시, 실험도 할 겸……."

종리혁이 탁자를 방 가운데 놓자 종리우가 바닥에 떨어진 사라첨접들을 주섬주섬 주워 들기 시작했다.

종리혁이 금을 타는 것을 중단하자 허공 중에 맹렬하게 휘돌던 사라첨접들이 낙엽처럼 아래로 추락했던 것이다.

"잘될까? 성녀도 못 찾는 화혼탁이?"

"그, 그래도 해봐야지……."

종리우가 가져다 놓은 탁자는 글 읽는 선비들이 책을 올려놓는 서탁(書卓)과 비슷해 보였다.

하지만 왼쪽 끝에는 기다란 봉이 위로 튀어 올라 있었으며 그 봉 끝에는 다시 책상 한가운데로 기다란 작대기가 직각으로 꽂혀 있으니 일반적인 서탁은 아닌 게 확실했다.

종리혁이 곧 종이 하나를 탁자 위에 깔고는 함께 가져온 붓을 집어 들었다.

"그건 내게 맡겨."

종리우가 짧은 말과 함께 종리혁의 소매를 걷은 팔뚝에 손가락을 가져다 대었다.

"꽤, 괜찮은데……."

종리혁이 찔끔 놀라 팔을 뒤로 빼내려 했지만 그보다는 종리우의 행동이 조금 더 빨랐다.

종리우의 손톱이 종리혁의 팔뚝을 길게 긁어 내리자 곧 종리혁의 팔은 피가 철철 흘러내리게 되었다.

"에, 에이! 이건 너무 많은데……."

종리혁이 고통에 얼굴을 찡그리다 제 피가 아까웠는지 탁자 끝에 오목하게 파인 홈으로 얼른 팔뚝을 가져다 대서 피를 받았다.

"배교(拜敎)의 혼을 이은 못난 제자가 화신(火神)에게 묻습니다."

이상하게도 종리혁이 주술 비슷한 것만 하면 어느새 더듬던 버릇은 멀리 가고 멀쩡한 말이 되어 나왔다.

받은 피가 대강 충분해 보였는지 곧 천을 찢어 제 팔뚝을 싸매었다(ㅍ

목점으로 위장한 밀영각이라 천은 주위에 흘러넘쳤다).

그리고는 붓 끝에 실을 묶어 탁자 위로 삐죽이 나온 작대기에 잡아
맨 후 신중하게 붓을 받아놓은 피에 적셨다.

탁자 위에 잡아 묶인 붓에서는 종리혁의 피가 몇 방울 떨어져 아래
깔아놓은 종이에 번졌다.

"준비는 대강 됐는데… 뭐, 뭘 물어보지?"

"도금향을 뿌린 사내가 있는가를 물어보면 되잖수!"

종리혁의 물음에 답답하다는 듯 짜증을 냈다.

"세상을 정화하는 위대한 불 아래 무릎 꿇고 감히 묻노니, 화령탁은
신탁을 내려주소서. 도금향을……."

하지만 종리혁의 물음이 채 끝나기도 전에 탁자 위에 묶인 붓은 천
천히 움직이기 시작했다.

그리고는 글자 하나를 만들어내는데 '시(是)'자였다.

그걸 본 종리혁의 고개가 홱 돌아가 종리우를 향했다.

"그, 그렇다는데?"

종이 위의 글자를 종리우도 보았는지 놀랍다는 듯 쭉 찢어져 위로
치켜 올라간 눈이 동그랗게 변했다.

"어라? 정말 되나? 하지만 믿을 수가 있어야지! 그럼 그 사람이 우리
에게 오는 것인지 한번 물어봐."

"알았어. 세상을 정화하는 위대한 불 아래 무릎……."

불의 언령을 받는 배교의 신비한 탁자는 자신의 능력이 불신당한 것
에 화라도 났는지 종리혁의 주문이 끝나기도 전에 거칠게 한 글자를
적었다.

"이, 이번에도… 그렇다는데?"

또 한 번 시(是) 자를 확인한 종리혁이 종리우를 쳐다보는데, 아직 화령탁의 능력이 녹슬지 않았다는 것이 기쁜 듯 얼굴이 밝아졌다.

"으음, 우리 말고 또 다른 배교의 후손이 있다는 건가? 설마 성녀(聖女)가?"

종리우가 중얼거리다 입을 딱 벌렸다.

드디어 화령탁이 성녀를 찾아낸 것인지도 모를 일이 아닌가!

"그, 그럴 수도 있겠군! 좋아, 그럼 서, 성녀인지 물어볼까?"

"아니, 잠깐만! 뭔가 이상하지 않아? 우리가 전에 성녀의 행방을 물었을 땐 그저 없을 무(無) 자만 적었었는데 말이야."

"그, 그야 오래전에……."

종리우가 인상을 찡그리며 고개를 저었다.

"아니야, 9년 전에 물었었잖우. 그전까지만 해도 기다릴 대(待) 자를 적었었는데 없을 무(無) 자를 적는 바람에 사부님이 충격을 받아 치매에 걸리신 게 아니냐구. 그러니까 다시 실험을 해봐야 해. 뭔가 다른 질문으로."

종리우가 믿지 못하겠다는 듯 머리를 싸매고 고민에 잠겼다.

"자, 잘 물어야 해! 화령탁은 오 년에 세 번밖에 질문할 수 없으니."

"알아! 한데 이게 맞는 것인지 아닌지 모르겠으니… 화령탁이 확실하다면 오 년쯤 기다려 다음 화령탁을 받는 것은 일도 아니지 않수!"

종리우 말에 종리혁의 목이 자라처럼 움츠러들었다.

"그, 그야 그렇지. 화령탁이 확실하기만 하다면."

"음, 그래. 그 사람이 우릴 찾아온다 했으니 과연 밀영각에 무슨 일이 생기는지 보면 될 것 같수. 그 사람이 성녀나 배화교도라면 적어도 일어날 흥(興) 자 정도는 새겨질 게 아니우."

"그, 그래! 그럼 성녀인지, 아니면 배화교도인지, 아니면 배화교와 상관없는 자인지 세 번 묻지 않아도 되, 되겠군 그래."

역시 똑똑한 동생이라고 고개를 끄덕여 감탄한 종리혁이 한참이나 떨어진 두 눈에 힘을 불끈 주며 탁자에 매달린 붓을 노려보았다.

"세상을 정화하는……."

화령탁을 받는 탁자는 정말 화가 난 것이 틀림없었다.

종리혁의 주문이 채 시작도 안 한 것 같았는데 신경질적으로 종이 위에 글을 휘갈겨 쓰기 시작했다.

"화, 환(患)!"

종리혁이 놀랍다는 듯 부르짖다시피 외쳤다.

"어지러울 환(患)이라고? 무슨 뜻이야? 누군가 밀영각이 배교의 맥을 이었다고 알아보기라도 했단 말인가?"

갑작스레 제대로 작동하기 시작한 탁자를 뚫어져라 쳐다보며 종리우가 알 수 없다는 듯 찡그린 얼굴로 고개를 갸웃거렸다.

밀영각, 그중에서도 깊이 숨은 비밀스런 방 안에서 종리를 성으로 삼은 두 형제가 고개를 갸웃거리고 있었다.

진금행이 찾아가고 있는 밀영각에서 말이다.

　　　　　*　　　　　*　　　　　*

고검사신을 추종하던 사대봉공의 마공이 들어 있다고 전해지던 혈첩.

혈첩은 분명히 강호에 존재하고 있었다.

얼마 전까지 유백온의 손에서 존재했기 때문이다.

유백온은 기분 좋게 취했다.

무슨 술을 얼마나 마셨는지도 몰랐다. 하지만 평소 유백온이 이름만 들어봤던 술들이 뱃속에서 출렁이다 사지백해로 퍼져 나가 취기로 바뀌는 기분은 그 무엇보다 좋았다.

'곧 집도 마련할 수 있겠지!'

유백온은 더 이상 좋을 수 없을 정도로 기분이 좋았다. 자신이 말을 가질 수 있다는 사실이 좋았다. 비록 취기가 기분 좋게 올라 말을 탈 수가 없어 옆에 두고 있지만 말이다.

'이놈은 좋은 놈이지. 암, 좋은 놈이구말구. 다른 사람도 아닌 이 유백온이 주인이니 나쁠 리가 있겠는가?'

유백온은 자신 손에 고삐를 순순히 내어준 채 투레질 한 번 없이 얌전하게 자신을 쫓아오는 잘생긴 백마의 콧잔등을 손으로 쓸었다.

'집을 사야지! 커다란 집을 말이야! 철장방(鐵掌幫)이 그 정도는 언제든 해줄 거야.'

큰 소리로 껄껄대며 웃고 싶은 유백온이었지만 그저 입꼬리를 말아 살풋 웃는 것으로 대신했다. 커다란 재산을 철장방에 내어주고도 자신의 목이 멀쩡한 것은 평소 '유백온의 입은 자물통보다도 무겁다'는 평 때문이란 것을 유백온 자신이 누구보다 잘 알고 있었다.

만약 비밀을 발설한다면 철장방 손에 언제든 쥐새끼처럼 죽어 나자빠지겠지만, 입만 잘 관리한다면 평생 먹고 살 걱정은 안 해도 되는 것이다.

거기에 약간의 세도도 함께 따라올 것이고.

'내 뒤를 봐주는 곳이 다른 곳도 아닌 철장방이라면 말이야!'

유백온은 또 한 번 터져 나오려는 웃음을 간신히 참았다.

기분 좋은 취기도 조심할 만큼 유백온은 조심스러웠다.

취한 김에 함부로 입을 놀릴까 걱정되었기 때문에 일찍 주점에서 나온 것이었고, 혹시 낙마(落馬)를 해서 큰 상처를 입을까 이렇게 말을 곁에 두고 걷고 있는 것이 아닌가.

밤하늘이 예뻐 보였다.

달빛도 밝았지만 오늘따라 유난히 별빛도 밝았다.

모든 세상이 은백색의 꽃가루를 뿌린 듯 반짝이고 있었다.

그리고 발 아래는 자신과 말의 그림자가 길게 늘여져 있었다.

또각또각 걷는 말발굽 소리에 맞추어 자신의 그림자가 어깨춤을 추고 있었다. 그것이 또한 흥에 겨워 유백온은 노래를 흥얼거렸다.

'이백이 그랬던가? 달 아래 술을 마시다 춤을 추니 자신의 그림자 역시 춤을 추더라고. 이 유백온이 흥에 겨워 걸으니 온 세상 또한 일렁이며 춤을 추는 듯하군. 좋은 징조야, 좋은 징조고말고. 이 유백온의 앞날을 밝혀주는 좋은…….'

유백온의 행복한 상상이 길게 이어지는 것에 맞추어 자신의 그림자 또한 키를 높였다.

자신은 그저 약간씩 몸통을 움직여 흥을 표시했지만 자신의 그림자는 자신의 기쁨을 알고 있다는 듯 두 손까지 흔들며 자신의 앞에 앞장서서 가고 있었다.

'온 세상이 홍겹군, 온 세상이 행복해하고 있어.'

이제야 정말 취했다고 느꼈다. 자신의 그림자가 어느덧 두 손을 천천히 위로 올리는 것을 보면서 이렇게 취하기 전에 얼른 주점을 나온 게 잘한 일이라 생각했다.

'아이구, 이젠 내 그림자마저 만세를 부르는군! 허허, 그래, 만세를 부를 만하지.'

유백온의 만족스런 웃음은 그리 오래가지 못했다.

이히히힝~

이때까지 잘 따라와 준 말이 갑작스레 앞발을 치켜들고 울더니 곧 저 멀리 사라져 버렸기 때문만은 아니었다.

'어라?'

빠져나간 말고삐를 얼른 다시 잡으려 앞으로 달려나갔을 때, 자신의 그림자가 대신 말고삐를 잡아주려는 듯 두 손을 활짝 벌렸다.

그리고는 자신의 목을 움켜쥐는 것이 아닌가!

"크흑!"

유백온은 너무도 놀라 버렸다.

이건 술이 과한 탓만은 분명 아니었다.

그림자가 제 목을 움켜쥐는 것을 부릅뜬 눈을 치켜뜨며 도저히 못 믿겠다는 듯 쳐다보았다.

유백온의 그림자는 벌떡 일어나 있었다. 목이 졸린 상태이면서도 눈알을 내려 땅 아래를 살피니 그림자의 발은 분명 자신의 발과 연결되어 있었다.

하지만 땅바닥에 납작 붙어 있어야 할 허벅지부터는 허공 중에 몸을 벌떡 일으키는 것으로도 모자라 두 손으로 그림자의 주인인 자신의 목을 움켜쥐고 있었다.

이건 환상이 아니었다. 술기운이 머리끝까지 오른 것도 아니었다. 이미 자신은 자신의 손에 숨통이 막혀 컥컥대고 있지 않은가.

하지만 유백온이 놀랄 일은 아직도 한참이나 남았나 보다.

그림자가, 그것도 몸을 일으켜 시커먼 머리 부분이 자신의 얼굴을 들여다보고 있었다.

그리고 분명 자신의 머리 형태와 똑같은 그림자의 얼굴 부분에 두 개의 빨간 불빛이 타오르고 있었다.

그것도 그림자 얼굴 가운데, 두 개의 눈이 있어야 할 자리에서 말이다.

"혈첩은?"

그림자의 입이 벌어지며 물었다.

그것은 공포스런 광경이었다. 흡사 검은 종이를 사람 얼굴 모양으로 오려내고는 입 부분을 칼로 쭉 찢어내어, 얼굴 모양의 위아래를 두 손으로 잡고 당겼다가 놓으면 지금 눈앞에 보이는 그림자가 말하는 것처럼 보일 것이다.

"으……."

공포와 조금 전 마신 술 때문에 유백온은 오줌을 지렸다.

하지만 붉은 촛불 두 개를 켜놓은 듯 일렁이는 두 개의 붉은 빛은 유백온의 눈을 깊이 들여다보고 있었다.

"혈첩(血帖)은?"

위아래 고저장단이 없는 기묘한 울림.

"무, 무슨……?"

유백온이 졸려진 목구멍 사이를 비집고는 겨우 물었다.

"빨간 비단으로 된……."

유백온은 그제야 알 수 있었다. 오늘 술값을 낼 수 있게 했으며, 도망가 버린 멋진 말의 주인이 될 수 있게 만들어준 물건. 그 물건 때문에 철장방의 비호 아래 거부의 꿈도 꾸었다.

하지만 이제는 그 물건 때문에 자신의 목숨이 위태로운 것이다.

알 수 없는 글자가 잔뜩 쓰여진 한 폭의 기다란 빨간 비단 때문에 말이다.

"철… 철… 철장방."

유백온은 말하면서 두 눈을 질끈 감았다. 그것은 귀신들린 물건이 분명했다. 그래서 그 물건의 주인인 귀신이 되찾으려 자신을 찾아온 것이 분명하리라.

붉게 타오르는 두 눈빛이 유백온의 얼굴을 한참이나 비추었다.

"거짓은 아니군."

높낮이가 없는 나지막한 목소리를 끝으로 유백온의 질끈 감은 눈은 두 번 다시 떠지지 않았다.

으드득.

또한 유백온에게 있어 자신의 목뼈가 부서지는 기묘한 소리는 세상에서 마지막으로 들은 소리가 되었다.

유백온은 드디어 온전한 자신의 그림자를 되찾게 되었다.

그 그림자는 땅바닥에 쓰러진 유백온의 몸 아래서 조금의 흔들림도 없었다.

하지만 그 그림자 얼굴 한가운데서 일렁이던 두 눈만은 허공에 남아 일렁이고 있었다.

깊은 밤, 인적 드문 길에서 허공에 떠 일렁이는 두 개의 붉은 빛은 공포 그 자체였다.

"꼭 죽일 필요까지야……."

아쉽다는 듯한, 아니, 약간의 죄책감이 느껴지는 목소리가 허공에 떠서 붉은 빛을 발하는 두 개의 눈알을 향했다.

두 개의 눈동자가 빙글 돌아 한곳을 노려보았다.

"너무도 중요한 일이라……."

말꼬리를 묘하게 흐리며 눈동자가 말했다.

방금 살인을 끝마친 목소리치고는 너무나 태연한 목소리였다.

"하기는… 혈첩의 비밀을 알고, 또 그 위험한 물건을 사사로운 욕심과 맞바꾼 자이니……."

새롭게 끼어들었던 목소리가 어쩔 수 없다는 듯 중얼거렸다.

두 개의 붉은 눈동자가 먼 하늘을 쳐다보듯 빙글 돌았다.

"아무튼 철장방으로……."

"그래, 그게 좋겠네."

핏—

두 개의 붉은 빛이 순식간에 사라졌다.

인적이 드문 길에선 아무 일도 일어나지 않은 것 같았다.

단지 어둠이 조용히 유백온 시체 위로 천천히 내려앉고 있을 뿐이었다.

*   *   *

"어이가 없군."

낭패스럽다는 듯 힘 빠진 목소리가 옆에서 들려왔다.

그 목소리에 문추룡은 짜증이 일었다.

어젯밤 유백온이란 자를 죽였다. 정말이지 간만에 살인을 해본 것이다.

'거진 20년 만이던가?

문추룡은 불타 버려 흔적만 거대하게 남은 장원을 쳐다보며 상념에 빠졌다.

어젯밤까지만 해도 철장방으로 불리던 거대한 장원은 밤새껏 화마에 휩싸였다. 아니, 아직도 채 죽지 않은 불꽃이 있는 듯 숯덩이가 돼 버린 기둥 사이로 혀를 날름거리고 있었다.

"이럴 줄 알았다면 유백온이란 자를 죽이지 않아도 될 것을 그랬군."

또 한 번 들려온 목소리가 간신히 내려앉힌 짜증을 다시 불러일으키고 있었다.

문추룡은 고개를 돌려 그 짜증나는 목소리의 주인을 찾았다.

진근양. 그 늙은이는 시골 촌부처럼 쪼그려 앉아서 불에 타 잿가루로 변한 철장방을 하염없이 쳐다보고 있었다.

그랬다. 백도무림인을 대표하는 무림맹주였으니 이유없는, 아니, 이유야 너무도 충분했지만 그래도 살인을 했다는 데 대해 자책하는지도 몰랐다.

하지만 그 살인을 친히 행한 자신은 뭐란 말인가.

자신의 배교로부터 받아들인 환술을 쓰지 않았다면 어쩌면 철장방으로 혈첩이 전해졌다는 사실 또한 그리 빨리 알아내지는 못했을 것이 아닌가.

문추룡 자신이 흑살영(黑煞影)이란 배교의 환술을 피워 올릴 땐 가만히 있더니 이제 와 다른 말을 하다니.

그것도 어린 나이 때 헤어졌다 정말 오랜만에 다시 만난 자신의 소주인을 떠나게 만든 늙은이가 말이다.

물론 이해 못한 일은 아니었다.

혈첩의 존재는 그 존재만으로 가공한 마력을 뿜어내니까 말이다.

고검사신의 추종자인 사대봉공(四大奉公)의 성서(聖書).

혈첩을 손에 넣은 자는 또 한 번 무림을 피에 젖게 만들 것이니, 자신이 지금 진근양이란 재수없는 늙은이와 함께 있다는 것을 후회하지는 않았다.

하지만 그 이상하고도 괴상한 일 처리는 도저히 이해 가지 않았다.

무림맹주가 암습을 당한 걸로 가장하다니… 그리고 진금행을 그 암습의 배후를 밝혀내는 책임자로 공표까지 한 그 속을 문추룡은 이해하지 못했다.

진금행을 무림맹의 원로원과 오대세가 손에서 확실하게 보호하기 위해서란 설명을 듣긴 했지만 도리어 더욱 이해가 안 가는 일이었다. 더구나 무림에 무림맹주가 피살되어 죽었다는 헛소문까지 떠돌게 만드는 그 엄청난 일 처리는 정말 마음에 들지 않았다.

"그건 그렇고, 혈첩에 대해 자네 주인에게 고하긴 했는가? 이 일은 극히 중하니 서로 약간의 감정은 접어두어야 할 것이야."

문추룡은 진근양의 물음에도 가만히 서 있을 뿐이었다.

진근양이 그것을 보고는 이미 문추룡이 자신의 사위이자 마교의 소교주였던 진충덕에게 연락을 취했음을 알고는 고개를 끄덕였다.

"다행이군. 사실 이번 혈첩 사건을 해결하기 위해선 마교, 아니, 명교의 교주와도 손을 합쳐야 하지만, 아무래도 내 사위와 명교의 관계가 껄끄러우니 그렇게 하지 못했네. 하기사 사위가 나서준다면야 마교, 아니, 명교의 힘이 왜 필요하겠는가? 천군만마보다도 더 큰 힘이 되어 줄 것을."

문추룡은 진근양의 말을 듣지 못했는지 가만히 먼 하늘을 쳐다보았다. 하지만 속으로는 진근양에 대해 온갖 욕설을 퍼붓고 있었다.

'빌어먹을 늙은이! 내가 그 시커먼 속을 모를 줄 아느냐? 혈첩을 빼앗아 오려면 우리 명교의 힘이 필요하긴 하고, 또 다른 한편으론 혹시 혈첩이 명교 수중에 들어올까 걱정되어 명교 교주에게 연락하지 않은 것 아니냐! 네가 우리 금행 도련님의 외할아버지만 아니더라도 내가 한칼에 목을 베었을 것…….'

하지만 문추룡은 겉모습과는 달리 아무 말도 하지 않고 가만히 서 있었다.

한동안의 정적이 흐른 뒤 열리지 않을 것 같던 문추룡의 입이 열렸다.

"그 사람은?"

문추룡이 입을 열어 물었다.

"응? 누구? 철장방을 허물어뜨린 자 말인가? 아항, 그걸 물은 게 아니로군. 그분을 물어보고자 함이지?"

진근양은 그제야 문추룡이 물은 그 사람이 누군지 알아차릴 수가 있었다.

그 증거로 문추룡은 그저 표표히 서 있을 뿐 아무런 반응도 보이지 않고 있었다. 그것은 곧 긍정의 표시였다.

'멋진 놈이군. 사람 냄새가 나지 않는 저 표정과 태도는 맘에 안 들지만 멋지다는 것 하나는 인정해야겠어. 어쩜 저렇게 불에 타 무너져 버린 폐장(廢莊) 옆에 서 있어도 어울려 보인단 말인가?'

진근양은 내심 감탄했다.

지금 문추룡이 무표정한 얼굴로 불에 타 검은 연기를 내뿜는 철장방 옆에 서 있는 것만으로도 묘하게 어울려 보였다.

"그분에 대해서는 나도 잘 모르네. 그저 아버님과 인연이 있으신 분이라는 것 정도만 알 뿐이네."

"그런데?"

문추룡은 진근양의 답변이 더욱 이해가 안 된다는 듯 짧게 물었다.

"허허, 단심십이수(丹心十二手)가 단심십이만수(丹心十二萬手)가 되고, 우사 문추룡이 천 명이 되며, 이 진근양이가 백 명이 넘게 있어 손을 합해 함께 달려든다 할지라도 그분의 상대가 되지 않는다네. 그러니 어떤가? 내 외손주의 사부이자 자네 소주인의 사부가 될 만한 실력은 되지 않는가?"

"하지만 그래도 너무 짧은……."

문추룡이 자신의 불만을 표시했다. 아니, 그것은 모자람에 대한 불만이라기보다 더 큰 성취를 바라는 욕심이었다.

진근양은 그것을 알고 더욱더 껄껄 웃었다.

"허허, 사사받은 기간이 너무 적었다 이건가? 하지만 단심십이수 편에 들으니 그 성취가 너무도 크다 하던걸? 이 사람아, 걱정하지 말게. 금행이가 배운 것은 그저 손발 흔드는 재주가 아니네. 자네, 그거 아는가?"

진근양이 뇌옥 안에 홀로 지내며 세상을 가두어둔 진금행의 사부(?)에 대해 말하기 시작했다.

"황하강이 처음 시작하는 곳은 작디작은 개울이라 하더군. 개울에서 시작한 황하는 다른 여러 강들을 받아들여 도도히 흐르다 끝내 대해로 나간다네. 우리네 무인들도 같은 처지야. 저마다 잘났다 하지만 큰 눈으로 보자면 개울의 몇 방울 물과 같은 신세지. 그중에서 몇몇, 즉 나나 자네가 모시는 마교, 아니, 명교의 소교주 정도의 수준이 되어야 비로소 황하강의 본류쯤 되겠지. 하지만 그것뿐이라네. 아무리 노력해도 바다를 볼 수 있다곤 말 못하지. 하지만 그분은 바다야. 바다 자체지. 바로 진금행이 그 바다에 흠뻑 빠져서 허우적대다가 나온 것이라네. 비록 그 기간은 짧디짧지만 바다의 짠맛은 실컷 보고 나왔단 말이야. 우리들 중 누가 과연 바다의 맛을 느끼고 몸을 적신 자가 있단 말인가? 금행이가 지금은 작은 개울의 물방울로 출발한다 해도 이미 바다를 맛본 몸. 그 성취가 남과 같을 수는 없을 것이네. 이미 바다가 된 그분을 제외하고 종내 바다로 나갈 무인을 찾는다면 진금행 하나밖엔 없을 것이네."

진근양으로 인해 찜찜해졌던 문추룡의 마음이 활짝 개였다.

하긴 그랬다. 뇌옥에서 나온 진금행의 모습은 자연과 교감하는 모습이 분명했다. 거기에 더해 단심십이수가 숨어 있다는 것을 금방 알았고, 더구나 고목으로 변해 있는 문추룡 자신을 협박까지 하지 않았던가.

너무도 믿음직한 모습이었다. 진금행을 사사(師事)한 그 인물이 누군지 몰라도 대단한 인물인 것만은 사실 같았다.

그때였다, 누군가 문추룡 주변에 가까이 다가온 것은.

비록 모습을 숨기긴 했지만 문추룡의 이목을 속일 수는 없었다.

"속하입니다."

진근양과 문추룡 앞에 봄날 아지랑이처럼 불현듯 나타난 사내가 한쪽 무릎을 꿇고 있었다.

"그래, 철장방을 궤멸시킨 흉수의 흔적은 있던가?"

진근양의 물음에 그 사람은 왠지 한참을 우물쭈물하다가 대답했다.

"그것이 말입니다, 흔적이 없다고 말씀드리고 싶지만 확실치가 않습니다. 제 스스로에게 34번이나 물었지만 그중 12번이 확실치 않다고 속하 스스로 답했습니다. 흔적이 어딘가 있지만 속하가 찾지 못했을 수도 있으니 확실한 답을 드리지 못함을 용서해 주시길……."

길게 이어진 대답. 확실치 않은 것은 죽는 것보다 더 싫어하는 인물. 바로 단심십이수의 수장이었다.

단심십이수라고 해서 12명으로 이루어진 것은 아니었다.

그 숫자는 단지 네 명. 하지만 일개인이 세 개의 뛰어난 재주가 있어 흡사 세 개의 손이 달린 듯하다란 데에서 단심십이수란 이름이 붙었다(한 명이 3손, 모두 네 명이므로 12수).

하지만 그중 단심십이수를 이끄는 수장은 세 개의 손과 함께 특이한 버릇이 있었으니, 무엇이든 확실해야 직성이 풀린다는 점이었다.

진근양 또한 단심십이수장의 그 같은 괴벽을 잘 알고 있는지 한숨과 함께 고개를 가로저었다.

"결국 못 찾았단 말이군. 거참 쉬운 대답을 어렵게 하는 방법도 가지가지군……."

진근양의 고민이 담긴 한숨이 끝나기도 전이었다.

"흔적은 있지."

문추룡은 무표정한 표정만큼 색깔없는 말소리가 특징이었다.

"……?"

진근양과 단심십이수장은 멍한 표정으로 문추룡을 쳐다보았다.

마교의 우사가 보통 인물이 아닌 만큼 무림맹의 단심십이수 또한 그랬다. 아니, 한 개인이 아닌 모두 네 명이 돌아다녔는데도 흔적을 찾지 못했다면 흔적이 없다고 봐야 마땅하리라.

하지만 문추룡은 흔적이 있다고 말하는 것이 아닌가.

문추룡은 곧 제 말을 증명이라도 하려는 듯 품에서 이상한 문양이 생긴 색지(色紙) 하나를 꺼내 들었다.

그리고 눈을 감고 알지 못할 말을 중얼거리고는 눈을 뜨자 그 눈에서는 파란색의 광채가 튀어나왔다.

문추룡이 고개를 숙이고 땅 아래를 살피자 문추룡의 눈에서 튀어나간 빛이 땅을 파랗게 빛내고 있었다.

"……!"

마교의 우사. 그 이름은 헛되이 전한 것이 아니었다.

이제까지 보지 못했던 흔적이 문추룡의 파란 눈빛에 닿자 괴상한 형태를 드러내고 있었다.

누군가 신발 밑에 검은 칠을 하고 돌아다닌 것처럼 선명하게 발자국 모양이 나타난 것이었다.

문추룡이 곧 손에 든 색지를 던지자 나비처럼 날아가 그 발자국 위로 떨어져 내렸다.

그리고는 흡사 종이가 물을 빨아 들이듯 발자국 모양이 색지에 흡수된 것처럼 박혀드는 것이 아닌가.

모든 일이 자신의 의도대로 잘되었는지 문추룡이 가느다란 한숨을 쉬자 곧 눈에서 일렁이던 파란 빛이 사그라들었다.

그리고 파란 눈빛에 흔적을 드러냈던 발자국도 물이 증발하는 것처럼 사라지고 없었다. 하지만 땅에 떨어진 색지에는 아직도 한 사람의 발자국이 찍힌 채로 남아 있었다.

문추룡이 손을 내뻗자 곧 색지가 주인을 찾아가듯 날아올라 문추룡의 손바닥 위에 내려앉았다.

"찾어."

문추룡이 그 색지를 단심십이수에게 전해주자 어리둥절한 표정으로 받아 든 단심십이수장은 어디다 써먹어야 할지 몰라 멍하니 진근양을 쳐다보았다.

　진근양이 한심하다는 듯한 표정으로 단심십이수장을 쳐다보다 대답했다.

　"코가 밝은 개에게 냄새를 맡게 하라는 것이네."

　"개요? 코가 밝은?"

　끄덕끄덕.

　한심스러웠는지 진근양은 대답 대신 고개를 위아래로 흔들었다.

　하지만 냉큼 개를 찾아가야 할 단심십이수장은 제 뒤통수만 벅벅 긁으며 눈알을 데루룩 굴리고 있지 않은가.

　"왜? 무슨 문제라도?"

　진근양이 그 모습을 보다 참지 못하고 물었다.

　"저어기… 속하가 확실하게 알지 못해 명을 잘못 이행할까 걱정되는 게 있어서……."

　"뭐가?"

　"저어기… 코가 밝은 개도 있습니까? 속하, 조금 전 명교의 문 우사 눈이 파랗게 밝아진 걸 본 적이 있습니다만, 그거야 다른 고수의 눈 역시 가끔 광채를 발한 걸 봤으니 이해가 갑니다. 하지만 코가 반짝거리는 개새끼는 처음 듣는데요? 지가 무슨 밤하늘의 별도 아니고, 코를 반짝반짝 빛내며 마을을 돌아다닌다는 개새끼는 처음 듣는 얘기입니다. 확실한 겁니까? 맹주께서 확실하게 보셨다면 그 보신 얘기를 전해주시……."

　"아이고, 두야!"

진근양은 제 이마에 손을 올리고는 고개를 가로저었다.

안 그래도 혈첩이 나타나 골치가 아픈 판에 수하까지 말썽이지 않은가.

진근양은 문추룡의 눈치를 살폈다. 자신의 사위는 저토록 훌륭한 수하를 두고 있는데 자신은 이처럼 덜떨어진 수하를 두고 있으니 왠지 한심스럽게 느껴졌기 때문이다.

왠지 문추룡이 더욱 믿음직하게 보이자 진근양은 단심십이수장의 뒤통수를 가지고 있던 부채로 따악~ 내려쳤다.

"아쿠~!"

"이놈아! 냄새 잘 맡는 개를 찾으라는 것이다! 흉수의 냄새가 묻어 있는 발자국을 다행히 건졌으니 얼른 쫓아야 될 것 아니냐!"

진근양이 필요 이상으로 화를 내는 게 불안했는지 단심십이수가 찔끔 놀라 고개를 힘차게 흔들어댔다.

"아이고, 그랬군요. 전 또… 알겠습니다."

그 자리에서 연기가 꺼지듯 사라지는 단심십이수의 뒷모습을 보며 진근양은 그저 혀를 쯧끌 차댈 뿐이었다.

"에잉~ 이거 수하가 빠릿빠릿하지 못하니 주인 되는 자가 고생하는구먼."

진근양이 짜증난다는 듯 눈앞에 흘러가는 강을 쳐다보았다.

냄새는 지워졌다. 철장방을 불태우고 철장방의 모든 생명을 앗아간 사람이 강을 택한 것이었다.

"이미 늦었겠지?"

진근양이 곁에 있는 문추룡을 보며 물었다.

하지만 문추룡은 콧구멍만 벌렁거리고 있을 뿐 아무런 미동도 없었다.

그러나 진근양은 알 수 있었다. 문추룡이 이미 늦어도 한참이나 늦었다는 말을 하고 싶어한다는 것을.

"혈첩도 손에 넣었겠지? 철장방에서 혈첩을 찾았으니 불태웠겠지. 아무래도 그런 것 같지?"

민망스럽다는 듯 얼굴을 붉히며 진근양이 묻자 문추룡의 콧구멍이 아까보다 더욱 벌렁거렸다.

"으음… 거참, 한발 늦었군. 한발 늦었어."

진근양이 눈앞까지 왔던 혈첩을 놓친 것이 아깝다는 듯 입맛을 다셨다.

주인의 탄식에 가장 부끄러워진 건 진근양을 모시는 단심십이수였다.

"속하 면목없습니다. 개는 빨리 구했지만 냄새를 잘 맡는 개인지 확인하는 절차를 거치다 보니……."

진근양의 탄식이 더욱 깊어졌다.

안 봐도 훤했다. 단심십이수 네 명이 우르르 몰려가 개방후개 주개육이 봤으면 입맛을 다실 정도로 포동포동한 개새끼를 찾아낸 후, 그 개주인과 단심십이수 사이에 오간 대화가 귓전에 들리는 듯했다.

"이 개가 냄새를 잘 맡으오? 정말 잘 맡긴 맡는 거요? 내 개 주인의 말을 못 믿어서가 아니라, 내가 맡은 일이 중하기 짝이 없어 하는 말이오. 그런 의미에서 한 번 더 묻겠소. 이 개가 정말 코가 밝다는 그 개가 분명하오? 그 말을 뭘로 증명해 보이겠소?"

그 장면을 상상만 해도 진근양의 골치가 지끈거렸다.

문추룡 역시 짜증이 나는지 콧구멍을 몇 번 크게 씰룩거리다 짧게 말했다.

"밀영각(密影閣)!"

신비와 저주가 함께 있는 곳. 그곳의 이름이 튀어나오자 진근양의 고개가 갸웃거렸다.

"밀영각에 묻자는 말인가? 그것도 그럴듯하군. 다행히 내 밀영각이 있는 곳을 알 뿐더러 여기서 가깝기도 하다네. 그러니 한번 들러볼 만은 할 곳이야. 한데 내가 신분을 숨기고 나온 상태라 직접 찾아가기가……."

진근양이 말하다 말고 문추룡의 씰룩대는 콧구멍 사이로 뜨거운 콧김이 나오기 시작했다는 것을 알아차렸다.

곧 정색을 하고는 고개를 끄덕이며 힘주어 말했다.

"알았네. 내가 직접 가지. 다 내 수하가 잘못한 것이니 주인이 책임을 지고 직접 찾아가지! 변장을 하고서라도 말이야!"

진근양은 울상을 지으며 도도히 흐르는 강물을 바라보았다.

지금 눈앞에 오르내리는 배만 해도 여러 수십 척이니 그중 혈첩을 지닌 자를 찾는다는 것은 너무도 어려웠다.

또 이미 그 배가 상류로 갔는지, 아니면 하류로 향했는지도 모르지 않는가.

게다가 자신의 수하, 단심십이수를 시키자니 몇 년이 걸려도 불가능한 일이었다.

배마다 뛰어들어 '혹시 수상한 사람을 못 보았소? 이곳에서 배를 띄을 텐데 정말 못 보았소? 확실하오? 혹시 당신이 다른 곳을 보다가 못 볼 수도 있지 않소! 이 일은 몹시 중한 일이오. 그래서 내가 다시 묻겠으니, 정말 확실한 거요?' 하면서 묻는 일은 정말이지 일어나지 말아야 할 일이었다.

진근양의 시름이 깊어지는 만큼 단심십이수가 데려온 개새끼들이 낑낑거리는 소리도 높아졌다.

"으휴~"

낑낑~

"으휴휴~"

깨깨깽~

낑낑거리는 개들의 포동포동한 살은 정말이지 주개육이 좋아할 만큼 기름져 보였다. 하지만 그 옆에 쪼그려 앉아 있는 진근양의 양 뺨은 웬일인지 홀쭉해 보였다.

제 2 장

오필도 —오필도 내기를 걸고, 묘옹 홀로 남다

처음은 좋았다.

그래서 탄전(攤錢)을 하는 오필도의 손도 신나게 돌아갔었다. 조금 전까진 말이다.

하지만 지금 오필도는 이를 갈아붙이고 있었다.

그 상대는 조금 전부터 자신의 일을 훼방 놓던 멍한 눈의 노인이 아닌 자신을 이리로 보낸 진금행이었다.

'이 자식 두고 보자! 나~아~쁜 개~자~식 같으니라고!'

오필도는 손에 든 항아리 속에 동전 두 개를 집어 넣고는 허공 중에서 신나게 흔들었다.

그저 흔들어댄 것만은 아니었다. 그 가운데는 기천사지 사문의 위대한 재간인 천수변(千手變)이 후회없이 펼쳐지고 있었던 것이다.

'내가 여기서 왜 이 지랄을 하고 있는 거난 말이다!'

신나게 오른팔을 흔들며 오필도는 내심 이를 악물었다.

그리고 오늘 아침 오간 대화를 기억해 냈다.

구태여 기억하고 싶지 않은, 그렇다고 절대 잊혀지지 않는 대화였다.

그 대화 때문에 자신이 여기 오게 되었으니 말이다.

"여비가 모자란다고?"

진금행이 실눈을 뜨고 불연을 쳐다보았다.

"네에, 이 불연이가 한 번 세고 두 번 세고 세 번 넘게 세었는데도 돈이 모자란 것 같네요."

불연이 곤란하다는 듯 눈을 찌푸리고는 '하늘을 비추는 영웅들'을 이끌고 있는 조천대(照天隊)의 대주(隊主) 진금행에게 말하고 있었다.

"왜? 며칠은 더 갈 것 같았는데?"

"그야 그렇죠. 하지만 주 시주와 대주가 함께 조천대에 있으니 금방 곤란해졌네요. 잘못하면 오늘 묵을 여비는커녕 아침 밥값도 곤란할 지경이네요."

불연은 이젠 아예 울상이었다.

"그으래? 그게 순전히 저 거지새끼 때문에 그렇단 말이지?"

진금행은 고개를 돌려 개방의 후개인 주개육을 쏘아보았다.

불연은 아미파 여승이다. 거기다 나이도 어렸다. 게다가 책임감으로 무장한 성실한 여승이었다(아미산의 원숭이 두목 '백 장군'을 훈련시키고 아낄 만큼 성실하지 않은가!).

그런 점이 불연이 조천대의 여비를 책임지는 이유가 되었다.

불연은 아껴 쓰려 노력했을 것이다. 하지만 아무리 불연이 피눈물나도록 노력해 봐야 식사 때마다 주개육이 엄청 처먹어대는 밥값은 정말 감당하기 어려웠다.

거기다 주개육 하나뿐이면 몰랐다. 진금행까지 사이좋게 나란히 앉아서 처먹어대니 불연이 아니라 부처님이 오신다 해도 돈이 마를 수밖에 없었다.

"왜 또 나야! 심심하면 똥개 걷어차듯 불쌍한 이 거지를 왜 욕하는 것이야! 그래, 나 좀 먹는다. 하지만 내가 먹는 양은 대주의 반에 반도 안 된다고! 안 그래?"

주개육이 얼굴까지 붉히며 나름대로 억울한 사정을 얘기했다.

하지만 아무도 그 말에 찬동하는 사람은 없었다.

이유야 간단했다. 주개육은 거지새끼에 지나지 않지만 진금행은 조천대의 대주이자 그야말로 엄청난 놈이 아닌가!

불쌍한 거지 하나 때문에 목숨을 걸 수는 없었다.

"아웅~ 아무튼 언젠간 돈이 마를 줄 알았어용. 그냥 더 늦기 전에 맹으로 돌아가 돈을 좀 얻어오는 게 어떻까용? 우리에게 맡긴 일이 준히니 돈을 웡청 긁어오는 거야 쉬울 텐네요옹~"

묘웅이 진금행을 쳐다보며 물었다.

하지만 왠지 진금행의 태도는 완강했다.

"안 돼! 그저 아랫것들은 일은 안 하고 주인 돈만 가져다 쓰려고 하니 이게 가장 큰 문제야! 무림맹 돈은 안 돼. 필요하면 우리가 벌어다 써야지!"

"……?"

진금행을 아는 자라면 너무나 놀랄 일이었다.

돈이라면 환장하는 진금행이 왜 무림맹의 돈을 걱정한단 말인가? 도리어 기회를 잡아 크게 뜯어내야 마땅한데 말이다.

하지만 진금행으로서는 당연한 대답이었다.

무림맹이라면 곧 제 손에 들어올 물건이었다. 비록 넘겨주기로 단단히 약조한 무림맹주가 튀어버리긴 했지만 진금행은 어떤 방법을 동원해서라도 '엉덩이가 탱탱한' 여자들이 가득한 무림맹을 가질 거라고 홀로 각오를 다졌다.

맹주에게 넘겨받든, 아니면 다른 수를 동원해 빼앗든 무림맹은 자신의 것이었다. 자신이 가지겠다 하면 하늘이 두 쪽 나더라도 가져야만 했다.

그렇다면 저 여자도 아니고 남자도 아닌 괴물이(묘웅이다) 욕심 내는 무림맹의 돈 또한 자신의 것이 아닌가!

진금행은 제 돈을 남에게 선심 베풀 듯 내주는 놈이 절대 아니었다.

"벌자고? 뭘 해서?"

오필도가 요즘 진금행이 많이 이상해졌다고 생각했는지 의아스럽단 표정으로 물었다.

진금행이 요즘 들어 이상해졌는지는 몰라도 오필도가 더 많이 이상해진 건 사실이었다.

입을 열어 묻는 상대가 진금행이란 사실을 요즘 들어 너무도 자주 잊어먹기 때문이다.

"오호~ 글쎄? 뭘 할까? 그렇게 물어보는 기천사지 오필도 어른께선 잘 알고 계시겠지?"

진금행이 반갑다는 듯 고개를 까딱대며 오필도를 쳐다보았다.

"내가 안다구? 모르니까 물어… 허걱!"

이제야 오필도는 깨달았다, 자신이 진금행을 상대로 입을 놀리고 있다는 것을.

"왜? 그동안 처먹은 밥값은 해야 하지 않겠어? 밥도 두둑이 먹었겠다, 네 사부인 홍 노인께 배운 천수변을 신나게 풀어낼 힘도 넘치겠다, 남은 시간은 많겠다, 주위엔 도관(賭館)도 많겠다. 어때? 하늘이 준 기회이지 않아?"

오필도는 진금행 말에 곧 울상이 되었다.

천수변(千手變), 하늘을 속이고 땅을 기만하는 기천사지 명성에 어울리는 속임수. 하지만 너무도 어렵고 힘든 재간이었다.

손의 재간도 어려웠지만 때를 절묘하게 맞추는 것은 더욱 어려웠다. 거기다 속이는 상대의 심기를 읽는 것은 더 더욱 어려운 일이었다.

그걸로 도박장을 돌아다니며 돈을 긁어오라니…….

오필도가 곧 동정을 구하는 표정으로 주위를 돌아보았다.

'세상에 이렇게 많은 사람들이 제가 먹은 밥값을 하지 않으려 하다니!'

하지만 오필도는 절망에 잠겨들었다.

진금행 한마디에 제가 먹은 밥값을 해야 한다는 사실을 깨달은 사람들이 제 밥값마저 오필도에게 미루고 딴 짓을 하고 있지 않은가!

심지어 항상 사람의 얼굴을 마주 보며 웃던 온양마저도 웃는 얼굴은 어디로 가고 뒤통수만 빼꼼이 보였다.

'온양, 너마저도 날 외면하다니…….'

오필도의 시선이 다른 한 사람을 향했다.

"날 쳐다보지는 마. 대주는 밥값을 하라 했지 술값을 하라 하진 않았거든? 그러니 자넨 날 쳐다볼 필요가 없단 말일세."

거기다 얄밉게도 검만 들면 학을 불러들이노라고 큰소리쳤던 이교옥이 검 대신 손에 술병을 들고는 이죽이며 자신에게 전음을 날렸다.

오필도는 배신감에 치를 떨었지만 달리 할 일이 없었다.

그냥 손을 까딱대며 천수변의 재간이 녹슬지 않았나 점검하는 수밖에는.

다행히 오필도의 재간은 무사했다.

도박장 다섯 곳을 돌아다니는 동안 진금행까진 모르겠지만 주개육 정도는 배가 미어 터질 정도로 처먹여 줄 돈은 벌 수 있었다.

돈을 털린 사람들이야 이를 갈겠지만 오필도는 신경 쓰지 않았다. 자신의 밥값은 어디까지나 천수변을 펼치는 것이었다.

돈을 잃고 달려드는 놈들은 당연히 강구의 몫이었다. 절각도(折角刀)란 명호로 사천 땅을 크게 울렸던 강구의.

사천에서는 기련노마(祁連老魔)와 함께 하오문(下午門)들에게 신으로 추앙받던 강구의였다.

"어라? 그리고 보니 강구의 또한 도박장 수십 개를 운영하고 있지 않은가? 좋군, 좋아! 자네 둘은 정말 도박과 인연이 깊군 그래!"

하지만 지금 강구의는 진금행의 이 한마디 말에 커다란 칼을 둘러메고 오필도 곁에 처량하게 서 있어야 했다.

오필도에게 밑천을 털리고는 앞뒤 가리지 않고 달려드는 개잡종들을 강구의가 쫓아내야 했기 때문이다.

그리고 이제 여섯 번째 도박장에 들었다.

처음은 순조로왔다.

탄전(攤錢). 보통 의전(意錢), 혹은 탄포(攤鋪)라 불리는 이 도박은 한(漢)나라 때 처음 생겨 지금까지 유행하는 도박이었다.

또한 오필도의 천수변 재간에 더할 나위 없이 딱 들어맞는 도박이었다.

동전 여러 개를 돌리는 원래의 탄전에서 갈려 나온 압차(壓扠)라는 도박이었기 때문이다.

동전 두 매를 들어 항아리에 집어넣고 신나게 흔들어댄다.

그러면 다른 사람들은 각기 압전(壓錢), 즉 돈을 걸었다.

압전이 끝나고 나면 항아리를 들어 있는 동전을 꺼내어보는데, 그 앞면과 뒷면의 개수를 세어 승부를 내는 간단한 도박이었다.

동전의 앞면과 뒷면이 어떻게 되느냐에 따라 사람들은 각기 양음(兩陰)과 양양(兩陽), 그리고 일음일양(一陰一陽)에 돈을 걸었다.

확률로는 두 개의 동전 중 하나는 앞이고 하나는 뒤인, 일음일양이 가장 높았지만 그렇다고 도박꾼들이 어디 확률이 높은 데 거는 것을 본 적 있는가?

확률이 높으면 딸 수 있는 돈이 적고, 확률이 낮으면 많은 돈을 딴다는 것은 도박꾼들이라면 누구든 알고 있는 상식이었다.

"내복(來福)이 회복(喜福)이냐, 이니면 무복(無福)이냐! 자자, 동전 두 매만 까보면 알 것 아니겠수? 그러니 벨 꼴리는 놈은 양양(兩陽), 안 꼴리는 놈은 양음(兩陰), 꼴렸다 마는 놈은 일음일양(一陰一陽)에다 거슈! 여인 속곳 풀 힘도 없는 놈은 아예 집에나 가시고오~"

오필도는 흡사 제가 도박장의 주인인 양 큰 소리로 외쳤다.

도박꾼치고 주색에 밝지 않은 자가 없었다.

그 심리를 노려 각종 음담패설을 늘어놓아 후끈 달아오르게 만드는 것이 천수변의 첫 시작이었다.

"자네, 정말 대단하군. 나중에 나랑 동업할 생각 없는가?"

오필도의 솜씨가 기대보다 뛰어나자 지켜보던 강구의마저도 전음을 통해 동업을 제의할 정도로 분위기가 좋았다.

앙상하게 마르고 주름이 가득한 손 하나가 뻘쭉거리며 동전 하나를 압인하는 자리에 올려놓기 전까지는……

맨 처음 오필도는 그 추레하고 멍한 눈의 노인을 눈여겨보지 않았다. 진금행 배에 반에 반 정도로 배가 나온 부자 놈을 상대하느라 정신이 하나도 없었기 때문이다(진금행 배에 반에 반 정도라면 적어도 포대 자루를 바지로 삼아야 하는 인간이었다).

하지만 압차가 몇 순배 돌자 곧 배 나온 부자 놈은 입맛을 다시며 물러났고, 그 자리를 그 재수없는 맹한 얼굴의 노인이 떠억 차지하고 앉게 되었다.

'재수없군!'

오필도는 속으로 투덜댔다.

배 나온 부호의 돈을 긁어대느라 본래 의도와는 달리 맹한 눈의 노인에게 돈을 몰아주게 된 것이었다.

'좋아! 단 열 판 이내에 네놈 돈을 다 긁어주마!'

오필도가 속으로 웃으며 노인에게 말했다.

"아이고, 노인께선 양양(兩陽)에 거셨구랴! 연세도 많은데 벨이 꼴려도 한참 꼴리시나 보우?"

"헤에~ 꼴려본 지 한참 됐어……"

노인은 이빨 빠진 입을 헤벌쭉 벌리고는 오필도를 쳐다보며 멍청하니 웃었다.

'재수없는 영감탱이!'

오필도는 속으로 또 한 번 욕을 하고는 천수변의 재간을 화려하게 풀어내었다.

딩~ 딩~ 딩~ 데구룩~

동전 두 개가 항아리에서 굴러가다 우뚝 섰다.

사람들의 눈이 일제히 동전 두 개로 쏠렸다.

그리고는 일제히 크게 환호했다.

"우와~ 양음이다! 동전 두 개 모두 뒷면이야!"

'당연하지! 기천사지란 명호는 이런 조잡한 도박장에선 들을 수 없는 명호야!'

오필도가 어깨를 으쓱하며 압전대에 걸린 노인의 돈을 긁으려 했다.

'어라?'

귀신이 곡할 노릇이었다.

분명 조금 전까지 양양에 걸려 있던 돈이 양음에 가 있지 않은가!

노인이 언제 손을 써 돈을 옮긴 것인지 알 수 없었다.

만약 기천사지인 자신의 눈을 속일 정도라면 무림에서도 최절정고수, 그것도 쾌검(快劍)의 고수여야 할 텐데, 노인의 치매기까지 엿보이는 두 눈동자는 무공과는 거리기 한참이나 멀이 보였다.

"뭐가 꼴렸는지 몰라도 잘 꼴렸나 보이~ 헤헤~"

노인은 헤벌쭉 웃으며 오필도를 바라보았다.

"이익!"

오필도는 화가 난다는 듯 강구의를 쳐다보았다.

하지만 도박판에서 술수를 부리는 자가 있다면 두 손을 댕강 잘라버려야 할 강구의는 도리어 멀뚱거리는 눈으로 자신을 쳐다보고 있지 않은가!

아니, 도리어 어쩌다 실수를 했냐고 자신을 책망하는 눈빛이 분명했다.

'으음, 천수변을 신경 써서 오래 했더니 눈이 잠시 피곤했나 보군.'

오필도는 가볍게 인상을 찡그리고는 곧 동전 두 개를 항아리에 넣고 신나게 돌리며 노인의 손을 쳐다보았다.

노인은 해실해실 웃으며 양음 자리에서 세 배로 부푼 돈을 팔뚝으로 밀어 일음일양의 자리에 옮겨놓고 있었다.

"노인장! 분명 일음일양이지? 하나는 위고 하나는 아래인?"

오필도가 이번엔 실수하지 않겠다는 듯 노인에게 단도리했다.

"응, 하나는 위를 보고 누웠고, 하나는 아래를 보고 엎드리고… 일음일양 맞어. 내가 죽은 마누라와 예전에 그 짓 많이 했어! 틀릴 리가 없지!"

노인이 맹한 눈으로 어눌하게 말하자 사람들이 일제히 와~ 하고 웃었다.

"좋아, 좋아. 그럼…….."

오필도가 연신 좋다는 말을 하며 항아리를 엎었다.

덱데구르르르~ 틱~

까다로울 것은 없었다. 동전 두 개가 굴러가는 소리는 분명 두 개가 위를 쳐다보고 발라당 누운 양양이란 것을 나타내고 있었다. 이번엔 주의에 주의를 기울여 천수변을 펼쳐 냈으니 틀릴 리가 없는 것이다.

오필도는 실눈을 뜨고는 조심스럽게 항아리를 들어 확인했다.

이미 소리로 확인해 익히 알고 있는 결과였지만 지켜보는 사람들에겐 자못 흥분된 모습으로 보여야 했기 때문이었다.

"와아~ 양양이다! 두 개 다 앞이야!"

사람들의 탄성이 터져 나왔다.

'당연하지! 누구 실력인데! 그런데… 흐미~!'

오필도의 뿌듯한 성취감은 압전대를 보자 경악으로 변했다.

아니, 경악 정도가 아니라 저도 모르게 자리를 박차고 일어날 정도로 놀라 버렸다.

분명 일음일양에 가 있어야 할 돈 무더기가 왜 양양에 와 있단 말인가!

"이게 왜 여기 와 있지? 분명 일음일양이지 않았던가!"

오필도가 놀라 노인에게 물었지만 노인은 맹해 보이는 두 눈을 끔뻑일 뿐이었다.

"무슨 말이야! 전주(錢主)가 이젠 생떼를 쓰는군! 우리가 두 눈을 부릅뜨고 봤는데 노인 분은 분명 양양에 거셨다구!"

이미 오필도에게 돈을 다 털린 후 하릴없이 구경하던 사람들이 무슨 말이냐는 듯 오필도를 보며 따져 물었다.

'이것들이 내게 돈을 잃고 나더니 작당들을 했구나! 절각도는 뭘 하는 거야!'

오필도의 고개가 홱 돌아가며 강구의를 쳐다보았다.

하지만 강구의는 도리어 자신을 이상한 눈으로 쳐다보고 있지 않은가. 거기다 짜증난다는 듯 전음까지 보내면서.

"자네 피곤한가 보군. 됐어, 그 정도라면 오늘 묵을 여비는 되는 것 같으니 이만 자리를 뜨자고."

귀신이 곡할 지경이었다.

강구의 정도라면 어디 가나 일류고수 소리를 들을 수 있었다.

그런 그가 노인의 얕은 수작질을 못 알아볼 리 없었다.

더구나 그냥 무공의 고수가 아니라 사천 땅에 기루와 도박장 수십 개를 거느린 밤의 황제가 강구의 아니었던가!

'혹시 절각도도 이 무리들과 짜고? 아니, 그래서 얻는 게 없을 텐데……. 감히 진금행을 배반하고 돈 몇 푼에 그럴 리도 없을 것이고.'

오필도는 맹렬하게 제 머리를 굴려댔다.

자신이 모르는 무언가가 있었다.

기천사지인 자신을 속이고 절각도 강구의를 속일 수 있는 그 무언가가!

"노인, 우리 이러지 말고 가진 돈을 다 꺼내놓고 벌여보는 게 어떻겠소?"

"니가 그쪽 방향으로 꼴린다면 나도 따라야지 뭐……."

오필도의 자존심이 걸린 일이었다.

한 번에 모든 돈을 걸자는 오필도의 제안에 노인이 합죽한 입을 오물거리며 냉큼 받았다.

"좋소, 좋아! 하지만 이번엔 돈을 압전대에 올려놓는 것이 아니라 노인이 직접 붓으로 쓰시는 것은 어떻겠소?"

"좋아~ 아무거나……."

노인이 고개를 끄덕이며 헤벌쭉 웃었다.

오필도는 그 웃음을 보고 등 뒤로 쏴한 그 무엇을 느꼈다.

인생 최대의 강적을 만난 것이다.

기천사지의 명호를 버릴 수도 있는 강적을 말이다(물론 진금행도 오필도 인생에 난관이 되었지만, 진금행을 적으로 삼기엔 오필도 심장이 너무도 약했다).

천수변의 재간이 또 한 번 화려하게 펼쳐지고 있었다.

아마도 오필도의 스승인 또 다른 기천사지 홍규동이 지금 오필도를 보았으면 천수변의 재간을 12성 대성했다고 기뻐했을 만큼 화려한 변초(變招)였다.

하지만 맹한 노인은 손을 벌벌 떨며 종이에 천천히 한 자 한 자 적어 내려가고 있었다.

'양양! 좋아 두 개 모두 위로 뒤집한다 이거지? 그럼 난 양음으로… 아니, 일음일양으로… 아니다! 아니야! 이렇게 정신을 흐트러뜨리면 안 돼. 단 하나만을 노려 확실하게 천수변을 쏟아내야 돼!'

노인이 양양이라 개발새발 써놓았으니 자신은 다른 수를 써야 했다.

기천사지란 명호답게 오필도는 양음이나 일음일양을 노리지 않았다. 그저 하나의 동전에 온 신경을 집중했다.

상대가 양양을 골랐으니 자신은 단 하나의 동전만 확실히 엎어놓으면 이기는 것이었다.

두 개가 엎어지든, 아니면 노리던 단 하나의 동전만 엎어지든. 그렇게 되면 노인이 선택한 양양은 나올 수가 없었다.

'좋아! 하나만 신경 써서……'

"다 썼네. 붓이 잘 꼴려서 쓰기에 편하더구먼."

오필도가 온 신경을 집중할 때 노인이 종이를 내밀며 중얼거렸다.

"좋아!"

오필도는 이를 앙다물며 종이를 펴서 모든 사람들이 볼 수 있도록 높이 쳐들었다.

"양양!"

모인 사람들 역시 흥이 나는지 큰 소리로 종이의 글자를 따라 읽었다.

오필도는 되었다는 듯 종이를 접고는 압전대 위에 올려놓았다.

그리고 제 품에서 비수를 꺼내 들고는 종이 위로 콱~ 하고 내려찍었다.

"누구든 이 종이에 손이 가까이 온다면 댕경 잘라 버릴 것이오!"

오필도가 악에 받힌 듯 크게 부르짖자 강구의도 이번 판은 너무도 크다고 생각했는지 커다란 거치도를 제 가슴 앞으로 들어 올렸다.

따리리리리~ 릭~

작은 항아리 속 동전 두 개가 맹렬하게 돌아갔다.

"타앗!"

오필도가 의자에서 엉덩이를 떼며 힘차게 손에 든 항아리를 거꾸로 도박판 위에 박았다.

틱다구루르~ 틱~

동전이 한참을 구르다 멈추는 소리가 들렸다.

'됐어! 하나뿐 아니라 둘 다 엎어졌어! 양음이야! 양음!'

신이 난 오필도가 항아리를 치켜들자 역시나 사람들이 모두 입을 모아 외쳤다.

"양음이닷! 양음이 나왔어!"

오필도는 사람들이 커다랗게 부르짖는 소리가 정말 듣기 좋았다.

그래서 눈을 게슴츠레 뜨고는 주위를 돌아보며 물었다.

"자, 그럼 저 노인이 써 갈겼던 두 자는 뭐였지요?"

"……."

오필도는 정신을 차릴 수가 없었다.

'이 사람들이 모두 명청이가 되었나? 불과 숨 몇 번 들이키기 전에 있었던 일을 까먹다니?

기대했던 사람들의 부르짖음, 즉 '양양이었소!' 하는 소리가 들리지 않자 오필도는 눈을 부릅뜨고 사람들을 쏘아보았다.

하지만 구경하던 사람들끼리 하는 말을 듣고는 뒤로 벌러덩 넘어질 뻔했다.

"글쎄, 뭐였지? 자네는 기억이 나는가?"

"아니, 나도 기억이 안 나는데? 일음일양이 아니었나?"

"에라! 이 사람아! 일음일양은 아니었다네!"

"그럼?"

"그, 글쎄? 일음일양은 아니었지만 그게 뭐였는지는……."

구경하던 사람들은 저마다 얼굴을 쳐다보며 물어대는데, 무슨 글자를 노인이 썼는지 기억하지 못하는 게 아닌가!

오필도는 판을 뒤집어 버리고 싶은 충동을 느꼈야 했다.

이게 무슨 일인지 몰라 강구의를 쳐다보았을 때, 강구의 또한 어깨를 으쓱하며 기억하지 못하겠다 하는 것이 아닌가!

"난 노인만 계속 쳐다보고 있었네. 그러니 무슨 글자를 썼는지 알 수 없지 않은가! 하기야 본 것도 같긴 같네만 이상하게 기억이 안 나는군!"

강구의 조심스런 진음은 오필도의 혼란을 확실히 잠재웠다.

이거고 저거고 간에 그냥 종이를 활짝 펴면 그만이었다.

오필도는 신중한 자세로 종이 위에 박혀 있는 단도를 천천히 잡아 빼내었다.

헤벌쭉~ 노인은 오필도가 무얼 하든 신경 쓰지 않겠다는 듯 밉살스런 웃음을 짓고 있었다.

조심스럽게 종이를 펼쳐 드는 오필도의 손이 가늘게 떨렸다.

천수변을 익히고 처음 사람들 앞에서 써먹어봤을 때도 이렇게 떨리진 않았다.

오필도는 이젠 아예 자신이 본 게 양양인지 앙음인지도 헷갈리기 시작했다.

'양음이었었나? 아니야, 분명 양양이었어! 내가 아무리 개 눈깔을 박아 사람을 못 알아보고 진금행을 친구로 사귀었지만 글자를 잘못 볼 정도로 까막눈은 아니지 않느냐!'

오필도는 떨리는 가슴을 진정시키며 천천히 종이를 펴기 시작했다.

선명하게 적혀 있는 두 글자.

그 글자를 보자 오필도는 입에 거품을 물고 뒤로 쓰러져 버렸다.

얼른 오필도를 부축한 강구의가 오필도 손에서 떨어져 허공을 날고 있는 종이를 잡아챘다.

양음(兩陰).

개발새발 삐뚤어진 두 글자, 그것도 중간엔 단도에 박혀 얇게 찢겨진 자국까지 있으니 분명 노인이 적은 두 글자였다.

'맞아! 양음이었어! 그런데 왜 이놈은 기절한 거지? 실수를 거듭하더니 미쳤나?'

강구의는 그제야 자신이 본 게 양음이었음을 기억해 내고는 오필도를 미친놈 바라보듯 쳐다보았다.

"우와~ 양음이다! 노인이 맞추었군! 저 노인이 맞추었어!"

강구의 손에서 드러난 글자를 알아본 구경꾼들이 환호를 질러대었다.

오필도가 아침밥도 굶고 도박장 다섯 곳을 돌며 끌어 모은 모든 돈을 저 노인이 몇 판 가지 않아 몽땅 긁어낸 것이었다.

강구의는 자신의 품에 안긴 오필도가 하얗게 질린 채 입을 오물거리자 급히 오필도 입에 자신의 귀를 가져다 댔다.

"귀, 귀신이야. 저 노인은 귀, 귀신이 틀림없어."

오필도가 정신을 놓기 전, 마지막으로 중얼거린 내용은 귀신이란 말이었다.

'귀신?'

강구의가 눈을 동그랗게 뜨고 노인을 바라보았다.

자신 앞에 수북이 쌓인 돈이 믿어지지 않는다는 듯 노인은 헤벌쭉 웃고 있었다.

'돈귀신이라면 맞긴 맞는데⋯⋯.'

강구의가 이해할 수 없다는 듯 고개를 흔들었다.

*　　　*　　　*

"양음? 양양? 킬킬킬~ 아니야, 일음일양? 맞아! 일음일양! 어라? 양양이네? 킬킬킬~ 속았지? 양양인 줄 알았지? 잘봐, 양음이야! 킬킬킬~"

객진에 발이 묶인 조천대는 킬킬내며 뜻 모를 소리를 중얼거리는 오필도를 멍하니 쳐다보았다.

큰일이었다.

오필도가 미쳐서 큰일이 아니라 돈이 없어서 큰일이었다.

오필도가 돈을 긁으러 나간 이후로 주개육은 신나게 처먹었다. 물론 진금행도 그 옆에 앉아 나란히 처먹어대긴 했지만 오늘은 주개육의 성적이 조금 더 좋았다.

하지만 주개육이 진금행의 식사량을 넘어섰다는 것은 안 그래도 돈이 마른 조천대에게는 날벼락이었다.

보통의 일가족이 이 개잔에 육 개월 내내 머물며 먹은 식사 값보다 더 큰돈이 들게 생겼으니 말이다.

그래도 사람들은 느긋했다. 진금행이 저리도 느긋하게 처먹으니 오필도가 무슨 재주를 부릴진 몰라도 돈을 왕창 긁어올 거라 믿었기 때문이다.

그래서 잘 안 먹던 불연마저도 장정 한 사람만큼 먹어댄 것이었는데, 돈을 가져와야 할 오필도는 맨 손으로, 그것도 미쳐서 돌아온 것이 아닌가!

"노인이라고?"

"웅! 노인, 맹해 보였는데 재신(財神)이 손에라도 올라 붙었는지 거는 족족 따더라고. 아니, 그 노인이 잘했다기보다는 저놈이 술수를 잘못 부린 탓이 더 크지!"

강구의는 제가 본 내용을 진금행에게 열심히 설명했다.

보통 때 강구의는 별로 말수가 없었다.

말수만 없는 게 아니라 사람들과도 잘 어울리려 하지 않았다.

측간도 언제 가는지 모르게 배변을 해결하곤 했다.

그런 강구의가 열성적으로 설명하는 이유가 있었다.

이번 일은 절대 자신의 책임이 아니었음을 진금행에게 납득시켜야 했기 때문이다.

"흐음… 이봐, 개뼈다귀대장!"

진금행이 한동안 생각에 잠겼다가 구잔양을 불렀다.

나라에서 금지한 소금을 몰래 들여와 파는 족속들, 즉 염효들을 모아 구골문을 열 정도로 잔인하고 배짱 좋은 구잔양이 진금행을 향해 '나 댁한테 아무런 불만 없어요' 란 표정을 억지로 지으며 대답했다.

"왜?"

"넌 오필도를 어떻게 생각해? 사기 치다 미칠 놈이었나?"

"아니! 염라대왕에게도 능히 사기를 칠 놈이지. 너만 빼고."

구잔양의 살기 짙은 눈동자는 어디로 가고, 그저 충견(忠犬)의 눈빛으로 조심스럽게 대답했다.

잘못하면 돈과 결부된 이 엄청난 사태를 자신이 옴팍 뒤집어쓸 염려가 있었기 때문이다.

"그렇지? 기천사지 오필도가 그럴 놈이 아니지?"

진금행은 고개를 끄덕이며 중얼거렸다.

그것으로 구잔양은 다행히 진금행의 사정권에서 벗어났음을 알고는 휴우~ 하는 한숨을 내쉬었다.

"잘 봐, 양음이잖아? 킬킬킬~ 또 속았지? 일음일양이라니까! 어라? 그 말을 믿어? 일음일양이 아니라 양양이었어! 킬킬킬~ 될 대로 되라지. 에이~ 씨팔~ 일음일양, 양음, 양양, 일음일양, 양음, 양양, 양양, 양양양~ 야아~옹~ 난 호랑이랍니다~ 안녕하세요? 반갑습니다~ 전 고양이입니다~ 이홍~ 야옹~ 잉잉양~ 음음음~ 일음일양~ 킬킬킬~ 또 속았지?"

오필도는 무겁게 가라앉은 분위기는 전혀 모르겠다는 듯 이젠 아예 팔다리까지 버둥거리며 킬킬거렸다.

"저 자식 좀 잠재워."

진금행이 턱 끝으로 오필도를 가리키자마자 청성 제자 현통이 오필도의 혼수혈을 짚었다.

"무량수불~ 부디 꿈에서나마 장땡을 잡으시길~"

현통이 안타깝다는 듯 눈물로 범벅이 된 눈을 꼬옥~ 감고 잠들어버린 오필도를 바라보았다.

"아무래도 이상해, 그 노인을 만나야겠어."

진금행이 자리를 박차고 일어났다.

"아미타불. 대주, 우린 돈이 없어요. 아침 식사 값이 얼마나 나왔는데요."

불연이 깜짝 놀라 진금행을 바라보았다.

"그건 회계를 맡고 있는 자네가 처리해야지!"

언제부터인가 불연에게 말 놓는 것을 당연히 하는 진금행이었다.

하지만 정작 그 일을 맡은 것은 웃는 얼굴의 온양이었다.

"이걸로도 모자르다고요? 에이~ 무슨 말씀을. 얘를 잘 보시라구요. 이쁘긴 얼마나 이쁘고 착하긴 얼마나 착하다구요! 게다가 산에서 매일같이 칼 잡고 휘둘러 댔으니 그 힘과 손으로 설거지도 잘할 거예요!"

이런 일엔 온양이 최고였다. 그 무지막지 웃어대는 얼굴에 대고 화를 낼 사람은 하나도 없었다.

일류자객이고 뭐고 간에 빚진 돈 앞에 장사는 없었다.

그저 비굴하게 웃으며 손을 비벼대야 하는데 온양의 얼굴은 활짝 웃는 얼굴이었으니 너무도 적당한 인물이었다.

하지만 객잔의 주인은 뜽한 표정이었다.

"여승을 데리고 어디다 쓰라구?"

주인의 퉁명스런 반응에 온양이 얼른 다른 한 사람을 더 내밀었다.

"좋아요! 좋다구요! 그럼 이건 또 어떻습니까? 보기엔 이래도 제법 실한 물건입니다. 우리 사정이 쪼들리지 않았다면 절대 내놓지 않았을 물건이라구요."

온양이 처음 내밀었던 불연 곁에 다른 한 사람을 더 세우자 주인의 얼굴은 더욱 일그러졌다.

"오모모! 온 오라버니는 무슨 말씀을 하시는 거예요오~? 이 묘옹이를 버리고 가시려는 거예요오? 오모모! 이론 세상에!"

갑자기 끌려 나와 불연 옆에 서게 된 묘옹이 불만을 토해냈다.

"이건 불량품 같은데? 이 물건은 우리 객잔에 두고 못 써! 손님 다 떨어지게! 어디서 괴물 하나를 데려와서는!"

주인이 고약한 것을 봤다는 듯 인상을 찌푸리며 손사래를 쳤다.

"오모모! 이 양반이 말하는 것 좀 보소! 오모모!"

묘옹이 치를 떨자 한껏 올라간 목소리가 바르르 떨렸다.

노인을 만나려면 어쨌든 객잔을 벗어나야 했다.

하지만 그러려면 어제 묵은 숙박비와 오늘 먹은 밥값은 치러야 하지 않은가!

결국 온양이 나서서 불연을 잠시 맡겨놓는 대가로 외상을 요구했고, 주인이 반대했다.

아무리 봐도 비구니인데 부처님께 죄를 지을 요랑이 아니면 함부로 손도 댈 수 없는 여승을 객잔 어디에 써먹으란 것인가! 또 여차하면 예쁜 여자를 사고 파는 하오문의 아파(牙婆:인신매매범)들에게 넘기기에도 찜찜한 물건이 분명했다.

거기까진 그래도 거래가 되었다.

하지만 온양은 그저 기예단에서 재주만 피웠고 사람만 죽여왔던 인물이었다.

잘하면 거래가 성사되겠다 싶어 내세운 게 아뿔싸! 묘옹이었다.

온양은 절대로 장사꾼이 되지 못하리라!

하지만 다행히 하늘이 두왔다.

주인이 묘웅을 보고 인상을 쓰며 한 말! 그 말에 묘웅이 바르르 떨었던 것이다.

"아~ 아~니! 이 양반이 사람을 우째 보고 이런 망발이야앙! 야! 네가 날 언제 봤쏘오~? 너, 나 알아아? 모르지이? 모르는데 어디서 함부로 아가리를 놀려대애! 너, 오늘 한번 죽어볼 테야아?"

이젠 아예 팔까지 둥둥 걷어붙이고 나서는 묘웅을 보며 진금행이 일행에게 눈짓을 보냈다.

그 뜻이 어디에 있는지 알아차린 조천대원은 모두 우르르 객잔 밖으로 빠져나갔다.

심지어 묘웅이 곁다리로 껴야 했을 만큼 뛰어난 성능을 보여줬던, 본래 상품인 불연마저도 말이다.

"어? 어디로 가는 것이오! 돈이 얼마인데 어디로!"

주인이 진금행 뒤를 쫓아 뛰어나오려는데 묘웅이 주인의 뒷덜미를 잡아챘다.

"오모모! 이 아저씨가 사람이 말하는데 어딜 가고 이쏘오! 이봐! 아저씨! 나랑 대화하고 있었잖아아~"

비음까지 합쳐져 묘하게 갈라진 새된 목소리를 내는 묘웅의 목소리를 뒤로하고 진금행 일행은 정신없이 골목을 내달렸다.

물론 명분이야 도박장의 노인을 바삐 찾아가는 것이었지만, 그 모습이 묘하게도 빚을 떼먹고 도망치는 것과 별반 달라 보이지 않았다.

'하늘을 비추는 영웅들'이 모여 있는 조천대가 무림에 나와 처음 행한 일이 바로 도망치는 일이었다.

위대한 '조천대'가 '조~오~옷~천대'로 바뀌는 순간이었다.

제 3 장

그림자 — 검각 고민이 깊고, 조천대 그림자가 깊다

그림자

"혈첩이 나타났답니다."

탁한 음성이 검각의 주인인 화무흔의 귀로 흘러들었다.

화무흔이 고개를 들어 방금 말한 고위명을 쳐다보았다

"밀영각에서 소식은 없었나?"

검과 검법, 그리고 차가운 마음만이 존재하는 곳, 그런 검각의 주인인만큼 목소리마저도 싸늘했다.

하지만 화무흔의 대답은 고위명의 기대와는 달랐다.

혈첩(血帖). 사대봉공의 무공이 들어 있는 족자.

그것만으로 혈첩은 강호를 능히 혼란에 빠뜨릴 수 있었다.

그러나 그 엄청난 소식에 화무흔의 반응이 뜻밖이란 데서 고위명은 오히려 뿌듯함을 느꼈다.

혈첩의 무공은 마인(魔人)들의 무공. 비록 그 수준이 높다 한들 검각에서 신경 쓸 정도가 아니라는 자부심이 화무흔에겐 있는 것이었다.

만약 사대봉공을 거느렸던 고검사신이 살아 온다 해도, 만약 잃어버린 '대듀'와 '다띤'이란 초식만 찾는다면 능히 죽일 수도 있을 거란 믿음이 화무흔에게 있는 것이다!

그 사실이 역시 검각의 한 사람인 고위명의 가슴을 당당하게 앞으로 내밀게 만들었다.

"아직은 없습니다. 그건 그렇고, 혈첩에 대한 방비는 해두어야 하지 않겠습니까? 자칫 잘못하다간 검각도 큰 혼란에 빠져들지도 모르니……."

화무흔은 잠시 생각에 잠겼는지 말이 없었다.

그 모습을 지켜보던 도영은 한참을 주저하다 화무흔에게 말했다.

"혹시 '대듀'와 다띤이란 초식이 혈첩 속에 무공이 아닐까요? 꼭 똑같은 건 아닐지라도 비슷한 검의(劍意)는 있을지도 모르니……."

검각의 각주인 화무흔과 자신보다도 연배가 한참 위인 고위명 간의 대화에 도영이 끼어들 수는 없었다.

하지만 도영의 불편한 마음이 끝내 한마디 거들게 된 이유였다.

신비한 노인과 마주쳐 잃어버린 초식 명을 들었다.

그걸 도영이 해낸 공로라 한다면, 각주의 외동딸을 잃어버린 잘못과 잃어버린 초식을 알고 있는 노인을 놓쳐 버린 것은 너무도 큰 과오였다.

도영은 할 수만 있다면 자신의 목숨을 바쳐서라도 그 잃어버린 초식을 되돌리고 싶었다.

아니, 도영뿐만 아니라 검각주 화무흔의 마음 또한 그랬다.

검과 검법, 그리고 차가운 마음만이 존재하는 곳, 검각에 있는 사람이라면 누구라도 그럴 것이다.

"그럴지도……."

도영의 말이 일리가 있다는 듯 화무흔의 고개가 끄덕여졌다.

"아무튼 혈첩에 대해 조사는 해야겠군요. 잃어버린 초식이 그 안에 있든 없든 조사는 해두어야 할 것 같습니다. 제가 알아서 아이들을 풀지요."

잘되었다는 듯 고위명이 자신의 생각을 말했다.

"아니야."

화무흔의 고개가 좌우로 흔들렸다.

'역시 잃어버린 초식이 더 중요한가?'

고위명이 고개를 갸웃거리며 생각할 때 화무흔의 입에선 다른 말이 튀어나왔다.

"내가 직접 알아보겠네. 아이들을 풀기엔 너무 번잡해. 대신 만약 밀영각에서 연락이 온다면 내게 빨리 전할 수 있도록 조치만 해두게."

각주 화무흔이 직접 나서겠다는 말이다.

"예! 그리 일러누겠습니다."

고위명의 고개가 깊숙이 숙여졌다.

"대듀와 댜띤이라……."

이젠 화무흔의 가슴속에서 한이 되어버린 두 단어. 화무흔은 고개를 들어 먼 하늘을 쳐다보며 그 두 단어를 나지막이 뱉어냈다.

화무흔의 탄식은 도영의 가슴에 불을 질러놓았다.

'무슨 일이 있더라도 내가 되찾아오리라! 설령 내 검이 검총에 꽂히지 못하는 일이 있더라도…….'

도영은 입술을 깨물며 다짐했다.

검각의 검객이 죽으면 그 검객의 검은 검각 뒤편에 꽂혔다.

그를 일러 검들의 무덤, 즉 검총(劍塚)이라 했고, 그 무덤 중 붉은 수술을 단 검들은 검각의 이름을 떨친 검객에게 주어지는 최고의 명예였다.

도영이 죽어서 검총에 자신의 검을 꽂히지 않아도 좋다는 말은 자신의 모든 것을 버려서라도 기필코 이뤄내겠다는 각오를 보여주고 있었다.

먼 훗날 역대 검각 사상 최고수가 되는 도영의 처음 각오는 그렇게 이루어졌다.

하지만 지금 모여 있는 세 사람은 그 사실을 알지 못했다.

             *   *   *

"저 노인인가?"

진금행이 의외라는 듯 한 사람을 가리키며 물었다.

"으음……."

강구의가 고개를 끄덕였다.

"그래? 거참, 이해할 수 없군."

진금행이 고개를 갸웃거리며 저 멀리 땅바닥에 주저앉은 노인을 쳐다보았다.

노인은 들은 대로 맹해 보이는 눈이었다. 누가 봐도 강구의가 도귀(賭鬼)라 부르기엔 너무도 어울려 보이지 않았다.

한 눈에 보기에도 약간의 치매기가 있어 보이는 노인은 지금 땅바닥에 퍼질러 앉아 오필도로부터 낡은 돈을 하나하나 세고 있었다.

"…백여든둘, 백여든셋, 여든넷, 다섯, 여섯… 이상하네, 왜 자꾸 돈이 줄지?"

노인은 세면 셀수록 돈이 작아지자 머리를 신경질적으로 벅벅 긁다가 다시 처음부터 세기 시작하는 게 아닌가.

"저 노인 맛이 간 것 같은데?"

우문하가 어이없다는 듯 진금행을 보며 물었다.

"으음……."

진금행도 이해가 안 간다는 듯 알지 못할 신음성을 낼 때였다.

"어라? 털도 안 뽑고 거저 먹으려는 놈들이 있네?"

주개육이 노인이 앉아 있는 곳에서 멀리 떨어지지 않은 숲을 가리켰다.

주개육의 말이 떨어지기가 무섭게 일곱 놈이 튀어나오는데, 하나같이 음침한 눈동자를 교활하게 움직이는 것이 가히 좋은 뜻을 가진 놈들은 아닌 것 같았다.

일곱 놈들 중 네 놈은 사방으로 퍼져 느릿느릿 움직이는 것이 영락없이 망을 보는 놈들이었다.

나머지 세 놈은 어슬렁어슬렁 노인에게 다가와 비릿한 웃음과 함께 말을 건넸다.

"노인장. 아이고~ 돈을 많이 따셨구랴……."

"헤~ 그런 거 같어."

노인은 자신이 어떤 위험에 처해 있는지도 모른 채 헤벌쭉 웃었다.

"그런데 노인장 기력에 그걸 가져갈 수 있겠소?"

헤벌쭉~

노인이 가장 잘하는 한 가지는 그저 늙어 처진 양 뺨을 한껏 위로 올리고 듬성듬성 빠진 이를 한껏 내보이는 것이리라……

지금도 돈을 강탈하려는 무리가 뻔한 상대를 향해 악의없는, 아니, 맹해 보이기까지 한 웃음을 짓고 있지 않은가.

"글쎄? 너무 많을까?"

노인이 웃으며 되묻자 털이 북슬북슬 난 얼굴의 강도가 고개를 끄덕였다.

"그럼! 세상은 참으로 음과 양으로 이루어져 있다오. 그래서 그 돈도 노인장에게는 너무너무나 많고, 나에게는 그저 그런 돈이니 우리가 조금 도와줄까 하는데 괜찮겠소?"

"너무 많아? 너무 많다고?"

노인은 강도의 말에 고개를 갸웃거리다 돈을 물끄러미 내려다보며 중얼거렸다.

"하기사… 첨둔(僉遁)의 술(術) 또한 내겐 너무나 쉬운데 그 아이는 흉내도 잘 못 내니……."

이해가 갔다는 듯 다시 헤벌쭉 웃으며 강도를 향해 말했다.

"옳아! 자네 말이 옳은 것 같아. 그래, 도와주게."

노인이 너무도 손쉽게 허락하자 강도가 도리어 당황했는지 한동안 말이 없다 곧 음흉한 웃음을 지었다.

"노인장도 이해했구려. 정말 다행이오. 하지만 내가 말하지 않았소? 노인에겐 짐이 될 정도로 많을지라도 우리에겐 누구 코에 붙이지 못할 만큼 적다는 것을……."

이젠 아예 다 가져가겠다는 말이다.

그 말뜻을 아는지 모르는지 노인은 그저 헤벌쭉 웃고 있을 뿐이었다.

"그래도 코에 붙여보니 조금 큰데? 자네 코가 그렇게 크단 말인가?"

노인이 코에 돈을 가져다 대보고는 킁킁 냄새까지 맡으며 하는 말에 강도가 씨익~ 웃었다.

"노형이 돈을 버는 재주가 있다면 이 아우는 쓰는 재주가 매우 뛰어나다오. 그러니……."

노인과 강도 사이에 오가는 말을 듣던 이교옥이 진금행을 보며 말했다.

"어이~ 대주, 저거 그냥 보고 있어야만 하는 건가? 어떻게 손을 써야 되는 거 아니야?"

"일단은 지켜보고……."

진금행의 얇은 눈이 더욱 가늘어졌다.

하지만 숲 속에서 지켜보던 조천대의 예상과는 달리 일은 급박하게 돌아가고 있었다.

노인 앞에 섰던 세 명 중 두 명이 흡사 자신의 것인 양 이리저리 돈을 긁어모으고 있었고, 웬만큼 일이 다 되었다 싶었는지 망을 보러 나갔던 네 명 역시 슬슬 넛걸음질쳐서 우두머리 곁으로 왔다.

대강 자신들의 볼일이 끝나간다 생각했는지 처음 말을 걸었던 우두머리와 돈을 긁었던 두 명의 눈길이 심상치 않게 마주쳤다.

이윽고 우두머리가 엄지손가락을 치켜들어 제 목을 긁는 시늉을 하자 나머지 두 명이 알았다는 듯 고개를 작게 끄덕였다.

독사에게 물리는 일이나 전갈에게 찔리는 일은 모두 두려운 일이다. 하지만 독사에게 물린 사람이라면 눈이 훼까닥 돌아가 전갈 따위는 안중에도 없게 되는 법이다.

지금 강도 또한 그랬다. 돈을 긁어내려는 일이 살인까지 가는 데엔 조그마한 주저함도 없었다.

살인멸구(殺人滅口). 저자들은 사람을 죽여 입을 봉하려 하고 있었다.

"아무래도 참기 힘든데?"

주개육이 인상을 쓰며 슬며시 몸을 일으킬 때였다.

"아니야, 자네가 신경 쓸 일이 못 되는 듯하네."

술 냄새를 역하게 풍기던 이교옥이 주개육의 어깨를 슬며시 잡아당겼다.

"……?"

주개육이 무슨 말인가 싶어 머리를 돌려 이교옥을 돌아보았다.

주개육은 과연 개방의 후개다웠다. 걸신들린 듯 처먹는 것도 그랬고, 머리끝부터 발끝까지 모든 것이 거지다웠다. 하지만 겉가죽은 남루하되 뼛속까지 정의로움으로 뭉쳤다고 알려진 개방의 협골(俠骨) 또한 주개육은 가지고 있었다.

아무리 노인이 수상쩍다 해도 난가호(攔街虎:깡패 무리)들에게 죽임을 당하는 것은 두고 보지 못했다.

하지만 이교옥이 그런 자신을 제지하다니?

'이자가 화산의 망나니라 하더니 정신까지 썩은 것인가?'

주개육은 약간의 실망감을 느꼈다.

아무리 화산의 새한벽을 경험했다 해도 무슨 소용이 있는가.

검술 한 냥에 사람 서 푼이라면 상종하지 말아야 할 인간이었다.

하지만 다행히 이교옥은 자신의 바람을 저버리지 않았다.

이교옥이 턱 끝으로 한 방향을 가리킨 것이다.

"……!"

거기 있었다. 주개육의 눈에 그제야 두 명의 다른 사람이 눈에 들어온 것이다.

'괴상하군!'

주개육이 속으로 중얼거렸다.

세상에나, 주개육이 괴상하단다. 주개육이 어떤 인간인가. 진금행을 만나 일행이 되었고, 아미의 불연, 청성의 현통, 사천 절각도 강구의, 기천사지 오필도, 구골문주 구잔양을 만나본 인간이 아닌가.

거기다 별종 중의 별종인 괴물 묘웅과 웃는 얼굴 온양, 그리고 휘검청학 이교옥까지 두루 거친 몸에다, 이 주개육이란 인간 자체도 흔히 볼 수 있는 물건이 아니었다.

그런 주개육 입에서 괴상하단 말이 나올 정도로 새롭게 나타난 두 사람은 강렬한 인상을 풍기고 있었다.

한 사람은 왠지 가까이 다가서기가 껄끄럽게 생겼고, 다른 한 사람은 쳐다보는 것부터 거북하게 생긴 인간이었다.

세상에 불만으로 가득 찬 얼굴 하나와 절대 한 번에 눈을 맞출 수 없는, 멀리 떨어진 두 눈을 가진 놈이었다.

노인의 돈을 강탈하려던 일곱도 이제야 그 두 사람을 발견했는지 버럭 고함을 질렀다.

"웬 놈이냐!"

하지만 새롭게 나타난 두 사람은 강도들은 신경도 쓰이지 않는다는 듯 그저 헤벌쭉 웃는 노인을 향해 말을 걸었다.

"왜 각에서 나오신 겁니까?"

말은 정중했지만 태도에는 짜증이 묻어나고 있었다.

노인도 그걸 느꼈는지 야단 맞는 어린아이마냥 온몸을 움츠리고는 땅만 쳐다보고 있었다.

"급해서… 성녀(聖女)를 찾아야 하는데 너무 답답해서……."

노인의 그런 태도가 안타깝다는 듯 두 눈 사이가 한참이나 먼 남자가 울상을 지었다.

"그, 그렇기도… 우리가 가두어두다시피 했으니 오죽 답… 답답하시겠느냐?"

하지만 불만 많은 놈의 생각은 두 눈 사이가 먼 놈과는 달랐나 보다.

곧 얼굴을 돌리고 쭉 째져 치켜 올라간 눈으로 쏘아보자 더듬거리며 말했던 놈의 얼굴이 벌겋게 달아올랐다.

그러나 노인은 그 말에 용기백배했는지 곧 자신이 딴 돈을 들어 보이며 말했다.

"이것 보아라. 내가 이만큼 돈을 벌었다. 이제 성녀를 찾아 나서도 될 것이야……."

노인이 자신 앞에 가득 쌓여 있는 돈을 한 아름 품에 안으며 헤벌쭉 웃었다.

"사부님, 돈은 저희도 많습니다."

불만 많은 얼굴이 고개를 가로저으며 말했다.

"하, 하지만 저 돈도 꽤나 많은데?"

눈 사이가 먼 사내가 아깝다는 듯 미간 사이를 찡그렸다.

찌릿!

하지만 그뿐이었다. 불만 많은 사내가 쏘아보자 눈 사이가 먼 사내는 몸을 움찔대고는 고개를 푹 숙였다.

"네놈들은 또 뭐냐!"

그제야 제정신을 차린 듯 난데없이 나타난 두 사내를 향해 강도가 버럭 고함을 질렀다.

나타나서 자신들에겐 시선 한 번 던지지 않았던 두 사내.

뭔가 찜찜했는지 강도는 엄포의 말만 늘어놓을 뿐 쉽게 달려들지는 못했다.

개가 그만큼 짖어도 돌아봤을 텐데, 불만 많은 사내는 강도를 향해 고개조차 돌리지 않고 그저 노인을 향해 걸어갔다.

"사부님, 여기서 이러지 마십시오. 자꾸 이러시면 도리어 방해만 되어 더욱 일이 늦어진다는 걸 모르십니까?"

강도는 뒤로 주춤주춤 물러나다가 눈알을 한번 데굴 굴렸다. 더 이상 우물쭈물하다간 기세에서 져버릴 걸 알았기 때문이다. 그렇게 된다면 제 입에 들어왔던 은자는 고사하고 이게 무슨 창피란 말인가!

"이익!"

곧 강도 중 우두머리로 보이는 자가 멋진 기합성과 함께 허공으로 뛰어올랐다.

그것이 신호였는지 지켜보던 다른 여섯 명 역시 칼을 휘두르며 노인에게 가까이 가고 있는 불만 많아 보이는 자를 덮쳤다.

"안 되겠군!"

사내의 목숨이 경각에 달하자 주개육이 도저히 못 참겠다는 듯 몸을 일으켰을 때였다.

이번에도 주개육의 어깨를 지그시 누르는 손이 있었다.

주개육이 이번에도 이교옥이 자신을 말리는가 싶어 갖은 인상을 쓰며─이 인간 인상도 먹어주는 인상이다─돌아보았다.

이교옥이 아니었다. 보름달보다 더 환한 웃음을 배어 문 온양이었다.

"……?"

주개육의 낯짝이 똥 찍어 먹은 곰처럼 변하며 온양을 쳐다보는데, 온양은 그저 활짝 웃는 얼굴로 고개를 가로저었다.

"……!"

주개육이 시선을 다시 공터로 돌렸을 때 왜 온양이 자신을 가로막았는지 알 수 있었다.

후두둑~

붉은 꽃이 하늘에 한가득 뿌려지고 있었다.

"후아~"

구잔양의 입에선 저도 모르게 탄성이 터져 나오고 있었다.

사람의 갈기갈기 찢어진 조각들이 핏물과 함께 허공 중에서 비산하고 있었기 때문이다.

그것은 끔찍하면서도 아름다웠다.

잔인한 면에선 타의 추종을 불허하는 구잔양 입에서 탄성을 자아낼 만큼 전율스런 모습이었다.

일곱 명의 생명과 바꾼 화려한 광경.

피가 비로 바뀌어 하늘에서 내리는 그 속에서 분명 그 같은 광경을 만들어낸 것이 분명한 사내가 천천히 발을 옮기고 있었다.

"사부님, 이제 그만큼 노셨으면 되었지요?"

태연한 사내의 말이 더욱더 공포스러웠다.

"어, 어떻게 된 거지?"

방금 전의 광경이 어떻게 만들어진 것인지 몰라 주개육이 더듬거리며 온양을 쳐다보았다.

하지만 온양은 아무 말도 없었다.

그저 안 그래도 초승달 모양의 눈이 더욱 얇아질 뿐이었는데 그것이 더욱 활짝 웃는 것처럼 보였다.

'내 예감이 틀림없군! 저자 역시……'

온양은 더욱더 재미있어졌다.

아니, 재미가 아니라 머리가 아파져야 할 일이었지만 이상하게 온양은 흥분에 몸이 떨렸다.

며칠 전, 조천각에서 자신과 같은 일을 하는 놈을 만났었다.

비록 그자 때문에 진금행을 죽이진 못했지만 자신과 자웅을 겨룰 만한 자를 만난 것에 기쁨을 느끼기도 했다.

자객(刺客). 살수(殺手)로도 불리는 자신 같은 자들은 비밀이 가장 중요했다.

언제 목숨을 버려야 할지 모를 비밀스런 삶을 살아가기에 다른 사람들과 인간적인 교류를 맺는 것은 상상도 하지 못했다. 그러니 다른 자객들에 대해서는 더욱더 알 수가 없었다.

그런데 며칠이 지나지 않아 자신과 같은 길을 걷는, 그것도 그 신력이 자신의 하수가 아닌 자를 둘씩이나 본 것이 아닌가!

혈루소면인 온양은 그런 자들을 알고 있었다.

피에 미쳤다는 살막(殺幕)의 막주(幕主)와 깨끗한 살인을 한다는 밀영각(密影閣)의 흑백살귀(黑白殺鬼).

그들의 능력이 어느 정도인지 알 수 없지만 며칠 전 만난 자객 역시 그들 아래는 아닐 것이다.

그리고 눈앞에 보이는 불만 많아 보이는 사내 역시…….

마지막 살업(殺業)을 앞에 두고 팽팽한 호적수를 둘이나 보게 되다니!

'너무나 재미있군!'

온양의 얼굴, 활짝 웃는 얼굴이 더욱 환한 빛을 낼 때였다.

"어떻게 된 거냐니까!"

주개육이 물어봐도 그저 웃기만 하는 온양을 보며 짜증을 낼 때였다.

"그냥 곤죽이 된 거지 뭐. 정말 죽처럼 녹아내리더군."

옆에 있는 이교옥이 대신 대답했다.

주개육이 고개를 홱 돌려 이교옥을 쳐다보자 이교옥은 제 뒤통수를 긁었다.

"그런 눈으로 보지 마. 나도 자세히 못 봤으니."

주개육의 눈가가 씰룩대더니 이번엔 다시 고개를 돌려 공터를 뚫어지게 쳐다보았다.

세상에 이럴 수가. 이교옥이 망종이라는 것과 이교옥의 무공이 높다는 것 사이에는 아무런 관계가 없었다. 꼭 무공이 높아야 싸가지없는 놈이 될 수 있는 건 아니니까. 하지만 싸가지없는 행동을 해대면서도 아직까지 목숨을 잃지 않았다는 것은 둘 사이에 매우 밀접한 관계가 있음을 나타내 주고 있었다.

무공이 높지 않다면 진작에 죽음을 당하고도 남을 싸가지니까.

어찌 됐든, 새한벽에 든 화산의 고수 이교옥마저 어찌 돌아간 건지 한눈에 파악하지 못했다는 것은 심상치 않은 일이었다.

하지만 온양은 잘 알고 있었다.

상대는 자객. 자신과 같은 길을 걷는 자이니 자신이 못 알아볼 리가 없었다.

단지 자객의 술법만 익히고 있는 것이 아니라는 것은 상대를 육편(肉

片)으로 만들어 버린 과폭한 술수를 보아도 알 수 있었다.

자객의 기예(技藝)와 무공을 함께 익힌 자가 분명했다.

"혜혜~ 비가 와. 빠알간 비가 와······."

공터의 정신 나간 노인은 이젠 아예 박수까지 치며 좋아하고 있었다.

"우··· 우야, 얼른 사, 사부님을 모시고······."

뭔가 캥기는 거라도 있는지 눈 사이가 먼 사내가 불만 많아 보이는 사내를 재촉하고 있었다.

"형님이 부축하슈, 난 해결해야 할 일이 남은 듯하니."

방금 전, 일곱 명의 목숨을 앗아간 사내는 몸을 천천히 돌려 수풀 속을 노려보기 시작했다.

"찜찜하네······."

이교옥이 인상을 찡그리고는 진금행을 쳐다보았다.

저자는 이미 조처대원들이 수풀 속에 숨어 있는 것을 알고 있었다.

아니, 처음엔 몰랐다 하더라도 수개육의 커다랗게 낑낑대는 소리는 분명히 들었으리라.

하지만 이교옥은 사람 일곱의 목숨을 한순간에 날려 버린 사람을 향해 천천히 몸을 일으켜 세울 수밖에 없었다.

'네가 나가 봐'란 뜻이 명백한 진금행의 눈짓을 외면할 수는 없었기 때문이다.

수풀 속에서 몸을 일으킨 이교옥과 공터에서 쏘아보고 있는 인상 고약한 사내 사이엔 정적이 흐르고 있었다.

"아미타불······."

정적 사이로 너무도 끔찍한 광경에 치를 떠는 불연의 불호 소리만이 흘렀다.

"무슨 일이지?"

불연의 불호가 도화선이 되었는지 사내가 이교옥을 쏘아보며 물었다.

"글쎄?"

이교옥의 고개가 갸우뚱거렸다.

그러고 보니 뚜렷하게 건넬 말이 생각이 나지 않았다.

자신이야 진금행 말에 따랐을 뿐이니 여기 왜 왔는지는 진금행만이 알고 있지 않은가.

이교옥의 고개가 한쪽을 향하자 고약한 인상의 사내 역시 진금행의 펑퍼짐한 얼굴을 볼 수 있었다.

"돌려받을 게 있어서."

진금행이 그제야 수풀 속에 길을 내며 걸어나왔다(그 정도 덩치가 지나가면 아무리 무성한 수풀이라도 길이 날 수밖에 없었다).

고약한 인상의 사내는 진금행의 시선이 노인을 향하고 있다는 걸 알아채고는 얼굴을 구기며 물었다.

"돈?"

인상 고약한 사내의 말이 끝나기가 무섭게 노인이 발버둥을 치기 시작했다.

"못 줘! 안 줘! 이건 내 거야!"

눈이 귀 옆에 달라붙은 희멀건한 사내는 자신이 부축하고 있는 노인이 발버둥을 치자 곤란하다는 듯 고약한 인상을 쳐다보았다.

"돈은 주지."

낮짝 고약한 사내가 고개를 크게 끄덕이며 진금행에게 말하는데 웬일로 진금행이 고개를 좌우로 흔들었다.

"돈은 큰 문제가 아니야."

"……?"

고약한 인상의 사내, 즉 종리우의 얼굴이 가볍게 떨렸다.

사부를 부축하고 있는 눈이 머리통 옆에 붙은 사내 종리혁도 인상을 구기고 있었다.

"저… 저놈이 눈치를 챈 게 아닐까? 우리가 밀영각에서 나왔다는……."

종리혁의 우려는 그것이었다.

안 그래도 치매에 걸린 사부가 탈출한 것만 해도 골치 아픈 일이었다. 그래서 부랴부랴 밀영각까지 문을 닫고 뒤따라온 것인데 아니나 다를까, 자신의 사부는 큰 사고를 치지 않았는가. 사람들 앞에서 백교의 술법을 펼쳐 보이는 실수를…….

종리혁의 우려대로 눈앞에 속속 몸을 나타내는 사람들의 기도가 범상지 않았다.

처음 몸을 드러낸 사내는 꼭 화산 도사처럼 차려입었는데 도복의 소매 끝에는 매화문(梅花紋)을 여섯 개나 박았으니 화산의 도사는 아니었다.

아무리 천하기재라도 저 나이에 화산파의 상징인 매화문을 여섯 개나 박아 넣을 수는 없었기 때문이다.

그러나 화산 도사든 아니든 간에 몸에서 흐르는 기도는 절정고수가 분명했다.

거기다 그 뒤로 몸을 일으키고 있는 사람들, 즉 땟국물이 줄줄 흐르지만 왠지 뭔가 한가락 할 거 같은 거지 하나(주로 먹는 것에 한가락 하는 주개육).

세속의 때는 하나도 묻지 않았을 것 같은 정결하고 예쁘장한 여승 하나(불연).

눈도 마주치기 싫을 만큼 번질거리는 살기를 몸에 처바른 놈 하나(구잔양).

치질을 앓는지 묘하게 몸을 비틀고 있는, 자신의 동생만큼 고약한 인상을 쓰고 있는 놈도 하나 있고(우문하).

얼굴에 북슬북슬 수염이 나 있고, 제 허리통만한 거치도를 어깨에 터억 올려놓고 있는 무식한 놈도 있고(강구의).

방금 전 놈보다 더 무식하게 생긴 놈도 하나 있는데, 입은 옷은 검은 묵빛의 도복이니 전혀 어울려 보이지 않는 이상한 놈도 있었다(현통).

거기다 뭐가 그리 좋은지 배실배실 화사하게 웃고 있는 놈도 있지 않은가(온양).

승도속(僧道俗), 모든 종류가 한데 뭉친 패거리는 처음 보는 것이었다.

그중에서도 팅팅 불은 몸을 지닌 저자가 아마도 우두머리인가 본데, 왠지 보는 것만으로도 종리혁은 가슴이 답답해져 오고 있었다(거기다 보는 사람을 더 환장하게 만드는 묘웅이 있었지만 자리에 없어 보지 못한 게 다행이다).

종리우도 종리혁과 같은 생각을 하고 있었다.

"형은 가만있으슈, 저놈들이 배교의 냄새를 맡았을지도 모르니……"

그게 문제였다. 자신들이 밀영각의 두 각주라는 사실도 숨겨야 할 비밀이었지만, 마지막 남은 배교도가 밀영각주라는 사실은 더 더욱 숨겨야 할 비밀이었다.

잘 모셔둔—실제론 가두어둔 거지만—사부가 탈출하지만 않았다면 이런 일은 벌어지지 않았을 것이다.

"그래? 그럼 뭘 원하지?"

종리우가 진금행을 쏘아보며—하도 넓어서 한참이나 쏘아봐야 했다—물었다.

"돈은 문제가 아니야. 돈을 긁어올 놈이 고장나서 그래."

진금행이 짜증난다는 듯 투실투실한 뺨을 씰룩이다 뒤를 돌아보았다.

그러자 무식하게 생긴 도사 현통이 아무렇게나 내팽개친 놈을 하나 주워 들었다.

그리고는 현통이 몇 개의 혈을 짚자 정신 차린 놈이 멍한 눈을 들어 주위를 훑어보았다.

할랑할랑~ 발랑발랑~ 까꿍~ 절레절레~

한눈에 보기에도 제정신이 아닌 놈이었다. 종리우가 보기엔 아예 치매를 앓고 있는 자신의 사부가 훨씬 정상적인 사람으로 보일 정도였다.

숨을 크게 몰아쉬며 벌렁벌렁대던 놈의 시선이 종리혁에게 부축받고 있는 노인에게 가 닿았다.

그러자 그놈의—이놈이 오필도이다—눈이 찢어져라 부릅떠지더니 큰 소리로 외쳤다.

"양음양양! 저 개 같은 노인이 저기 있구나! 누헤헤~ 노인장, 우리 한 수 더 겨뤄봐야 하지 않겠소? 일음일양, 양음, 양양, 양양양~ 아아옹~ 내가 이번에 걸 건 호랑이라오! 누헤헤~"

"무량수불……."

현통이 나지막한 진언과 함께 다시 혈을 짚어야 할 만큼 오필도의 발광은 심했다.

그러자 종리혁과 종리우가 서로의 얼굴을 쳐다보았다.

그제야 알 수 있었기 때문이다. 사부가 어떻게, 또 누구에게 저 많은 돈을 긁어왔는지를.

"요요화(妖曜譁)의 술(術)이군……."

종리혁의 입술 사이로 신음성이 흘렀다.

자신의 사부, 즉 배교의 마지막 장로가 어떤 술법으로 돈을 긁었으며, 또 저자의 정신이 왜 저렇게 훼까닥했는지 단번에 알 수 있었다.

배교의 술법을 이은 자신이 아니라면 어느 누가 한눈에 알아볼 수 있겠는가.

하지만 어찌 되었든 일이 복잡하게 꼬인 건 사실이었다.

"풀 수 있겠어?"

종리우가 종리혁에게 전음으로 물었다.

하지만 한숨을 푹 내쉰 종리혁이 고개를 가로저었다.

"저, 저건 연륜이 있어야 하는 거야. 배워야 할 술법이 아니라 스스로 깨, 깨치는 술법이란 거지. 나, 난 몰라……."

"그럼 어쩔 수 없군. 헤쳐 나가는 수밖에."

종리우가 몸을 돌려 조천대를 쏘아보며 우뚝 서자 당황한 듯한 종리혁의 목소리가 들렸다.

"자, 잠깐만. 저자들은 보통 사람들이 아니야……. 내, 내게 좋은 생각이 있어. 잠시만 비켜줘."

종리우가 힐끔 뒤돌아 제 형의 넓은 눈을 쏘아보았다.

하지만 기껏해야 군은 결심이 어려 있는 눈알 한쪽만을 볼 수 있었다(다른 쪽 눈알은 머리통 다른 편에 붙어 있어 볼 수가 없었다).

그래도 어벙한 형이 저런 말을 꺼낼 때는 다 생각이 있어서였다. 저런 눈알을 보여줄 때는 한 번도 자신의 기대를 저버리지 않았기 때문이었다.

한 성(省)을 뒤져도 찾아내기 힘든 고수들이 한 무더기씩이나 모여 있으니 종리우 자신이 아무리 밀영각의 흑백살귀라 해도 상대하기엔 벅찬 것도 사실이었다.

종리우가 비켜난 공간을 종리혁이 부축한 제 사부를 조심스럽게 동생에게 건네고는 주춤주춤거리며 다가와 섰다.

"도, 돈이란 좋은 하인인 동시에 나쁜 주, 주인인 것이지. 그, 그래서 돈을 일러 귀(鬼)라 하는 것이야. 자, 자고로 귀신을 부릴 때는 주문을 외워 불러내고, 거, 검을 흔들어 경계하며, 경, 경(鏡)을 들어 제어하고, 인(印)을 박아 머, 멈추게 하지. 토마터리 리불기세……."

눈 사이가 아득할 정도로 떨어져 있는 사내가 공터 앞으로 나와 중얼거리자 조천대 일행은 멍하니 우물거리는 사내의 입을 쳐다보았다.

'뭔 개지랄이지?'

하지만 멍하니 쳐다보던 사람들의 눈은 믿을 수 없다는 듯 크게 벌어졌다. 아니, 눈뿐만이 아니었다. 주개육은 입까지 헤벌레 벌리고는 입가로 침을 질질 흘러낼 정도였으니까.

종리혁의 주문이 길어짐에 따라 강도들이 쌓아 올린 돈이 요동 치는 것을 보았기 때문이다.

그리고 요동 치는 동전이 천천히 허공 중에 떠오르자 불연은 머리카락이 쭈뼛 서는 것처럼 느낄 정도였다(미안하다. 불연은 민둥머리 어슷이다).

거기다 동전들이 꼭 실에 묶여 조종되는 것처럼 허공을 빙빙 맴돌
때는 희장(戲場:잡극 공연장)에 처음 들어선 다섯 살 아이들처럼 눈망울
을 빛낼 정도였다.

"멋지군!"

주개육이 중얼거렸다.

"사술(邪術) 아닌가?"

말수 적은 강구의마저도 믿기 어렵다는 듯 중얼거렸다.

"훌륭한 잡수예(雜手藝:각종 기괴한 몸 동작과 눈속임 놀이, 현대의 마술
정도가 된다)야!"

"잡수예는 아닙니다."

현통도 고개를 끄덕이며 말하자 온양이 강하게 부정했다.

온양 역시 기예단에 몸담았던 인물. 자연 상대의 술법이 그저 눈속
임으로 일관하는 재주가 아니라는 것을 한눈에 알아본 것이다.

"아가리 닥쳐!"

진금행의 나지막한 목소리가 터져 나왔다.

정신이 번쩍 든 조천대원들이 진금행을 쳐다보자 진금행은 동전에
서 눈도 떼지 않고 신중한 태도로 말했다.

"조심해!"

진금행의 말이 채 끝나기도 전에 허공에 떠올랐던 동전들이 이상한
궤적을 그리며 돌기 시작했다.

"…소명하도, 지박둔(地縛地)의 술(術)이여!"

묘한 울림을 담고 계속되던 종리혁의 말소리가 갑작스레 높아지며
크게 울려 퍼졌다.

쒜엑~

공기가 갈라지는 날카로운 소리와 함께 허공에 떠 있던 동전들이 무섭게 날아들기 시작했다.

"크허헉!"

조천대원들이 크게 놀라 몸을 뒤로 물리려 할 때였다.

피쉬식~ 핏!

"잉? 뭐여? 뭔 일이여?"

막 몸을 돌려 피하려던 주개육이 영문을 모르겠다는 듯 중얼거렸다.

그것은 주개육뿐만 아니라 다른 사람들도 마찬가지였다.

맹렬하게 쏘아져 왔던 동전 수십 문이 갑자기 힘을 잃고 바닥으로 떨구어져 내렸기 때문이다.

그래도 날아오는 속도가 있어서인지 동전들은 모두 자신의 몸통을 반쯤 땅에 박아 넣고 있었다.

"별것 아니잖아?"

주개육이 자신 앞에서 땅 아래 반쯤 틀어박힌 동전들과 힘들게 일을 해냈다는 듯 이마에 흐르는 땀을 닦아내는 종리혁의 얼굴을 번갈아 쳐다보았다.

짝짝짝~

"멋진 지박둔의 술법이었어. 정말 멋진!"

노인이 헤벌쭉 벌린 입 사이로 큰 칭찬의 말을 늘어놓으며 박수까지 열렬히 쳐대고 있었다.

"그렇다고 그것을……."

종리우가 종리혁이 행한 술법이 맘에 안 든다는 듯 얼굴을 찡그렸다.

안 그래도 배교도란 사실과 밀영각에서 나왔다는 걸 숨겨야 하는 자신들이었는데 여봐란 듯이 아낌없이 베풀어 버린 종리혁이 마음에 안 들었던 게 분명했다.

"어, 어쩔 수 없었어. 상대는 너무 가, 강하고, 우리는 시, 시간이 없으니……."

얼굴을 붉히고는 제 뒤통수를 벅벅 긁어대는 종리혁의 말에 종리우가 미간을 살짝 좁히다 어쩔 수 없다는 듯 몸을 돌렸다.

"알았어. 얼른 돌아가자고, 오래 비워둘 수는 없으니."

"그, 그래, 그래야지."

종리혁이 쑥스럽다는 듯 웃으며 사부를 안고 멀리 사라져 가는 종리우를 뒤따랐다.

"어라? 안 따라가?"

주개육은 멀리 사라지는 세 사람을 보며 의아스럽다는 듯 진금행을 쳐다보았다.

하지만 웬일인지 진금행은 낯색이 굳어져 있는 게 아닌가.

'어라? 저놈은 또 왜 저래?'

주개육이 영문을 모르겠다는 듯 고개를 갸웃거리다 주위를 둘러보니 진금행만 그런 것이 아니었다.

강구의란 사내는 아예 두 눈까지 질끈 감고 입을 악물고 있었고, 현통이란 도사는 아예 입까지 떡 벌리고는 중얼거리고 있는 게 아닌가.

"지랄맞게 됐군!"

현통의 말에 주개육이 더욱 의아해졌다.

"뭐가?"

막 현통에게 다가가 뭐가 그리 지랄맞은지 물어보려던 주개육은 비로소 그 지랄맞은 것의 정체를 알아내게 되었다.

동전이 쏟아져 올 때 막 도망가려 들어 올린 손과 발을 천천히 내리려 할 때였다.

'어라?'

주개육은 어리둥절해졌다.

한 촌쯤 손과 발을 움직였을까? 그 뒤로는 옴짝달싹 못하겠는 게 아닌가!

"뭐지? 뭐가 날 붙잡고 늘어지는 거야?"

뭔가 끈끈하게 자신의 몸을 옭아맨 듯하게 느껴지자 주개육이 고개를 돌려 그것의 정체를 확인하려 할 때였다.

"그림자를 봐, 이 멍청아!"

주개육은 구잔양의 말소리에 비로소 눈알을 내려 그림자를 살폈다 (이제는 고개도 까딱하지 못했으니까).

그림자. 그랬다. 자신의 그림자가 검게 드리우고 있는 곳에는 아까 맹렬하게 쏟아져 오다 떨구어진 동전이 반쯤 틀어박혀 있었다.

자신의 그림자뿐만 아니라 소전대원의 그림자마다 동전 수십 개가 빼곡히 박혀들어 있는 게 아닌가.

'엥?'

주개육은 몸을 움직여 보다 한 가지 무서운 사실을 알아내었다.

자신의 그림자는 동전을 벗어나지 못하고 있었다.

몸을 이리저리 흔들면 그림자 역시 자신의 몸짓을 따라하고 있었다. 하지만 그 움직임이 커져 그림자가 동전이 박힌 곳을 벗어나려 하면 꼭 쇠사슬에 묶인 것처럼 벗어나지 못하는 게 아닌가.

흡사 굴렁쇠 가운데 말뚝을 박아놓은 듯 굴렁쇠를 움직여 말뚝 밖으로 빼내려 하면 말뚝이 그것을 막는 것과 똑같았다.

아무리 요동을 쳐봐도 그림자가 동전의 족쇄를 벗어나지 못한다면 몸을 뜻대로 움직일 수가 없는 것이었다.

"이게 웬 개 같은 경우냐?"

주개육이 자신이 보고도 못 믿겠다는 듯 눈을 끔뻑이며 중얼거렸다.

"밀술의 일종인 것 같은데?"

이교옥도 멍하니 눈동자만 데루룩 굴려 진금행을 쳐다보고 물었다.

"말로만 전해 들은 배교의 밀법인 것 같습니다."

온양의 웃는 얼굴 역시 진금행을 쳐다보았다.

"배교? 그거 잘됐군. 안 그래도 찾아 나서야 했는데……."

하지만 진금행은 배교라는 말이 나오자 잘됐다는 듯 미소를 띠는 게 아닌가!

"찾아 나서려면 일단 이 결박(結縛)이 풀려야 하는 게 아닌가!"

강구의가 어의없다는 듯 큰 소리로 말했다.

"풀어? 뭐, 시간이 흐르면 풀리겠지."

진금행은 걱정할 것 없다는 듯 태연하게 대답했다.

"그도 그렇군. 밤이 찾아와 그림자가 없어지거나, 아니면 누군가 나타나 동전을 뽑아주면 될 것 아닌가."

청성의 현통이 어울리지 않게 제법 머리를 굴린 듯한 대답을 꺼내놓았다.

"아미타불, 그럼 우리 '하늘을 비추는 영웅들'인 조천대원들은 그동안 꼼짝 못하는 거예요? 그럼 세 살 아이가 나타나도 우리는 꼼짝 못하고 당할 거 아닌가요?"

불연만이 지금 일어나고 있는 일이 재미있다는 듯 호기심이 담뿍 담긴 청아한 목소리로 꾀꼬리처럼 종알거렸다.

하지만 불연에겐 재미있는 일일지 몰라도 불연의 말을 들은 사람들은 등 뒤에서 싸늘한 식은땀이 흘렀다.

아무리 이교옥이 화산의 새한벽에 든 고수면 무얼 하겠는가.

청성의 장문인감으로 꼽히는 현통이면 무얼 하겠는가.

기련노마와 함께 사천의 신으로 추앙받는 강구의면 뭘 하겠는가.

주개육의 아가리가 아무리 커도 그림 속에 든 떡을 삼킬 수는 없는 것처럼―또 모른다. 이 인간은 종이도 능히 처먹는 놈이니까―그저 칼만 들 수 있는 사람이 오더라도 자신들의 목숨은 사라지는 것이 아닌가.

적어도 어둠이 덮여 그림자가 사라지기 전까진 말이다.

바로 그때 칼을 들 수 있는 힘은 물론 무공도 쓸 만한 사람이 공터로 오고 있었다.

그 사람이 마음만 먹는다면 이 자리에 한 사람도 살아남지 못할 것이 분명한 사람이……

"어모모~ 모두들 어디 간 게야아? 이 묘웅이만 두고 모두들 도망갈 수 있는 세야아? 주인을 잠 재우고(?) 보니 모두 도망을 갔다아~ 이 말이지이~? 아웅~ 속상해! 내 만나기만 해봐아아~ 말뚝(?)이란 말뚝(!)은 다 분질러 버릴 테니이~"

비록 여자인지 남자인지 분명치는 않지만 사람인 건 틀림없는 묘웅의 목소리였다.

묘웅의 목소리에 조천대원들의 얼굴이 허옇게 떠갔다.

운 좋게 목숨이 살아난다 해도 말뚝이 남아나지 않는다면 불구자도 이런 불구자가 없을 게 아닌가!

모두들 얼굴이 허옇게 되었지만 오로지 거덜날 말뚝이 없는 붉연만이 반갑게 묘응을 맞고 있었다.

"어머나, 여기예요, 여기!"

착한 불연의 꾀꼬리 목소리가 왠지 악마의 귀기스런 호곡성같이 들리는 조천대원들이었다.

제 4 장

서소향 —서소향 낭군을 만나고, 진금행 발을 되돌리다

서소향

강호에는 진근양이 무림맹주 신분을 위장하기 위해 변장을 하고는 무림맹의 수신이위(守神二位)가 전해주는 소식을 따라 마교우사(魔敎右使) 문추룡과 단심십이수(丹心十二手) 네 명과 함께 혈첩의 뒤를 쫓고 있었다.

그리고 그 사실을 알 턱 없는 응양문주 서청암은 한참 손녀딸의 혼담을 처리하고 있었다.
요즘 들어 자꾸 좋은 일만 생기는 것이다.
'한 가지만 제외한다면…….'
요즘 들어 서청암은 부쩍 건강에 신경 쓰고 있었다.
얼마 전 웬 비쩍 마른 노인이 헛바닥을 출렁거리며 길거리에서 미쳐 날뛰는 것을 본 이후부터였다.

그날의 경험은 서청암을 자꾸만 악몽에 몰아넣고 있었다.

몸이 팅팅 불어 보통 사람보다 다섯 배나 뚱뚱한 사람과(진금행 아비 진충덕이다) 혀가 다른 사람보다 다섯 배는 더 긴 듯한 늙은 치매노인(마 총관이다).

'으드득, 떱때끼야! 달 들었어! 아듀 달 들었다고!' 하고 잠꼬대를 하지 않나, 갑자기 탁자에 제 머리를 다섯 번 내리찧지 않나, 나중엔 길거리에서 '너두 알아뜨면 알았따는 표띠를 해봐, 이 개때끼야!' 하고 발광하던 미친 노인…….

그것이 무엇이든 확실해야 안심을 하는 단심십이수 수장의 전음 소리에 환장하던 마교좌사 마불통이었다는 것을 서청암은 알 수가 없었다.

그날 이후, 응양문주 서청암은 그 미친 노인처럼 되지 않기 위해 건강에 더욱더 신경을 썼다.

하지만 가끔 꿈자리에 나타나 긴 혓바닥을 낼름거리던 그 재수없는 치매노인이 나쁜 일이라면, 그 치매노인을 만난 자리에서 무림맹 현무단에 있는 유하를 만난 건 좋은 일이었다.

비록 여자를 너무 잘 다룬다는 점이 찜찜하긴 했지만, 서청암의 큰 손자이자 무림맹 백호당에 들어간 서군표의 절친한 친구라니 신경 쓸 필요는 없어 보였다.

아무튼 유하가 손녀인 서소하를 잘 대해주기만 한다면 서청암은 아무것도 바랄 것이 없었다.

좋은 일만 계속됐다.

서군표가 무림맹 백호당에서 큰 활약을 하고 있다는 소식도, 또 서소하가 좋은 짝을 만나 유하에게 시집가게 되었다는 것도, 그리고 막내

손자인 서동문의 무공이 큰형인 서군표를 넘어서고 있다는 것도 말이다.

단 하나, 가끔 꿈자리에 나타나는 혀 긴 노인네보다 더 큰 고민을 안겨다 주는 존재.

다른 사람들에게 '피 흘리는 마녀'라고 불리는 손녀딸 하나만 제외하면 말이다.

벌써 해가 중천에 뜬 지 오래됐지만 응양문의 피 흘리는 마녀 서소향은 잠에서 깨지 않았을 게 분명했다.

그래서 응양문주 서청암은 한숨을 땅이 꺼져라 불어 내쉴 수밖에 없었다.

하지만 피 흘리는 마녀 서소향은 이미 잠에서 깨고 있었다.

*   *   *

그날 아침은 특별한 것이 없었어.

아니, 보통의 날보다 더 안 좋게 시작했지.

왠지 아침에 일어나니 뒷골이 뻐근하게 땡겼거든.

그래서 우리 응양문(應陽門)이 자랑하는 소양수(消陽手)를 한바탕 벌여 찌뿌둥한 기분을 풀려고 했어.

그런데 스물네 초식의 소양수를 예순다섯 초식으로 풀어내 방방 떠봐도 영 안 풀리는 거야.

그날따라 내 기분이 영 안 좋았던 거겠지.

그래, 나는 무술에 탁월한 능력이 있어.

벌써 12대를 전해져 온 응양문의 피가 내 한 몸에 다 쏟아진 듯했지.

스물네 초식의 소양수.

그래, 응양문의 여러 무공 중엔 기초 중의 기초였어. 기초인만큼 단단했고, 응용력이 떨어졌지. 조금 손봐서 써먹어볼 만하게 고치려 했는데, 아웅~ 너무 손을 댔나 봐. 글쎄, 예순다섯 초식으로 늘어났으니.

그래도 그게 어디야? 난 그 예순다섯 초식으로도 충분한걸.

막내 동문이 무림 후기지수 중에 몇째 손가락 안에 들어간다는 이야기를 듣곤 핏~ 하고 웃었어.

참으로 어이없는 이야기 아니야?

나백수(拿魄手)만 봐도 그래. 난 열흘 만에 깨달은 무공을, 그 멍청한 놈은 일 년 반이 걸려서야 겨우 익혔으니 그 재주가 얼마나 하찮아?

그런데도 응양문의 어른들은 군표 오라버니보다 반년이나 앞당겼다면서 좋아들하시잖아?

서씨 가문에서 두 영웅이 났으니 군표와 동문이란 말이 나돌 정도니, 그 말 듣는 나로서는 그저 방귀나 뿡뿡 뀌어대고 옆구리나 벅벅 긁는 수밖에 더 있겠어?

그런데도 군표 오라버니는 무림맹의 백호당에서 잘 나간다는 걸로 알아준다나? 또 동생은 무림의 촉망받는 후기지수라니 우습지도 않아.

생각난 김에 동생이나 패줄까 싶어. 오늘은 세 수나 버틸 수 있을는지…….

지금 파고 있는 코딱지를 꺼내는 것보다 더 쉬운 일이지.

그나저나 이 코딱지는 왜 이리 안 나오는지 모르겠어.

이렇게 짜증날 때에는 더도 덜도 말고 동생 소하 년 머리채를 잡고 온 동네 질질 끌고 다니면 화악~ 풀릴 텐데 말이야.

글쎄, 이 눈치 빠른 년이 큰오라버니 따라 무림맹으로 냉큼 날라 버린 것 아니겠어?

거기다가 유 뭐시기… 아참, 유하라고 했지.

미안해, 내 기억력이 좋지가 않거든.

아무튼 군표 오라버니 친구인 유하라는 잡종 놈과 혼담이 오가기도 한다니 내가 짜증 안 나겠어?

안 봐도 훤한 놈이야. 그 유하라는 놈 말이야.

군표 오라버니 실력으론 내게 채 여섯 수나 버틸까 말까 한 실력인데도 백호당의 알아주는 실력자로 소문났다며?

그러니 현무당의 큰 기둥이라는 그 유하라는 놈 또한 뻔한 실력이지 뭐.

거기다 소하라는 년은 무공보다 뻔질뻔질 개기름이 흐르는 놈팡이를 좋아하니 안 봐도 알지.

그런데 거기까진 억울하지 않았어.

내가 유하라는 놈이 그럴 거라고 말씀드리니까 아버님이 가당치도 않은 말씀을 나불대시는 것 아니겠어?

뭐, 노처녀 신경질이라나?

히히~ 주먹이 운다, 주먹이 울어.

이렇게 화가 나니 막내동생인 동문이를 패줘야 울화가 풀리지 않겠느냐 이 말이야, 내 말은.

아아~ 동생이 미워서 이러는 건 아니야.

아니, 솔직히 미워. 안 그래도 어릴 때부터 미운 놈이었지만, 예전 그때 그 사건 이후로 그놈은 내게 미운 털이 단단히 박혔지. 동네 사람들도 말이야.

안 그래도 아랫배가 더부룩해서 신경질 좀 부리고 마을 동네에 행패를 부렸다손 쳐도 그래.

어쩜 사람들은 아직 철모르는 열 살배기 동문에게 물어볼 수가 있어? 또 동생 놈 대답은 왜 그 따위야?

동네 사람들이 '네 큰누나에게 무슨 일이 있니? 요즘 들어 더 지랄맞아졌더구나' 했을 때, 동문 이놈은 징징 짜대면서 '누나가 죽을라나봐요. 아랫 구멍으로 피를 줄줄 흘리고 있어여~' 하는 개 같은 경우가 어디 있어?

그건 아무리 나이 차가 지는 덜떨어진 막내동생이라도 용서할 수 없는 거 아니야?

세상에, 과년한 처녀의 첫 생리를 어쩜 그렇게 떠벌리고 다닐 수 있느냔 말이야!

아무튼 원래부터 재수없던 동네 사람들이었지만 그 이후론 더욱 재수가 없어졌어.

어쩌면 내 생리 주기를 그리 훤히 꿰고 앉아서 매월 보름만 되면 모두 문까지 걸어 잠그고 길가에 나오지 않는 것은 또 뭐야?

뭐, 내가 생리통 풀 상대를 구하지 못해서 이러는 게 아니야.

그것까지는 이해해 줄 수도 있고, 동네 똥개 발로 뻥 차주는 걸로 울화통을 풀 수도 있거든.

하지만 뒤에서 수군거리는 말을 내공이 빵빵한 내가 듣지 못하리라 생각했어?

아니, 나처럼 이쁜 여자가 그저 조그마한 생리통 때문에 고생하는 것을 두고 '피 흘리는 마녀' 가 도대체 뭐냔 말이야!

그걸 내가 참을 수 있다고 생각해?

어휴~ 성질대로라면 반 죽여야 하는데, 또 그러면 '성질 삐뚤어진 피 흘리는 마녀'라고 말들하겠지?

그래, 나 성질 삐딱한 년이야.

그런데 그게 내 탓이야? 삐뚤어진 건 이미 오래전이라고.

난 내가 세상에서 가장 밉게 생긴, 아니, 추악하게 생긴 계집앤 줄 알았었어.

왜냐구? 날 보는 사람마다 인상을 찡그렸거든.

아예 인상을 찡그리다 못해 미간 사이로 주름이 푹 패인 우리 집사만 봐도 알 수 있는 일이지.

거기다 감히 내 앞에서 고개까지 옆으로 돌리는 놈들까지 있으니 내가 빡 돌지 않을 수 있냔 말이야.

그것도 내가 어린 계집애일 때부터 있어왔던 일이야.

내가 배운 가전무공이 전통에서 벗어나는 게 내 성질이 모질어서나 내가 반항심을 가지고 있어서 그런 게 아니란 말이야.

나에게 무공을 알려주시던 아버님마저도 내가 무공을 익힌다고 푸드덕거리면 인상을 한 아름 쓰며 고개를 외로 꼬는데 내가 제대로 배울 수나 있었겠어?

그럴수록 난 내가 밉게 생겼다고 확신했어. 왜냐구?

나와 반대로 잘생긴 소하 년이나 동문 놈에겐 그렇게 자상하게 잘 가르쳐 주실 수가 없었거든.

그러니 엇나가기만 했던 나는 내 나름대로 독창적인 가전무공을 바꾸어 익혔지.

물론 제대로 익히려 해도 아버지가 인상을 쓰며 내 곁에는 일각도 있지 않으려 하시니 제대로 배울 수도 없었지만 말이야.

그럴수록 난 동생들이 미워 내 나름대로 창안하고 닦은 무공으로 동생들을 패주기 시작한 거야.

가전무공, 그것도 무림에서 알아주는 응양문의 무공을 아버지로부터 제대로, 천천히, 그것도 매우 자상하게 익힌 동생들을 패주는 재미로 살아왔다고도 할 수 있지.

음화핫~

동생들은 내 삼초지적도 안 됐어.

아버지 안 볼 때마다 패주던 큰오라버니도 내 삼초지적이 안 됐지.

하지만 그럴 때도 아버지는 날 무공이 훌륭하다고 칭찬해 주거나 동생과 오라비를 팬다고 나무라지도 않았어.

아니, 아예 날 드센 계집애라며 욕이라도 해주길 바랬지.

난 관심을 받고 싶었거든.

하지만 또 인상을 찡그리시고는 묘한 표정과 함께 고개를 외로 꼬고 아무런 말도 안 하시는 게 아니겠어?

거기다 내 곁에는 두들겨 맞고 나자빠져 징징대는 동생들만 있으니 내 울화통은 좀체 풀리지가 않았던 거지.

아니, 아버지뿐만 아니었어.

모두가 마찬가지였지.

남자라는 족속들은 나만 보면 인상들을 써댔고, 여자들 역시 마찬가지였던 거야.

난 추악하게 생긴 괴물보다 더 나을 것 없는 생을 살았던 거지. 뭐, 나중에 잘났다는 년들 쌍판이 나만 못하다는 걸 알고는 안심했지만 말이야.

아무튼 그래서 전혀 문제없다 생각되는 내 성격에 조그마한 흠이 있다면, 그것이 내 탓만은 아니란 말이지.

그런데 내 낭군님만은 달랐어.

그 특별할 게 없는 날에 엄청 특별한 일이 벌어지고 만 거야.

바로 내 낭군님을 만났으니까.

소하 년과 혼담이 오가는 유하라는 놈팡이보다 백배 나은 낭군님을 말이야.

난 아직도 기억해.

내 얼굴을 보자마자 똥 씹은 얼굴로 날라 버린 동문이 놈을 붙잡으러 거리를 나갔을 때였어.

멍들어진 얼굴로 내게 웃는 듯 다가와서 손에 쥔 멋진 섭선을 펼쳐 들어 그 잘생긴 얼굴을 가리고는—짜식~ 쑥스러워하기는. 하긴 그 모습이 귀여워 보이긴 했지만—점잖게 묻는 것이 아니겠어?

그런데 묻는 음성이 떨리고 눈망울은 사정없이 흔들리고 있었지.

"낭자, 여기 비싼 비단을 다루는 점포가 있다 하던데……."

나는 놀랐지. 니에게 이처럼 호감을 가져 주는 사람이 있다니!

나는 다소곳하게—나와 어울리지 않는다는 걸 알아. 하지만 어쩌겠어? 꽃미남인데—한쪽 팔을 들어 조심스럽게 한곳을 가리켰지.

내가 우아하게 한 손을 치켜드는 것을 보자 그 멋진 꽃미남의 섭선은 미친 듯 흔들리기 시작했지.

짜식~ 내 멋진 자태에 심장이 뛰는구먼……. 음홧하~

그 꽃미남은 '고, 고맙소' 하고 짧게 인사하고는 곧 뛰다시피 도망가려는 게 아니겠어?

숫기없는 놈. 아웅~ 귀여운 놈! 그래, 넌 이제 내 거야!

내 또래의 계집애들은 벌써 결혼도 했고 아기 낳은 애들도 있는데 우리 아버지는 날 시집보낼 생각조차 아예 없었어.

소하 년은 이미 혼처가 구해진 듯하고, 사내 구실도 못할 어린 동생인 동문에게는 혼처를 마련해 주고자 동분서주하면서 어찌 이 잘난 딸년의 혼사에는 그토록 관심이 없단 말이야?

원래 기대도 안 한 아버지였지만 실망이 이만저만 컸던 게 아니야.

뭐, 어쩔 수 없지. 무공도 홀로 익히다시피 했으니 사내도 내 힘으로 꿰어차는 도리밖에 더 있겠어?

짜아식~ 이 모습이 멋있었단 말이지.

난 우아하게 손을 들어 한곳을 가리키는 모습에 말도 채 잇지 못하고는 화들짝 놀라 달아나는 그놈 앞에 떡하니 버티고 섰지. 사실 그때는 우아한 모습을 보여야 한다는 걸 깜빡 잊었었어. 마음이 급했거든. 이해하지?

그 꽃미남은 내 절정에 달한 경공술에 놀랐는지 입을 딱 벌리다가 얼른 섭선으로 가리더군.

난 부끄러운 척하면서 조심스럽게 물었지.

"저어~ 존성고명(尊姓高名)이 어찌 되시는지……."

이대로 보낼 수는 없었어. 아무튼 이름은 알아둬야 할 게 아니야?

그 꽃미남은 부끄러운 듯 떨리는 목소리로 말했어.

"나, 나는 진(陳)……."

말하다 말고 으~ 으~ 하는 신음 소리 몇 번을 뱉어내더군. 내 미모에 그만 뿅 간 거겠지. 음핫핫~

"아~ 진 대가셨군요. 그런데 이름이……."

꽃미남은 고개를 절레절레 흔들다가 짤막하게 자신의 이름을 말해

주었어.

"금행이라 하오. 진금행. 무림맹에 몸담고 있는⋯⋯."

어머머, 진금행이래. 성도 멋있고 이름도 멋있어. 너도 그렇게 느끼지?

쫙 빠진 몸매에 해맑은 얼굴, 거기다 기품있는 태도와 돈푼깨나 있어 보이는 외형. 뭐 하나 흠 잡을 게 없었지.

거기다 더 맘에 드는 게 뭔지 알아?

무공이 뛰어나다는 거야!

난 아직 나보다 뛰어난 인물을 본 적이 없거든.

하다못해 강호에 웅양문주 서청암 노권사 하면 모르는 이 없는 할아버지도 내가 맘먹고 덤비면 20초 안에 거꾸러뜨릴 거라고 난 생각해.

그러니 할아버지마저도 내 곁에 감히 오지 못하는 게 아니겠냐구!

그런데 이 꽃미남은 내가 자신의 앞을 막아설 때 강렬한 예기(銳氣)를 뿜어낸 거야. 난 다른 건 몰라도 무공 하나만은 자신있어. 그래서 다른 사람의 무공 수위도 금방 알아낼 수 있지. 그래서 안 거야.

이 꽃미남은 내가 아무리 미친년처럼 달려들어도 십 초 안에 날 죽일 수 있으리라는 걸.

미모에, 재력에, 몸매에, 기품만 해도 내 방광이 뿌듯해지며 오줌을 지릴 판인데 거기다 무공까지 초절정이니 내가 환장하지 않겠냐 이 말이야.

왠지 소하 년과 군표 오빠가 들어가 재수없게 느껴졌던 무림맹이, 그 꽃미남이 있다고 말하는 순간 천국보다도 더 아름다운 곳처럼 느껴지기 시작했어.

멀리 사라지는 꽃미남을 보며 난 다시 팔을 푸다닥거려 봤어. 깜빡 잊고 그 남자 앞을 막을 때 그만 내 본래 모습을 보여줬던 게 기억난 거야.

다음번에 만났을 때는 더욱 멋지고 우아한 모습을 보여주려면 역시 훈련이 중요한 것이 아니겠어?

그런데 새처럼 양팔을 푸다닥거리면서 나는 한 가지 의문이 들었지.

이제야 그런 생각을 하다니… 멍청한 년, 하긴 얼굴만 이쁘면 됐지 뭐…….

우히힛~

그나저나 그 꽃미남은 왜 그 바보형제들을 찾아간 것이지? 정말 모를 일이야.

아무튼 그 꽃미남에 대해서 자세히 알아봐야지.

과년한 처자가 양가 어르신들의 소개도 없이 그냥 이대로 찾아가긴 좀 그렇잖아?

가만, 이럴 게 아니라 아예 무림맹에 찾아가 봐야 하겠어.

군표 오라버니를 만나뵙고 그 진금행이란 꽃미남에 대해 자세히 알아봐야 해!

응양문이라면 그래도 꽤나 알아주는 문파고, 내 무공도 쉽게 찾아볼 수 없으니, 그 진금행이란 꽃미남이 든 조직에 내가 들 수도 있는 게 아니겠어?

우히힛~ 생각만 해도 짜릿해. 내 방광이 또 벌러덩거리는군…….

아무튼 그때 만날 때는 더욱더 우아하고 멋진 모습을 보여줘야 할 게 아니야?

가만, 내가 손을 들어 올렸을 때 화들짝 놀란 게 분명해.

더욱더 노력해서 우아하게 손을 치켜 올려야지.

그러려면 더욱더 고된 훈련을!

푸다닥~ 푸다닥~

이거 응양문의 별 볼 것 없는 무공보다 더 힘이 드는군.

무림맹아, 기다려라. 이 서소향이 갈 테니!

*   *   *

멋지게 생긴 사내가 포목점 문을 미친 듯 열어젖히고 들어와서는 누구에게 쫓기기라도 하는 것처럼 다시 문을 쾅~ 하고 닫았다.

"후와~ 죽는 줄 알았다. 무슨 여자가……! 우욱~ 지금 생각해도 쏠리네……."

진근양은 위액까지 제 입으로 넘어오는 것 같아 자꾸만 헛구역질을 했다.

진근양. 이미 마교우사인 문추룡의 도움으로 세월을 한 50년은 되돌린 것 같은 모습이었다.

무림맹주의 신분을 위장하기 위해 변장한 진근양의 모습은 정말이지 뛰어났다.

예로부터 무림맹을 맡아온 진씨 가문은 뛰어난 외모로 유명했으니 지금 젊어진 진근양의 모습은 옥골선풍(玉骨仙風)의 멋진 풍모였다.

그 유명한 응양문의 피 흘리는 마녀 서소향이 한눈에 반할 만큼 말이다.

"얼굴은 반반한 여아더구먼, 그게 무슨 냄새지? 그게 말로만 듣던 암내인가?"

암내, 다른 말로는 액취증(腋臭症)이라 불리는 공포의 증세.

흡사 고등어 한 마리와 잘게 저민 양파 두 개, 그리고 가루로 빻은 마늘 한 접을 겨드랑이에 끼고 오뉴월 땡볕 아래서 한 달 정도 보내어 썩힌다면 그런 냄새가 날 것이다.

아니, 그것보다 더 심한 냄새였다.

진근양의 심후한 공력으로도 도저히 참아낼 수 없었던……

그래서 저도 모르게 제 입으로 성씨가 진씨라고 곧이곧대로, 자신의 신분을 숨겨야 한다는 생각은 까맣게 잊어버린 채 말하지 않았는가.

그래서 겨우 둘러댄 것이 자신의 외손자인 진금행의 이름이었다.

왜 구태여 진금행인지는 몰랐다. 아니, 아무런 이유가 필요없었다.

그 지독한 암내를 맡고 나자 진근양의 정신이 혼미해졌으니 말이다.

하지만 진근양이 내뱉은 말이 정작 진금행 본인에겐 복이 될지, 아니면 화가 될지 지금은 알 수 없다.

아무튼 진근양은 섭선을 바라보며 좀 더 큰 걸로 바꾸어 고를 걸 괜히 멋만 부리려 조그마한 것을 샀다고 후회했다.

그저 얼굴이 예쁜 여아에게 말을 물으려 가까이 갔다가 꼬란내와 지란내, 그리고 구란내까지 복합적으로 어울린 괴상한 냄새에 내장이 쏠리면서, 입으로 게워낼 지경이라 얼른 섭선을 코앞에 대고 흔들어 냄새를 가까스로 중화시킨 후에야 눈에 초점이 제대로 맺힐 정도였으니 말이다.

게다가 여자가 손을 들어 이 집을 가리키는데 그 냄새가 한층 더 가열되며 뇌리를 강타할 지경이 아닌가.

그것은 도끼로 머리를 정통으로 얻어맞는 충격보다 더욱 큰 충격이었다.

아무리 섭선을 빨리 부쳐 대도 도저히 참을 수가 없었다.

하지만 냄새는 크고―정말이지 무지막지하게 컸다―부채는 작으니, 눈 깜빡일 시간만 더 있었더라도 땅바닥에 커다란 지짐을 부쳐 놓고야 말 았을 것이다.

진근양이 막 문을 닫고 한숨을 돌리려는데 밖에서 푸드덕거리는 소 리가 나며(서소향이 새 날갯짓을 하며 팔을 흔드는 소리) 문을 썩게 만드는 것도 모자라 자신의 코까지 썩게 만드는 냄새가 흘러 들어오자, 진근양 은 걸음을 빨리해서 눈앞에 있는 방문을 열고 들어가야만 했다.

"지랄맞은 년이 냄새는 더 지독하구나!"

진근양은 무림맹주의 체면도 잊은 채 고개를 절레절레 흔들어대면 서 중얼거렸다.

하지만 진근양이 보고 있는 문짝에는 더욱더 기가 막히게 하는 종이 가 떠억 붙어 있었다.

금일 휴업. 죄송하지만 본 각에 볼일이 있으신 분은 후일을 기약해 주시기 바 랍니다.

진근양은 숨이 멎었다.

오늘 하루 일진은 정말 좋지가 않았다.

종이에 써진 본 각(閣)이란 말은 곧 밀영각을 가리키는 말이리 라……

자신이 잘못 찾아온 것은 아닌 것이다.

하지만 밀영각의 두 주인, 즉 살인을 맡은 흑백살귀(黑白殺鬼)외 정보를 맡아 처리하는 우두마면(牛頭馬面)은 만나보지 못할 게 분명했다.

'정말 낭패구나! 혈첩(血帖)의 건을 직접 물어야 했는데…….'

진근양은 이대로 우두마면을 기다려야 할지, 아니면 혈첩의 흔적을 따라가야 할지 몰라 잠시 생각에 잠겼다.

그러나 밀영각의 두 주인이 언제 올지 알 수가 없는데 한량없이 기다리고 있을 수만은 없었다.

'괜히 시간만 허비했군.'

힘없이 돌아서는 진근양의 두 어깨는 추욱~ 처져 있었다.

하지만 진근양은 알 수 없었다.

지금 밀영각의 두 주인, 즉 종리혁과 종리우는 자신의 금쪽 같은 외손자인 진금행 그림자에 동전을 박아 넣고 있는 중이란 사실을…….

그리고 자신의 헛된 발걸음 때문에 '응양문의 피 흘리는 마녀'인 서소향의 발걸음이 진금행을 쫓아 무림맹으로 향했다는 사실도…….

*   *   *

화촉불이 일렁이는 방 한가운데 기다란 탁자가 하나 놓여져 있었다.

주위를 둘러봐도 보통의 방보다는 크고, 또 놓인 탁자 역시 엉덩이를 모은다면 십수 명은 둘러앉을 수 있을 정도였다.

하지만 방과 탁자, 둘 모두 왠지 초라하고 앙상맞은 느낌이 들었다.

바로 상석에 진금행의 거대한 몸이 떡하니 버티고 앉았기 때문이다.

"뭐가 그리 슬프지?"

진금행은 만족한 듯한 표정으로 이빨 사이에 낀 고깃덩어리를 떼어내며 물었다.

주개육은 진금행의 물음에 그제야 고개를 들었다.

그런데 주개육의 지금 얼굴은 땟국물 사이로 눈물 두 줄기가 흘러내려 하얀 길이 만들어져 있었다.

거기다 거친 숨을 몰아쉬는지 코밑에 누런 코까지 들락날락거리고 있으니, 그 낯짝을 쳐다보는 것만으로도 욕지기가 밀려올 정도였다.

"그럼 안 슬퍼?"

진금행의 물음이 이해되지 않는다는 듯 주개육이 코를 팽 풀며 되물었다.

"뭐가?"

별 희한한 미친놈도 다 본다는 듯 두툼한 눈을 씰룩이며 진금행이 묻자, 주개육의 고개는 다시 아래로 떨궈졌다.

"난 비어버린 그릇과 접시를 보는 것만큼 슬픈 게 없어. 세상에 너만은 이해해 주리라 믿었는데……."

'오호라~'

진금행은 그제야 알겠다는 듯 고개를 끄덕였다.

"나도 푸짐한 접시를 보면 행복하지. 또 그 접시 위 물건이 내 뱃속에 들어왔을 때 만족하고. 단지 변소에 갔다 오면 허전해진다는 게 아쉬울 뿐이야."

진금행은 제 배를 통통 치며 대꾸했다(그 배를 보자면 통통 소리로 끝날 배가 아니다).

주개육은 진금행의 말에 발작적으로 고개를 들었다.

'제기랄 놈!'

주개육은 왠지 섭섭했다. 아니, 배신감까지 느꼈다.

그리고 잠시 자괴감에 빠졌다.

객잔에 함께 든 일행이 식사를 마치고 밖으로 밤 공기를 쐬겠다며 나갔다.

비록 동전을 뽑아 일행을 괴이한 술법에서 벗어나게 하고, 더더군다나 땅에 박힌 동전으로 오늘 객잔에서 배불리 먹고 자게 만든 묘응의 어깨가 한 치나 높아져 '흥흥흥' 거리며 돌아다니는 꼴을 봐야 했지만 말이다.

그 이후 주개육에겐 든든하기(?) 짝이 없는 대주와 단둘이 나란히 앉아 20인분을 더 해치웠다.

자신이 9인분, 대주 진금행은 11인분.

그 2인분의 차이가 한없이 멀게 느껴져 자괴감이 들고, 서로 잘 처먹는(!) 종자라는 점에서 동질감까지 느꼈었는데 저 말을 들으니 왠지 배신감이 느껴졌기 때문이다.

"하기는, 먹기 위해 태어난 놈과 먹히기 위해 태어난 놈이니 처음부터 달랐는지도……."

주개육은 벌게진 눈으로 진금행을 쳐다보다 고개를 힘없이 떨구며 중얼거렸다.

"먹히기 위해 태어나?"

끄덕끄덕. 주개육은 진금행 말에 힘없이 고개만 까닥여 동의를 표했다.

"내가 태어났을 때 혹독한 기근이 들었다고 했어."

"그런데?"

진금행이 처량맞은 꼴로 앉아 있는 주개육에게 호기심 어린 목소리로 물었다.

"내 사부이신 개방의 목 방주께서 어느 날 궁벽지고 동떨어져 있는 마을을 지나셨을 때였지. 헐벗은 사람들만 모인 마을이었대. 그런데 모두들 뺨이 쑥 들어가고 배는 더 더욱 쑥 들어간 마을 사람들의 눈이 광기로 번질거렸다더군. 용케 마을을 찾아 밥 한술 얻어먹으려던 방주님을 곡괭이나 도끼를 들고 죽이려 달려들었대나 봐. 아무리 가뭄과 한파가 겹쳐 먹을 게 없다 해도 너무 모진 행동이었지."

진금행은 새끼손가락을 펴 제 왼쪽 귓구멍을 쑤셔댔다. 이야기가 슬슬 지루해지기 시작했기 때문이다.

그나마 배가 부른 만족감이 아니라면 벌써 주개육은 죽은 목숨이었으리라. 주개육은 전혀 몰랐겠지만.

"쫓기다시피 도망 나온 방주는 야속하고 서러웠지. 분명 마을 한 집에서 고기라도 삶으려는지 물을 막 데우려는 걸 봤거든. 개라도 한 마리 잡은 모양인데, 개 코라도 한번 먹어보시려우? 하는 말도 없이 사람 죽일 듯 도끼 들고 달려든다는 게 너무도 서러웠던 방주는 결심을 했어. 그 개를 뺏어 먹기로 말이야. 그래서 몰래 숨어들었지. 그리고 솥을 열어젖혔어. 그리고는… 탯줄도 안 떨어진 갓난아기를 본 거야. 솥 안에서 울 힘도 없었는지 정신을 잃고 있는 갓난아이를…… 그게 나였어."

"……!"

진금행의 귓구멍을 들락거리던 손가락이 뚝 멈췄다.

그제야 먹히기 위해 태어났다는 말을 이해했기 때문이다.

주개육은 처량한 눈을 들어 진금행을 쳐다보았다.

"난 모르겠어, 내가 왜 거기 있었는지. 하긴 너무 어려 기억할 수 없는 게 당연하겠지. 하지만 내가 왜 거기 있었을까? 탯줄도 안 떨어졌으니 날 낳은 어미가 멀리 있지 않았을 텐데 말이야. 혹시 이미가 난 솥 안에 넣은 건 아니었을까? 아니면 내 아비가……. 모르겠어, 정말. 내 사부가 그걸 보고 마을 사람들을 다 처죽였다 했으니, 만약 내 부모가 그중에 있었다면 죽었겠지 뭐. 천벌을 받은 게야. 그 뒤부터 내 식탐은 시작되었는지 모르지. 킬킬~ 먹히기 위해 태어난 놈이니 세상 모든 것을 다 먹어보고 죽어야 원이 없지 않겠어?"

주개육이 고개를 숙이고 키득키득거리는데 눈에선 눈물이 다시 흘렀다.

하지만 그것은 자신의 비참한 탄생비화 때문이 아니라 눈앞에 산처럼 쌓인 20인분의 빈 접시 때문일 확률이 더 컸다.

그러나 탄생에 얽힌 비참한 비사 때문이든, 아니면 비어버린 접시 때문이든 진금행은 다 이해해 줄 수 있었다.

왠지 진금행이 어울려 보이지 않게 동정 어린 눈으로 두툼한 손을 뻗쳐 주개육의 어깨를 도닥거렸다.

그게 큰 힘이 되었는지 주개육이 고개를 천천히 드는데, 진금행이 힘내라는 듯 고개까지 끄덕이며 다정스럽게 속삭였다.

"틀림없이 넌 맛있을 거야. 그건 내가 보장하지."

주개육에겐 그 말이 정말 큰 힘이 되었나 보다.

씨익 한번 웃고는 더러운 제 옷소매로 더 더러운 제 낯짝에 흐르던 눈물을 훔쳐내는 것을 보면 말이다.

조금 전까지 징징 짜던 게 민망했는지 주개육은 주위를 두리번거리다가 물었다.

"그런데 왜 모두들 밤 마실을 나간 게지? 서로 짠 것처럼 말이야. 하긴 이교옥은 옆방에서 늘어지게 자고 있지만, 다른 사람들은……."

주개육의 물음에 진금행은 몸을 뒤로 기울여 의자에 기댔다.

보기에도 태평스런 모습이었는데 말소리는 더욱 태평스러웠다.

"모두들 제 주인을 만나러 간 게지……."

"주인? 주인이라니? 네가 대주잖아?"

주개육이 아직까지 눈물 자국이 남은 눈을 동그랗게 뜨고 물었다.

"네가 이 주점에 들 때 한 일을 그놈들은 지금 하는 게지 뭐."

"……?!"

주개육은 잠시 고개를 갸웃거리다 곧 얼굴이 딱딱하게 굳어졌다.

진금행의 말이 무엇을 뜻하는지 알았기 때문이다.

"나, 나는……."

무언가 급히 변명을 해대려는 주개육의 말을 막으며 진금행은 아예 눈까지 천천히 감으며 말했다.

"괜찮아. 기어오르지만 않는다면 무슨 일을 해도……."

"그, 그렇지?"

주개육은 가늘게 안도의 한숨을 내쉬며 고개를 끄덕였다.

자신이 객점 안에 들 때 개방 사람을 만났다.

그리고 분수히 개방 사람들만 아는 수신호를 주고받았다.

일행이 누구를 만났으며, 무슨 일을 했고, 또 어디로 가는지에 대해서 말이다.

그리고 육금행을 쫓던 일이 바뀌어 진금행을 쫓게 되었지만, 아무튼 개방에서는 계속해서 진금행을 지켜보란 명을 받았다.

그래서 야심한 지금까지 진금행 옆에 찰싹 달라붙어 있는 게 아닌가! 물론 달라붙어 있기만 하면 먹을 게 생기는 고마운 놈이라, 붙어 있지 말래도 붙어 있을 주개육이었지만.

"개방 늙은이 이름이 목사진이랬나?"

진금행이 심드렁하게 물었다.

하지만 듣는 주개육으로서는 숨통이 바싹 조여지는 듯한 기분이었다.

진금행의 물음은 '주개육, 너의 주인은 목사진이지?' 하는 것과 다름없었으니까.

"으응… 개방 방주시지."

주개육은 통박을 굴리다(굴려봐야 소용없는 주개육이었지만 조금은 돌려보려고 했다) 곧 포기하고는 힘없이 고개를 끄덕였다.

청성의 현통, 사천의 강구의마저도 발 아래 놓고 자근자근 밟아대는 저 뚱보에겐 아무런 반항도 소용없다는 걸 알았기 때문이다.

주개육이 꼬리를 내리고 백기를 들고는 살랑살랑 흔들어대는 것을 보자 진금행이 고개를 끄덕였다.

"그럼 불연은 아미파겠군, 현통은 청성파이고……."

"꼭 그렇지만은 않아. 둘 다일 수도 있고 하나일 수도 있지. 구파일방의 장로들이 모인 무림맹 원로원의 지시는 하나일 테니……."

주개육이 고개를 흔들며 말했다.

"오호~ 구파일방도 하나같이 따로 제 주머니를 찬다 이 말이군!"

진금행이 고개를 끄덕이며 중얼거리자 주개육이 당연하다는 듯 말했다.

"지금은 오대세가 놈들의 세력이 커서 단합하고 있지만 실상 구파일방도 다르지 않지. 오대세가 놈들을 몰아내고 나면 누가 구파일방의 수좌(首座)가 될 건가를 항상 생각해야 하니까."

"다 더러운 족속들이군. 이래서 내가 하나하나 힘들게 밟아주며 딴생각을 품지 못하게 하는 거라구. 아무튼 불연과 현통, 그리고 네놈과 이교옥은 주인이 구파일방이군."

진금행의 말에 주개육이 고개를 가로저었다.

"글쎄? 일이 요상하게 돌아가고 있어서 말이야. 개방만 해도 진근양 무림맹주의 말은 따르지만 무림맹과는 거리를 두고 있거든. 하도 더럽게 돌아가잖아! 무림맹이! 그래서 내 사부님은 무림맹 일에서 한 발 빼고 계셔. 현통과 불연이 있는 청성과 아미도 큰 욕심은 없을걸?"

"왜?"

"구파일방에도 오대세가 같은 문파가 있지. 전통적으로 소림, 무당, 화산이 구파일방의 첫째 자리를 놓고 겨루고 있고, 곤륜 또한 호시탐탐 엿보고 있어 나머지 문파들은 그저 큰 변란만 없으면 괜찮다 하는 생각이지. 그저 일을 알아보고 싶어서 불연과 현통을 계속 조천대에 두고 있을 거야."

그것도 일리있는 말이다 싶었는지 진금행이 고개를 끄덕였다.

"그럼 이교옥이 하나가 문제다 이거군."

이교옥은 화산의 제자, 그것도 보통 제자가 아니라 새한벽에 들었던 고수였다.

주개육의 말대로라면 구파일방 중 소림, 무당, 화산, 곤륜, 이 네 가지 문파만 조심하면 되니 자연 진금행의 신경은 이교옥에게 쏠릴 수밖에 없었다.

"그것도 아닐걸? 알다시피 이교옥은 버림받다시피 여기로 온 거니까. 만약 이교옥에게 대임(大任)을 맡겼다간 모두 어그러질 거란 사실을 다들 알고 있거든. 그리고 구파일방은 크게 신경 쓰지 않아도 될 거야. 지금쯤 주인 잃은 무림맹을 오대세가 손아귀에서 방어하느라 정신이 없을 테니……."

주개육의 일리있는(?) 말에 진금행은 손을 들어 가볍게 머리를 쓸어

넘겼다.

"그럼 역시 오대세가가 문제인가?"

"응, 아마도. 내 생각엔 묘옹이란 년과 온양이란 놈은 분명 오대세가와 손을 잡고 있지. 그게 오대세가 중 어디냐는 모르겠지만 말이야. 하지만 오대세가도 크게 신경 쓸 필요는 없어. 물론 대주를 죽이려 들긴 하겠지만 크게 일을 벌일 처지는 아니지."

"왜?"

진금행이 비릿한 웃음을 지으며 묻자 주개육이 손가락까지 꼽아가며 하나하나 일을 설명해 나갔다.

"내가 얘기했잖아, 일이 묘하게 돌아간다고. 만약 무림맹주가 피살돼서 죽었다면 일이 편하지. 마교의 소행으로 몰아서 오대세가가 발흥할 테니. 또 맹주가 상처 입었지만 살아 있다 해도 간단해. 오대세가는 때를 기다리며 기회만 엿보면 되니까. 그런데 죽었는지 살았는지 모르게 됐거든. 그러니 맘대로 설치다 맹주가 혹시 살아오기라도 한다면 오대세가는 경을 치겠지. 또 납작 엎드려 기회만 엿보다가 맹주가 콱 죽기라도 하면 무림맹은 원로원 손으로 들어가는 거야. 이러지도 못하고 저러지도 못하고 그저 손가락만 빨고 있어야 하는 게 오대세가란 말이야."

진금행은 고개를 끄덕이다가 물었다.

"그럼 날 죽이려 들겠군."

주개육 역시 고개를 끄덕이며 답했다.

"그렇지, 혼란스러울 때일수록 변수를 줄여야 하니까. 대주가 잘못 설치면 골치 아파지거든. 대주를 정확히 아는 자는 하나도 없으니……."

"그럼 난 뭘 조심해야 하지?"

진금행이 진지한 태도로 주개육의 멍한 눈동자를 쳐다보았다.

그러자 주개육이 뭔가를 기억해 내려는지 인상을 찡그리다 천천히 말했다.

"마교도 문제야. 섣불리 움직이다간 정사 간에 전면전이 될 테고, 그렇다고 가만히 있다간 무림맹에게 뒤통수를 맞을지 모르니까. 아마 모르긴 해도 대주를 노려보는 눈알 중에 마교의 것도 하나 있을걸? 그리고 무림맹주의 일곱 제자도 조심해야 해. 하나하나의 능력도 고수지만, 그 고수들이 어느 한 세력과 손을 잡았다면 큰일을 도모할 수도 있으니까. 거기다 검각(劍閣), 장강의 수적들과 녹림의 산적들, 북해(北海) 빙궁(氷宮), 태화련(太和聯)도 문제고. 아무튼 무림에 세력을 두고 있는 곳이라면 모두들 숨을 죽이고 있지. 하지만 한군데서 도발한다면 연쇄적으로 화약이 폭발할 듯 파파곽~ 터져 버리고 말 거야. 결국 이 모든 일의 도화선은 대주가 되어 있어. 대주의 행보에 따라 무림 전체가 떠들썩해질 거니까. 그러니까 대주는 절각도 강구이와 우문하, 그리고 구잔앙과 오필노만 믿어야 해. 일이 벌어지기 전에 대주를 따랐던 사람이니까. 물론 나도 믿어도 좋고……."

주개육의 말에 진금행은 피식대며 웃었다.

"믿어? 누굴? 아는 사람은 비록 적지만 흑월회(黑月會)란 곳이 있어. 하오문 중에 하오문이지. 하지만 그 세력은 이만저만 큰 게 아니야."

"흑월회?"

주개육이 처음 듣는다는 듯 눈을 동그랗게 떴다.

"응, 그런 게 있어. 육지에서 바다를 보는 사람은 그저 바다 위에서 일렁이는 파도만 볼 수 있지. 하지만 바다 속은 겉에서 보는 것보다 더 복잡해. 자칭 일류고수요, 명문대파라고 떠드는 놈들은 낮에만 알짱거리는 놈들이야. 밤은 흑월회가 지배한다고. 아마 황제보다 더 넓은 땅을 지배하는 놈들일걸? 그러니 진작 내 밑에 있던 놈들이라도 믿을 수 없다 이 말이야. 어느 놈이 흑월회와 손을 잡았는지 모르니 말이지."

"그, 그런 곳이 있었군."

주개육은 처음 듣는다는 듯 멍하니 떠듬거리고 있었다.

"그런 곳이 있긴 하지만 아는 사람은 전 중원에 100명도 채 안 될걸? 그래서 더 무서운 곳이지. 아무튼 난 자야겠어. 배부르면 잠이 쏟아지는 이 병은 언제쯤 고쳐질지 모르겠군."

진금행이 침상에 몸을 눕히려는지 일어서자 주개육 또한 비칠대며 몸을 일으켰다.

막 문을 열고 나가려는 주개육 등 뒤로 진금행이 말했다.

"아참, 그리고 네 사부한테는 이야기 잘 들었다고 전해줘."

"……!"

주개육의 신형이 못이 박힌 것처럼 멈췄다.

저 인간은 알고 있는 것이다. 자신이 이 객잔에 들면서 전해 들었던 모든 정보, 자신이 머리를 쥐어뜯으며 간신히 기억해 말했던 그 모든 것이 개방을 통해 전해진 거라는 것을 말이다.

하지만 주개육이 그리 놀랄 만한 일도 아니었다.

누가 봐도 처먹는 재주 하나만 있는 주개육이 논리적이고 정확하게 무림 형세를 파악해 말한다는 게 불가능하다는 걸 알 수 있으니 말이다.

"아, 알았어. 전해줄게……."

주개육은 식은땀을 흘리며 방문을 소리나지 않게, 너무도 공손한 태도로 닫으며 내심 생각했다.

'무, 무서운 놈. 사부님의 판단이 옳았군. 적으로 돌리기엔 너무도 버거운 놈이 분명해!'

소리 안 나게 살금살금 걸어나오며 주개육은 어느 방에 불이 켜졌는지 기웃거렸다.

하지만 이교옥의 코 고는 소리 외엔 다른 인기척이 없으니, 누구도 아직 돌아오지 않은 게 분명했다.

'모두들 주인에게 아뢰고 답을 받아오느라 늦는군. 하긴 복잡하게 얽혔으니 이야기가 길어지는 거겠지⋯⋯.'

비록 몸은 진금행 밑에 두고 있으나 따로 모시는 주인이 있는 사람들.

주개육은 그런 사람들을 이해할 수가 없었다.

아무리 충성심이 강하다 해도 저렇게 두 마음을 품다간 언젠가 진금행에게 죽어날 게 분명했기 때문이다.

'게다가 곁에 있으면 먹을 것도 잘 주잖아? 뭐가 아쉬워서 이렇게 위험한 짓을 하누?'

주개육은 이해가 안 된다는 듯 고개를 절레절레 내젓다가 먼 산 위로 휘영청 떠오른 달을 쳐다보았다.

사천에 촌뜨기에 지나지 않는 팅팅 불은 진금행과 잘 처먹는 개방 후개 주개육 사이에 무림을 난도질하고, 견주고, 처리하는 말이 오간 것을 아무도 알지 못했다.

아니, 알았다 해도 콧방귀만 뀌었을 일이다.

두 사람이 만나 무슨 말을 한들 무림에 어떤 영향을 주리라고 믿는 사람이 없었기 때문이다.

하지만 과연 그럴까?

제 5 장

임서 —뇌공 혈공을 만나고, 밀영각 결심을 하다

임
서

어느 허름한 관제묘.

두 사람이 있었다.

아니, 한 사람만 있다고 해야 맞을 것이다.

다른 한 사람은 죽은 시체였으니까.

허리는 굽고 어깨는 초라하게 처진 늙은이가 곰방대를 물고 있었다.

칙칙한 어둠 사이에서 곰방대에 불꽃이 발갛게 빛나고 있었다.

"그래서 마혈의 주인이 나타났다고 말하고 싶은 게냐?"

어둠 사이로 사이한 목소리가 울려 퍼졌다.

다시 한 번 곰방대의 불꽃이 타올랐다.

이상한 일이었다. 분명 인적 드문 길에 위치해 반쯤 무너진 관제묘 안에는 살아 있는 사람이라고는 곰방대를 문 초라한 노인밖에 없었다.

하지만 그 노인은 볼을 오목하니 당겨 곰방대만 빨아 당기고 있었으니, 분명 입을 열어 말하지 않았다.

그렇다면 방금 전 목소리의 주인은 누구란 말인가.

"내 말은 믿지 못해도, 이 뼈는 믿어야겠지."

노인은 품에서 뭔가 꺼내어 시체 위로 던졌다.

그리고는 곰방대를 탁탁 털어 재를 떨군 후 다시 불을 키우느라 볼을 오목하게 만들었다.

"시해서(尸解鼠) 여량(呂梁)의 말을 믿는 사람이 바보지."

또 한 번 어디서 들려오는지 모를 목소리가 어둠 속에 떠돌았다.

"시해서 여량의 말보다 개활시(開豁屍) 임서(林嶼)의 썩은 눈알의 무게가 더 나간다는 말은 처음 듣는군."

곰방대 불꽃이 마음에 들게 당겨졌는지 여량의 축 처진 입가에 묘한 웃음이 머금어졌다.

하지만 지금 이 관제묘 안에 다른 사람이 있다면 여량처럼 웃지는 못하리라.

시체 위에 던져진 헝겊이 천천히 허공 중에 떠올라 천 조각이 하나하나 풀어지는 것을 본다면 말이다.

드디어 소중히 감싼 천이 다 벗겨지고, 그 안에서 검게 썩은 사람의 뼈 조각이 나타났다.

휘이잉~

갑자기 관제묘 안에 차가운 바람이 휘몰아쳤다.

살갗에 소름이 돋게 만드는 것을 넘어 영혼마저 섬뜩하게 얼릴 만한 냉기였다.

"이, 이것은……."

"그래, 마혈의 주인 솜씨지. 네놈의 썩은 눈알보단 가벼운 내 말이 더욱 무겁다는 걸 믿겠지?"

여량은 곰방대를 힘껏 빨아 당긴 후, 휴우~ 하는 깊은 숨과 함께 연기를 내뿜었다.

그 연기가 사라지는 곳에 다른 사람의 얼굴이 나타나 있었다.

조금 전까지 누워 있던 시체였다.

썩어 문들어진 광대뼈가 살가죽 사이로 툭 튀어나왔고, 왼쪽 뺨 역시 썩어 뻥 뚫려 안의 치아가 다 들여다보일 정도였다.

시체는 꼿꼿하게 서서 여량을 노려보고 있었다.

하지만 무엇을 보는지 모를 일이었다.

이미 눈알이 있어야 할 곳은 뻥 뚫려 커다란 어둠만이 자리하고 있었기 때문이다.

"어, 어디서?"

"천잔평(千殘坪)!"

조금 전 음성은 믿기지 않게도 시체가 말한 게 분명했다.

하지만 여량은 이미 알고 있었다는 듯 태연하게 곰방대에서 빨아 문 연기를 시체 얼굴 위로 뿜어댔다.

보통 사람이었다면 고약한 연기에 잔기침을 터뜨렸겠지만 시체가 그럴 수는 없는 법. 썩어가는 얼굴은 별다른 변화 없이 그대로였다.

"천잔평이라고?"

여량은 별다른 대꾸 없이 그저 고개만 끄덕거렸다.

"그럼 마교에 마혈의 주인이 있단 말인가?"

"무림맹에 있을 수도 있지."

개활시 임서가 분명한 시체의 말에 여량이 고개를 저으며 말했다.

"하기는, 두 무리가 부딪쳐 피를 쏟아낸 곳이 천잔평이었으니… 그럼 혈첩은 어떻게 되는 거지?"

"……."

개활시 임서의 말에 처음으로 시해서 여량의 눈동자가 번쩍 빛을 발했다.

"썩은 시체, 너는 어떻게 생각하지? 우리가 피의 맹서(盟誓)를 따라 마혈의 주인에게 혈첩을 바쳐야 한다고 생각하나?"

여량의 말에 임서는 한참이나 말이 없었다.

그러다 천천히, 그 사이하고도 차가운 말을 토해내었다.

"몇백 년 전에 일이 우리를 묶을 수는 없지."

임서의 말이 마음에 든다는 듯 여량의 고개 또한 끄덕여졌다.

"나도 그렇게 생각해. 마혈을 가진 자는 간혹 있었지. 하지만 보통 사람보다 못한 불구자였어. 이번 사람이라고 다를까? 또 한 번 고검사신이 태어났다면 몰라도 나 시해서 여량은, 아니, 사대봉공 중 뇌공문의 맥을 이은 뇌공(雷公) 여량은 인정할 수 없어. 혈공(血公)의 뜻은?"

여량이 긴장된 눈빛으로 고약한 냄새를 풍기고 있는 시체를 노려보았다.

만약 자신의 뜻과 다르다면 아무리 같은 사대봉공의 후손이라도 피를 봐야만 했다.

하지만 구태여 그런 일은 벌어질 것 같지 않았다.

굳어진 목뼈를 놀리느라 끼기덕거리는 괴상한 소리를 내며 임서의 고개가 끄덕여졌기 때문이다.

"나 역시… 하지만 다른 두 봉공(奉公)의 뜻은 어떨지 모르겠군."

"모여야지. 꼭 혈첩 때문이 아니라도 모여야 해. 모여서 확인해 봐야지."

여량의 말이 끝나기가 무섭게 임서가 물어왔다.

"그런데 자네는 알아볼 수 있던가?"

여량이 곰방대를 땅바닥에 툭툭 내려쳐 불똥을 털어내었다.

"알아보지 못했어. 알아봤다면 더 이상했겠지. 몇백 년간 풀리지 않았던 것이니……."

여량이 탄식하듯 말하자 임서 또한 동의한다는 듯 또 한 번 낡은 목뼈가 괴이한 소리를 내기 시작했다.

"나 역시. 하기사 만약 알아볼 방법이 있었다면 천(天)과 지(地), 두 봉공이 혈첩을 얻었다는 말을 우리에게 전하지 않았겠지."

여량은 임서의 말에 아무런 대꾸도 하지 않고 불똥을 털어낸 곰방대 끝으로 바닥에 몇 글자를 적기 시작했다.

아니, 글자가 아니었다. 그렇다고 그림도 아니었다.

뱀이 기어가고, 어린아이가 붓을 들고 장난을 쳤어도 뭔가 법도는 살필 수가 있었다.

하지만 여량의 곰방대가 땅에 길쭉이 그려낸 자국은 괴이한 모습만을 갖추고 있을 뿐이었다.

"이것이 혈첩 안의 글이란 말이지. 알아볼 수 있는 자가 과연 있을까?"

조금은 한숨이 섞인 여량의 목소리에 임서가 대답했다.

"글쎄? 사유(邪儒)도 몰라볼걸? 내 유학자나 금석문에 조예가 깊다는 몇 놈을 죽였어도 알아본 놈이 하나도 없던걸……."

잠시간의 정적.

숨 막힐 듯한 무게로 짓누르던 정적을 깨고 여량이 독백처럼 천천히 중얼거렸다

"아무튼 모여야 해. 사대봉공이 다 모여야 해. 마혈의 주인과 혈첩이 동시에 나타난 것이 꼭 하늘의 계시인 것 같으니 말이야."

그 말에 동의하는지 임서 또한 아무런 말이 없었다.

앉아 있는 산 자와 서 있는 시체 한 구가 관제묘에서 그렇게 밤을 보내고 있었다.

하지만 그 둘이 천지혈뇌(天地血雷) 사대봉공 중 혈(血)과 뇌(雷)를 이은 둘이란 걸 아는 사람이라면 그 밤이 특별한 밤이라는 것을 깨달을 수 있었을 것이다.

개활시(開豁屍) 임서(林嶼)와 시해서(尸解鼠) 여량(呂梁)이 그들이었다.

*   *   *

"아, 아무래도 이상해."

"뭐가?"

종리우가 멀건 눈으로 하늘을 보며 중얼거리는 종리혁을 보면서 핀잔하듯 말했다.

"되, 되짚어 가봐야 할 것 같은데?"

종리혁은 제 동생의 쭉 째진 눈이 자신을 향하자 목을 움츠렸다.

"그놈들한테?"

종리혁은 고개를 끄덕거리며 눈을 끔뻑였다.

"이, 이걸 봐."

종리혁이 두 손바닥을 활짝 펴자 비단 천을 오려 만든 사라첨접(紗羅籤蝶)이 휘리릭 허공을 날았다.

"금첩접(琴籤蝶)이? 그게 뭐가 이상하우? 금(琴)을 타면 당연히……."

퉁명스럽게 대꾸하던 종리우의 쭉 째진 눈이 부릅떠졌다.

종리혁의 손이 빈손이라는 걸 드디어 알아차렸기 때문이다.

금을 울리지 않았는데도 사라첨접이 움직임을 보이고 있었다.

그것도 금 소리가 울려 퍼지던 때와는 달리 흡사 미친 듯이 허공을 헤집고 다니고 있었다.

심지어 그중 몇 개는 서로 부딪쳐 찢기어지기까지 했으니 종리우가 놀란 것도 무리는 아니었다.

"왜들 이러지? 사라첨접까지 미친 것 아니우?"

배교의 법기(法器)들이 하나둘씩 고장나던 터라 종리우의 물음이 어찌 보면 당연했다.

하지만 종리혁의 고개는 좌우로 흔들렸다.

"아, 아니야. 아까 낮에 만났던 놈들 기, 기억해? 그 하나하나의 무공이 버, 범상치 않아서 내 나름대로 주사를 했어. ㄱ, 그런데 어떻게 된 건 줄 알아?"

절레절레. 종리우는 거기까지 알 수 없었으니 고개를 저을 수밖에.

그럴 줄 알았다는 듯 종리혁은 목소리를 낮추어 말하는데 그 폼새가 커다란 비밀이라도 알려주는 듯했다.

"그, 그 무리들을 조천대라고 하더군. 그리고 그 대, 대주가 바로 우리가 찾던 지, 진금행이고."

"으잉?"

종리우의 입이 벌어졌다.

안 그래도 힘겹게 찾아다니던 인물이 아닌가!

오대세가에서 벌집을 건드린 것처럼 호들갑을 떨며 청부를 했던 인물.

"그, 그리고 화령경이 고장나지 않았다면 말이지, 우리 배교와 너무도 밀접한 관계가 있는 이, 인물이 바로 그 사람이야. 도금향을 뿌, 뿌릴 것도 없이 사라첨첩들을 미치게 만들 수 있는 인물. 그가 바로 이 사람이지……."

종리혁이 불쑥 내민 화령경엔 한 사람의 얼굴이 가득 차 있었다.

아니, 조그마한 화령경의 거울 면이 비좁다는 듯 뺨의 절반이 잘려져 나간 채 좁은 우리에 끼인 돼지마냥 커다란 얼굴이 비추어져 있는 사람.

종리혁의 말이 아니더라도 종리우는 그 사람이 누군지 한눈에 알 수 있었다.

"이건 아까 그 돼지 아니우?"

종리우의 눈썹이 움찔거리며 물었다.

그 사람을 보면서 종리우는 속으로 배교의 환술이 아무리 뛰어나도 그 같이 피둥피둥하게 살찐 사람은 도저히 만들어내지 못하리라 생각했었다(종리우는 모르는 사실이지만, 진금행 몸의 두 배가 가볍게 넘는 진금행의 아버지인 진충덕도 있다).

그런데 그 인물이 화령경의 거울에 자랑스럽다는 듯 코를 벌렁이며 비추어지고 있으니, 종리우가 화령경을 바라보는 모습은 어딘지 못 믿겠다는 뜻이 명백했다.

"맞, 맞든 틀리든 일단 아, 알아봐야……."

종리혁이 난감한 표정으로 말했다.

동생과는 달리 종리혁은 아직까지 화령경을 믿고 있었기 때문이다.

종리우가 미간을 찡그리고는 제 턱을 신경질적으로 긁었다.

"아무튼 부딪쳐 봐야겠수. 아니, 이왕이면 복잡하게 일처리할 것 없이 납치를 해오면 간단하겠군. 조금 무겁긴 하겠지만 말이우."

"무, 무겁지. 그것도 어, 엄청 무거울 거야. 내, 내가 따라가서 도와줄게."

돼지 한 마리, 아니, 돼지 백 마리 잡는 것보다 요동 칠 게 뻔한 진금행 한 마리 잡는 게 더욱 고민이 되는 종리 형제였다.

"간만에 피를 보지 않아도 되겠군. 조금 버거운 돼지이긴 하지만 떠메고 오면 되니까."

종리우는 재미있다는 듯 웃었다.

흑백살귀에게 있어 납치쯤은 어린아이 팔을 비트는 것만큼 쉬운 일이었기 때문이다.

물론 이번엔 어린아이 팔을 비트는 게 아니라 커다란 돼지 목을 잡아채 오는 일이긴 했지만.

그러나 자신만만해하는 종리우는 전혀 알 수가 없었다.

지금 자신이 상대하려는, 그것도 납치라는 엄청난 꿈을 꾸는 상대가 바로 진금행이란 사실을 말이다.

* * *

진금행의 예상대로 조천대의 대원들은 야밤에 자신들의 주인을 만나고 있었다.

진금행이 들어 있는 객잔에서 북서쪽으로 어느 정도 가면 무성한 수풀이 있다.

무성하게 자라 어느덧 어른 키보다 더 높은 수풀 속에는 잿빛 인영 두 개가 나란히 몸을 기대고 있었다.

잔주름마저 따스하게 느껴지는 인자한 표정의 여승 하나와 속눈썹이 길게 난 청초하고 앳된 여승이었다.

"그래, 재미는 있느냐?"

"그럼요, 불연이는요 꼼짝도 못하고 있을 때 얼마나 놀라고 재미있었는데요. 세상에 그림자에 동전을 박아 사람을 제어하다니, 이 불연이는 꿈도 꾸지 못한 일이었어요."

불연은 정료(靜了)의 품에 몸을 틀어박아야 직성이 풀릴 것처럼 자꾸만 정료의 가슴을 파고들었다.

정료는 흡사 어미 젖을 보채는 아기를 보는 듯해 불연의 조그마한 어깨를 따뜻하게 품어주었다.

아미파는 여승들의 문파. 자연히 법도가 바르고, 시끄럽지 않으며, 정갈하고 단아한 문기(門氣)를 지니고 있었다.

작은 실수도 용납하지 않는 꼼꼼함으로 유명한 정료였지만, 품속에 들어와 귀엽게 옹알대는 불연을 냉정히 내치지 못했다.

아니, 도리어 가슴에 볼따구니를 대고 심장 소리라도 듣는지 두 눈을 꼭 감고 있는 불연의 등을 다독여 주었다.

"사술(邪術)이겠지. 강호는 아미산과 달라 험하고 간특한 무리가 날뛰는 곳이란다. 네 사부인 정암이 너의 강호행을 허락한 것도 그런 경험을 쌓으라는 것이지."

정료의 말에 불연이 긴 속눈썹을 가느다랗게 떨다 곧 앙증맞은 주먹을 쥐어 보이며 말했다.

"아무리 강호에 불한당들이 많다 한들 어디 백 장군만 하겠어요? 이 불연이는 보기보다 강하다구요. 장문인도 고개 내젓던 백 장군과 원숭이들을 다 혼내준 불연이라구요."

"허허, 그래도 그 진금행이란 커다란 원숭이에겐 꼼짝 못하는 거 같던데?"

정료가 웃으며 말하자 불연이 다시 고개를 파묻고 부비부비 얼굴을 문대었다.

"대주는 착해요. 엄하긴 해도 사람들이 잘 따라요. 장로님도 이렇게 비밀리에 만나지 말고 우리 조천대에 들어오세요. 제가 여러 오빠 시주님들을 소개시켜 드릴게요. 예?"

"허허, 아니다. 나 또한 사정이 있는 법. 그냥 이대로 너의 뒤를 따르며 너를 돌보는 것으로 만족한단다. 그러니까 너도 괜히 부담되지 않게 조천대 사람들에겐 내 이야기를 하지 말거라."

"네에~ 불연이는 잘 알겠네요."

자꾸 품을 파고드는 불연을 보며 정료는 가슴이 아파왔다.

이 어리고 순박한 것을 이용해 간자 노릇이나 시키다니.

불연은 그저 사문의 어른을 만나러 나오는 걸로 알 뿐, 자신이 간자의 노릇을 하는지 모른다 해도 정료는 자신의 양심까지 속일 수는 없었다.

정료는 눈을 꼭 감고 미소까지 살짝 머금은 불연의 해맑은 얼굴을 보며 세상을 다 잃는 일이 있어도 이 착한 아이만은 지켜주리라 생각했다.

조천대가 어떻게 돌아가든, 또 무림맹과 마교가 어떻게 얽히든 더러운 세속의 일일 뿐이다.

이 조그마한 아이의 해맑은 눈동자에 담기기엔 너무도 추아하고 더러운 세상이었다.

조천대의 일을 살피러 내려온 정료였지만, 같이 보낸 시간이 얼마되지 않은 지금에 와서는 불연에게 정이 깊게 들어버렸다.

조천대가 어찌 돌아가든 이젠 신경도 쓰지 않았다. 그저 불연이 좋은 세상 실컷 구경하다 아미산으로 무사히 돌아가기만을 바라는 정료였다.

"이젠 돌아가야 할 시간이란다. 너무 늦으면 그 대주라는 사람이 의심하지 않겠느냐?"

"아잉~ 쫌만요. 쫌만 더요. 예? 그러니까 자장가 불러주세요. 예?"

귀여운 아기 곰처럼 제 품에 뺨을 비비는 불연을 보다가 정료는 한숨을 가볍게 내쉬었다.

그리고는 아미삼검으로 불릴 정도로 매서운 칼바람을 일으키던 손을 들어 불연의 어깨를 도닥거리며 낮은 가락으로 읊기 시작했다.

어미를 일찍 잃은 불연은 어미로부터 자장가 들을 기회가 없었다.

더더군다나 청백지신의 몸으로 아미산에 들어 아기를 낳아본 경험이 없는 정료가 세속의 자장가를 알 턱 또한 없었다.

하지만 불연에게는 불연만의 자장가가 있었다.

그 자장가가 자애로운 목소리에 담겨 정료의 입에서 흘러나오고 있었다.

"아제아제바라아제 바라승아제 모지사바하……."

숲 속 조그마한 공터에선 자애로운 여승 품에 안겨 행복한 꿈을 꾸는 깜찍한 여승이 잠들고 있었다.

공터 다른 곳에선 그런 두 여승을 바라보는 눈이 있었다.

어른 다섯 명이 서로 어깨 위에 무등을 타야 겨우 높이를 견줄 만한 나무 가지 위로 나이 든 도사 하나가 대뚝하니 서 있었다.

그 도사의 눈은 정기로 가득했지만 맑은 정기 사이로는 왠지 흉포한 용 한 마리가 숨죽여 잠들어 있는 것처럼 보였다.

청수한 도인, 검은 도복으로 온몸을 감쌌으니 분명 현통과 같은 청성에 몸을 담은 게 분명하리라.

아니, 그 청수하게 생겼지만 뭔가 한성질 할 것같이 생긴 노도(老道) 곁에 현통이 무슨 죄라도 지은 것처럼 안절부절못하며 축 처진 어깨로 고개 숙이고 서 있는 것을 보면 더 더욱 확실했다.

"흐음……."

불연을 품에 안은 정료의 따사롭고 정겨운 광경을 보자 늙은 도사는 알지 못할 신음을 토해내었다.

"……."

현통은 늙은 도사의 한숨 소리가 들리자 더욱 어쩔 줄 모르고 있었다.

여승들의 문파인 아미와는 달리 청성은 냄새나는 사내들이 모인 문파였다.

아무리 세속의 때를 벗기기 위해 노력하는 도사라 해도 다리 사이에 커다란 물건을 덜렁거리며 달고 다니는 사내라는 점은 부인할 수 없었다.

그러니 어떻게 사제 간의 잔정이 있을 수 있겠는가.

물론 '똑바로 안 해?' 하며 제자들의 뒤통수를 내려치는 사부의 두툼한 손바닥에도 제자에 대한 사랑은 있으리라.

하지만 거기에서 '사람 사는 냄새' 나 '사제 간의 따시로운 사랑' 이나 '솜털이 일어날 만큼 애교스런 어리광'은 존재할 수가 없었다.

애당초 '애정 표현'의 수단이 아미와 청성이 다를 수밖엔 없었다.

그것을 저 늙은 도사는 지금 목말라하고 있다는 것을 현통은 너무도 잘 알고 있었다.

하지만 저 늙은 도사는 섭각우(變角牛)란 별칭으로 청성에서 불리고 있지 않은가.

섭각우, 즉 '뿔에 불붙은 소'가 미쳐 날뛰며 들이받지 않는 물건은 없었다. 그중에 가장 잘 들이받는 게 청성 제자들이었으니, 그 뿔에 받히지 않는 청성인은 청성인도 아니란 우스개까지 나돌고 있었다.

까딱 잘못하면 미쳐 날뛰는 섭각우에게 아양을 떨 청성인은 아무도 없었다. 아니, 아양은커녕 숨도 제대로 쉬지 못할 처지가 아닌가.

현통 자신은 아무 짓 안 하고 가만히 서 있기만 해도 불타는 소뿔에 죽어 나갈 처지였다.

한두 명도 아니고 500명이다. 자신만만하게 들고 나왔던 살악포덕부에 적어야 할 사람 이름과 손도장이 자그마치 500명이란 말이다.

만약 저 청성의 섭각우 도현(導玄) 도사가 그걸 알아차리기라도 한다면 자신은 그 자리에서 죽은 목숨이 분명했다.

"으휴휴~"

섭각우 도현의 두툼한 콧망울과 검붉게 두꺼운 입술 사이에선 또 한 번 한숨이 새어 나왔다.

내려다보고 있는 공터 아래에선 너무도 부러운 광경, 즉 잠결에 뒤척이던 불연이 또다시 정료의 가슴에 볼을 부비부비하고 있는 모습이 보인 것이다.

'아아~ 저런 제자 놈을 하나만 가질 수 있다면. 저런 깜찍하고 예

뻔 것을 내 품에 안을 수만 있다면…….'

물론 섭각우 도현이 조그마한 여자아이를 안고 싶어서 저러는 건 아니었다.

그저 털 숭숭 나고 냄새 나는 사내놈들만 보다가, 비록 다른 문파이긴 해도 야들야들하고 애교스런 제자를 보자 너무도 부러웠기 때문이다.

단순 무식. 청성파에서 그 네 글자가 가장 잘 어울리는 것은 현통이 아니라 도현이었다.

군이 따지자면 단순 무식함에서 현통은 도현의 반쯤밖엔 안 되었다.

그런 현통이라도 도현의 얼굴 표정에서 지금 도현이 간절히 바라는 게 무엇인지 금방 알아차릴 수가 있었다.

'이걸 어떻게 하나. 분명 아미파의 두 여승이 가고 나면 나를 붙잡고 한바탕할 텐데 무량수불~ 그냥 쥐어박고 콱~ 튀어버려?'

현통은 자꾸 근지러워지는 뒤통수를 긁으며 생각을 굴렸다.

전에도 한번 이런 적이 있었다.

큰 실수를 한 현통 앞에 도현 도사가 제 뿔에 불을 당겨 섭각우로 변해 나타났을 때, 당황한 현통은 그저 냅다 주먹으로 섭각우 도현의 눈탱이를 내려치고는 도망을 가버렸다.

내심 점잖게(?) 현통의 갈빗대 세 대를 부러뜨리는 것으로 가볍게(?) 징계를 내리려던 도현은 제자뻘밖에 안 되는 현통에게 얻어맞아 눈탱이가 밤탱이가 되는 사태에 이르게 되자 길길이 뛴 건 당연한 일.

그 이후 현통은 꼬박 일 년하고도 반 년을 넘게 누워서 지내야만 했었다.

물론 그 덕에 무공이 대단한 섭각우 도현의 눈을 때릴 만한 무공을 지녔다는 게 알려져 차기 장문인감으로 유력하게 부상한 계기가 되긴 했지만.

이번에도 눈두덩이를 냅다 내려친다면 잠시 동안 도망은 갈 수 있을 것이다. 하지만 그 이후는…….

현통은 상상도 하기 싫어서 머리를 절레절레 내저었다.

'그럼 어떻게 하지? 아이고~ 원시천존이여, 이 불쌍한 현통이 좀 살려주시오! 무량수불~'

현통은 죄없는 밤하늘을 쳐다보며 빌고 또 빌었다.

하지만 원시천존이 눈을 가진 존재라면 현통이 구제될 가능성은 희박했다.

현통의 우락부락 험상궂게 생긴 면상을 단 한 번만이라도 쳐다본다면 마악 생기려던 동정심이 도망갈 게 뻔했으니 말이다.

"아잉~ 사부님, 저랑 나비 잡으러 가요. 예에쁜~ 나비요. 냠냠~"

거기다가 숲 속 공터 아래에서는 현통의 가슴에 불을 지르는 불연의 귀여운 잠꼬대가 울려 퍼지고 있지 않은가.

"푸휴유~"

그 잠꼬대 소리가 들리자 섭각우 도현의 한숨 소리도 더욱 커졌다.

'가만, 내 청성에 든 지도 벌써 수십 년이 지났지만 나한테 다가와 앙증맞게 눈을 맞추고는 손을 잡아끌면서 나비 잡으러 다니자던 놈이 하나라도 있었나? 으휴~ 한 놈이라도 그런 놈이 있으면 내가 나비뿐만 아니라 청룡(靑龍)이라도 잡아줄 터인데……. 망할 놈들!'

도현의 생각이 거기까지 미치자 슬슬 뿔에 불이 당겨지기 시작했다.

그런 도현의 모습을 보면서 현통은 두 눈을 질끈 감았다. 이제 저 도현이 몸을 돌려 자신을 본다면 자신은 죽은 목숨이 분명했다.

아무리 현통 스스로가 생각해 봐도 불연의 귀여운 모습을 보다가 갑자기 자신의 험상궂은 얼굴을 본다면 화가 치밀어 오를 건 분명했기 때문이다.

'그래! 무슨 수를 써야 해! 죽기 전에 무슨 수를!'

현통은 이빨을 악물었을 때였다. 드디어 도현의 신형이 천천히 현통을 향해 돌아서기 시작했다.

'어라라? 이놈이?'

도현은 어이가 없었다.

돌아서기만을 기다렸다는 듯 현통이 말도 없이 굳은 얼굴로 자신에게 스르륵 다가왔기 때문이다.

도망가야 마땅할 놈이 굳은 얼굴로 자신과 얼굴을 맞댈 만큼 가까이 다가오다니.

하지만 그 이후 더욱더 어이없는 일이 벌어지기 시작했다.

현통이 갑자기 쿵~ 하고 제 머리통을 도현 가슴에 처박는 것이 아닌가!

전에 현통의 주먹에 눈탱이를 맞아본 기억이 남아서인지, 도현의 신형이 움찔거릴 때였다.

"힝힝힝~ 사숙어른, 우리도 나비 잡으러 갈까용?"

현통이 되먹지도 않게 굵은 목소리를 벌벌 떨며 얼굴이 닳아버릴 만큼 센 강도로 자신의 가슴에 대고 부비적부비적대는 게 아닌가!

거기다 콧털이 무성하게 삐져 나온 커다란 콧구멍으로는 연신 알아듣기 힘든 '힝힝힝~' 거리는 이상한 신음성을 토해내면서 말이다.

'이, 이놈이 못 먹을 걸 먹었나?'

도현이 너무 놀라 멍하니 입만 쩍 벌리고는 제 턱 아래에 머리통을 디밀고 흔들어대는 현통의 뒤통수만을 멍하니 바라보고 있을 때였다.

'됐어! 먹혀든 거야!'

현통은 가슴이 뛰었다.

목숨을 걸고(!) 모험을 한 것이 아직까진 잘 먹혀들고 있었다.

더욱더 간드러지게 아양을 떤다면 성질이 고약한 걸로 유명한 청성 섭각우의 사랑을 홀로 독차지할 수도 있을 것 같았다.

그것이 얼마나 되먹지 못한 생각인지 따져 볼 여력조차 현통에겐 없었다. 그만큼 도현의 주먹은 매서웠고 현통의 마음은 급박했던 것이다.

"힝힝힝~ 사숙 어른, 저한테도 자장가 불러주세용. 아이잉~ 몰라 몰라~"

불연은 갑자기 오한이 들며 잠에서 깼다.

어디선가 상처 입은 짐승의 처절한 비명 소리가 들렸기 때문이다.

'어머? 잠결에 잘못 들었나?'

불연은 꿈속에서 들었던 소리라고 생각했다.

그 생각도 무리가 아닌 것이, 도저히 살아 있는 존재라면 그런 소리를 내지 못하리라……

하지만 불행히도 숲 속 저편에선 처절한 비명 소리가 계속 연이어져 들려오고 있었던 것이다.

저러다 입으로 창자까지 튀어나오지 않을까 걱정까지 들게 만드는 현통의 처절한 비명 소리가 말이다.

사실 따지고 보면 현통은 그저 예뻐 보이려 노력한 죄밖엔 없었다.

단지 한 가지 사실을 잊고 있었던 게 죄라면 죄였다.

자신이 험상궂은 얼굴로 간드러진 웃음소리와 함께 애교를 떤다면, 괴물 묘웅보다 더 역겨운 모습이란 걸 몰랐던 죄 말이다.

사실 따지고만 든다면 그보다 심한 죄도 없을 법했다.

아무튼 아름다운 밤하늘엔 곤죽이 된 현통의 신형만이 외롭게 허공을 가르고 있었다.

정녕 아름답고 처절한 밤이리라……

＊　　　＊　　　＊

웃는 얼굴 온양 역시 사람을 만나고 있었다.

하지만 다른 사람과는 달리 자신이 몸담은 단체의 주인을 만나는 것이 아닌, 자신이 주인의 신분으로 만나고 있었다.

"너는 어떻게 생각하느냐?"

뒷짐을 쥔 채 하늘에 고고히 떠올라 있는 달을 쳐다보는 온양의 모습은, 온양을 알고 있는 자라면 보고도 믿지 못할 게 분명했다.

그만큼 온양이 내뿜는 기도는 절대자의 그것과 닮아 있었기 때문이다.

온양 앞에 부복하고 있던 사내는 고개를 들어 온양을 쳐다보았다.

"큰형님께 살인을 청부했던 남궁가가 마음이 바뀐 건 당연합니다. 큰형님께서 마주쳤다는 다른 자객은 아마도 다른 세가에서 청부한 자객일 테니까요."

"흐음……"

온양의 고개가 끄덕여졌다.

조천각 내에서 진금행을 죽이려 했을 때, 자신과는 전혀 다른 이질적인 느낌을 느꼈었다.

하지만 이질감을 뛰어넘는 다른 그 무엇. 바로 상대 역시 자객이라는 것을 온양은 직감적으로 느낄 수 있었다.

진금행을 노리는 다른 자객이 있다는 것을 오대세가 중 하나인 남궁가에게 전하자, 남궁가의 가주이자 무림맹 청룡단의 단주인 남궁호는 명령을 바꾸어 내렸다.

하지만 그 명령이 온양을 고민 속으로 빠뜨리고 있는 것이다.

"나는 사람을 죽이는 재주를 가지고 있지, 사람을 살리는 재주는 없거늘……."

온양이 가는 한숨과 함께 혼잣말처럼 중얼거렸다.

그 한숨 어린 소리가 귀에 거슬렸는지 온양 앞에 부복하고 있던 사내의 고개가 발작적으로 치켜들렸다.

"아마도 그 진가라는 놈의 목숨을 다른 세가에서 노린다는 말에 마음을 바꾸었을 것입니다. 조천대와 진금행이란 자가 목에 가시처럼 느껴지는 것은 오대세가일 테니 당연히 다른 세가에서 자객을 파견한 것이지요. 그것을 안 남궁호가 살인에서 보호로 명을 바꾼 것입니다. 이제 무림맹은 오대세가 손아귀에 들어가다시피 하였으니 다른 세가들을 견제하기 위함이 아니겠습니까?"

굳이 자신이 아끼는 동생의 말을 듣지 않더라도 온양은 잘 알고 있었다.

환하게 웃는 온양의 얼굴이 자신의 오른 손바닥을 천천히 내려다보고 있었다.

"내 이 손은 기예단의 재주와 살인밖에 몰랐다. 이제 이 손으로 한 생명을 지키라 하니 우습기 짝이 없구나."

온양의 말에 사내의 고개가 땅으로 처박혔다.

그리고는 울먹이는 목소리로 낮게 부르짖었다.

"그런 말씀 마십시오. 큰형님이 아니셨다면 제 부모님, 아니, 낭가촌 가족들의 예순네 개의 목숨은 없었을 것입니다. 큰형님의 목숨을 대가로 저희 예순넷의 목숨이 살 수 있었으니 형님의 손은 대자대비(大慈大悲)하신 부처님의 손과 다름이 없습니다."

"허허~ 그렇게까지. 한데 예순셋이 아니라 예순넷이라니? 이가 놈이 간절히 후사를 기다리더니, 드디어 뜻을 이루었나 보구나."

사내의 말이 마음에 들었는지 온양의 목소리는 한결 생기가 돌았다.

사내 역시 마찬가지였는지 대답하는 목소리도 한결 밝아졌다.

"예, 3년 동안 방구석에서 마누라와 낑낑대더니 하나 만들어내긴 했나 봅니다. 딸년인데 닮은 건 이가 놈을 닮아 흉하게 생겼습니다."

"허허~ 그런 말 하지 말거라. 네가 좋아 못사는 네놈 처 역시 처음엔 못생겼었느니라. 내 세 살배기 때부터 보아왔으니 그건 확실하지."

온앙의 입에서 아내의 과거(?)가 밝혀지사 사내는 킬킬대며 웃었다.

그러나 그 웃음은 얼마 안 가 멎어버리고 쓸쓸한 정적만이 내려앉았다.

두 사람 가슴에 담겨 있는 깊은 수심(愁心)처럼 깊이 모를 어둠만 두 사람을 에워쌀 때였다.

사내가 걱정스럽다는 듯 정적을 깨며 물었다.

"저어… 그런데 형님께서 진금행이란 자를 언제까지 지켜야 하는 겁니까?"

"……."

사내의 말에 온양은 그저 웃는 얼굴 그대로일 뿐 아무런 대답이 없었다.

사내는 잘 알고 있었다, 자신이 존경하고 있는 온양이 왜 말이 없는가를.

남궁호는 온양의 살인 기예만을 샀을 뿐이다. 애당초 계약 조건에 다른 사람을 보호하는 것 따위는 없었다.

하지만 무리하게 살인을 보호로 바꾼 이유가 무엇이겠는가.

"만약 보호로 바뀌었다면 큰형님이 치르셔야 할 살인이 하나 남은 셈입니다. 한데 그 살인을 끝내면 과연 남궁가에서 형님을 고이 놓아보내줄까요?"

"……."

사내의 질문에 한동안 말이 없던 온양이 고개를 천천히 가로저으며 대답했다.

"글쎄? 보내주지 않겠지. 많은 비밀을 알고 있으니 말이다. 하지만 괜찮다. 내가 죽어 너희 예순셋, 아니, 이젠 예순넷이 되어버린 목숨이 편안히 쉴 수 있다면 말이다."

"안 됩니다!"

온양의 말이 끝나기가 무섭게 사내가 피 끓는 목소리로 부정했다.

"큰형님을 그렇게 보낼 순 없습니다. 또 남궁호, 그 흉악한 놈이 형님을 해하고 나서 우리 낭가촌 가족들을 가만히 두겠습니까!"

사내의 말에 온양의 웃는 모습으로 가늘게 접힌 눈에서 신광이 번쩍 튀어나왔다.

"그렇게 되면 내 가만히 있지 않을 것이다. 귀신이 되어서라도 남궁호의 심장을 씹을 것이야!"

온양의 말에 사내의 고개가 가로저어졌다.

"귀신이 심장을 씹을 수 있을는지 모르지만, 이미 그때는 우리 낭가촌 사람들은 모두 죽은 후가 될 겁니다. 더구나 막 태어난 이가 놈의 딸년 이름을 지어주지도 못하셨지 않습니까. 결국 막 세상에 태어난 그년은 이름도 가지지 못하고 죽을 겁니다."

"휴우~"

온양의 웃는 얼굴에선 어울리지 않게도 한숨 소리가 새어 나오고 있었다.

"제게 생각이 있습니다."

사내는 온양의 그런 모습을 잠자코 지켜보다 불쑥 제 생각을 말했다.

"……?"

온양의 의아하단 시선을 마주 보며 사내는 자신이 계획한 일을 천천히 설명해 나가기 시작했다.

"그건 안 된다! 너무 위험헤!"

온양은 사내의 계획을 듣는 즉시 단호하게 반대의 뜻을 나타냈다.

"어떻게 죽어도 죽습니다. 어차피 남궁호에게 죽을 거라면 한번 모험을 걸어보는 게 어떻겠습니까? 저희 낭가촌 가족들은 형님이 안 계신다면 세상에 살 뜻을 이미 버린 지 오래입니다."

"……!"

온양은 갈등하기 시작했다. 자신을 따르는 사내의 말이 옳았기 때문이다. 이왕 위험을 무릅써야 한다면 그 방법이 제일 좋은 것 같았다.

하지만 너무 위험한 일임이 분명하지 않은가?

온양의 갈등은 깊은 밤을 닮기라도 한 듯 더욱더 깊어지고 있었다.

사내는 온양의 결심만을 기다린다는 듯 온양 앞에서 부복한 채 온양의 눈을 바라보고 있었다.

제 6 장

위기 — 진금행 위기에 빠지고, 이교옥 벌떡 일어나다

위
기

조천대가 묵고 있는 객잔은 어둠에 잠겨든 지 이미 오래였다.

객잔 창문에 얼비쳐 새어 나오던 불빛들도 하나씩 꺼져 가고, 알지 못할 창기의 비음도 사그라들어 적막 속에 든 객잔을 노려보는 눈이 하나 있었다.

'오늘 밤?

당경. 무림맹주의 일곱 제자 중 네 번째 자리를 맡고 있으며, 아무에게도 알려지지 않은 사천당가의 사생아는 턱 밑을 손가락으로 간질이며 생각에 잠겨들었다.

무림맹을 벗어난 지 이미 며칠째였다.

물론 그렇다고 해서 당경 자신이 사람들의 이목을 끌 거라곤 생각하지 않았다.

하다못해 맹주의 대제자인 소일거검 백연강이 며칠 맹을 벗어나 있다 해도 아무도 신경 쓰지 않는데, 넷째 제자까지 신경 쓰는 무리는 없을 게 뻔했다.

하지만 모를 일이었다. 요즘 맹이 돌아가는 사정으론 작은 행동 하나까지 주의할 필요가 있었다.

'그래서 오늘이지. 오늘 밤에……'

당경은 음침한 눈으로 객잔을 바라보며 고개를 끄덕였다.

세모꼴 눈에 세모꼴 턱. 달빛에 비쳐 보이는 당경의 얼굴은 흡사 세모꼴을 거꾸로 세워놓은 듯했다.

사마귀의 인상과 영락없이 닮아 당랑날겸(螳螂捺鎌)이란 쑥덕거림을 듣는 당경의 얼굴이 정말 사마귀처럼 외로 꼬였다.

'그런데 내가 여기 왜 와 있는 것이지?'

알 수가 없었다.

그저 자신에게 피를 전해준, 그래서 그 외에 아무것도 받은 게 없는 아버지 당표의 부탁으로 와 있는 것은 아닌 게 확실했다.

그 일은 이미 실패로 끝난 일이었다.

비록 처음 겪는 실패지만 당경은 이상하게도 마음이 쓰리거나 패배감을 느끼지는 않았다.

'얼마나 재미있었던가!'

당경의 갸우뚱 기울어진 얼굴 위에 세모꼴의 입술이 양쪽으로 올라갔다.

자신만이 어둠 속의 존재라고 생각했다.

숨고, 속이고, 비열하게 뒤로 돌아가 무심한 칼날을 디미는 자객이란 존재.

고독하고 외로우며, 청부를 완성하고 나면 자기 자신에 대한 모멸감에 몸을 떨어야 하는 존재.

그 모멸감이 희열로 바뀌는 것은 아비로부터 받은 세 번째 살인청부를 완성하고 난 뒤였다.

'그자는 몇 번째였을까?'

홀로 걸었던 길이었다. 물론 살막(殺幕)이나 밀영각(密影閣) 등 전문 살수집단이 없지는 않았다.

하지만 기계적인 살인과 예도에 이른 살인은 분명 다르다고 생각하는 당경이었다.

그런데 며칠 전 자신의 경지에 도달한 자와 마주쳤었다.

그것도 자신과는 전혀 다른 길을 걸어 자신의 수준에 다다른 자객을.

문득 그자는 몇 번째 살인에 쾌감을 느꼈는지 궁금해졌다.

'진금행이란 자였는가? 아닐지도…….'

당경은 어둠 속에 잠겨 있는 객잔을 바라보며 과연 자신이 누구 때문에 이 자리에 와 있는지 혼란스러웠다.

'마주쳐 보면 알겠지.'

곧 제 품에서 천을 하나 꺼내 얼굴에 뒤집어쓰자 세모꼴의 당경 얼굴 생김새가 더욱 도드라져 보였다.

복면을 다듬던 당경의 신형이 어둠 속에서 움직이기 시작했다.

그리고 당경의 심장 속에 든 피가 차갑게 식어가기 시작했다.

당경이 움직임을 시작하는 순간, 문득 침상에 누웠던 온양의 얼굴이 씰룩이기 시작했다.

휘영청 휘어져 간들거리는 눈웃음을 짓고 있던 온양의 두 눈이 번질거리기 시작했다.

'오는군!'

온양은 알 수 있었다. 아니, 온양만이 알 수 있는 일이었다.

자객만이 자객을 알아볼 수 있었다.

그래서 온양은 밤 안개처럼 조천각을 휩싸고 도는 기이한 기운을 알아차렸던 것이다.

아무리 새한벽에 들었던 이교옥 같은 절정고수나 사천의 밤을 지배하는 강구의처럼 동물적인 예민함을 갖춘 사람도 눈치 챌 수 없는 은밀함.

온양의 팔이 등 뒤에서 기이한 각도로 꺾여 구부러졌다.

다른 한쪽 팔 역시 오른쪽 어깨 뒤로 넘어가 접히는 것과 동시에 두발이 천천히 뒤로 꺾여 접혀지기 시작했다.

흡사 막 튀어 오르기 전에 8개의 발을 모아 쥔 거미의 모습과 영락없었다.

어둠 속에 잠겨들고 있는 검은 거미 흑지주(黑蜘蛛)는 그렇게 웅크리고 있다가 갑자기 허공으로 튕겨 올랐다.

침상 위에서 허공으로 튕겨지는 온양의 모습은 곧 허깨비처럼 사라지고 없었다.

그리고 그 자리엔 어둠이 천천히 채우고 있었다.

웃는 얼굴 온양이 혈루소면객(血淚笑面客)으로 있게 한 흑지주로 돌아간 시각.

객잔에서 마주 보이는 산속에서는 한 남자가 엎드려 있었다.

문득 고개를 들어 밤하늘을 쳐다보던 사내는 혼자 조심스럽게 중얼거렸다.

"지, 지금쯤이지, 약, 약속된 시각이……?"

밤하늘을 쳐다보던 사내의 두 눈동자가 별빛에 반짝였다. 옆통수에서.

눈 사이가 한없이 먼 사내 종리혁은 문득 동생과 약속한 시간이 되자 제 품에서 조그마한 향로 하나를 꺼내 들었다.

"모, 몰연정(沒煙鼎)은 됐고, 부, 부음초(浮蔭草)를……."

종리혁은 오래되어 보이는 것이 분명한 거무튀튀하고 조그마한 향로에 제 품에서 뭔가를 주섬주섬 꺼내어 집어넣었다.

그리고는 밤에 다른 사람 눈에 띄일까 조심조심 화로의 불을 당겼다.

하지만 몰연정에서는 불꽃 대신 다른 것을 토해놓고 있었다.

하얀 연기가 물씬물씬 흘러나오고 있는데 끈적이는 것처럼 종리혁의 주위를 에워싸기 시작했다.

"오여토하 불리도연 고해타명 오지명하……."

종리혁이 입으로 알지 못할 주문을 외며 천천히 두 손을 들어 수결을 맺었을 때였다.

쉬이익~

몰연정에서 나온 하얀 연기는 흡사 꼬리 아홉 달린 여우처럼 산 아래를 향해 달려가기 시작했다.

밤 안개는 그렇게 산등성이에서 시작되어 점차 퍼져 나가다 끝내 객잔까지 아우르고 있었다.

'됐군! 조금 늦은 듯하지만.'

지붕 위에 납작 엎드려 있던 종리우는 안 그래도 잔뜩 치켜 올라가 찢어진 듯 가는 눈을 찡그리며 생각했다.

약속된 시간보다 조금 늦었지만 자신의 형은 익숙한 밤 안개를 만들어낸 것이다.

배교의 밀법은 유용하기 짝이 없었다. 하지만 결말은 배교의 환술이 아닌, 바로 자기 자신의 손으로 맺어야만 했다.

그래서 종리우의 신형은 조심스럽게 창문을 열고 몸을 디밀고 있었다.

밀영각의 흑백살귀(黑白殺鬼)의 재주가 진금행이 묵고 있는 창문을 통해 발휘되고 있는 것이었다.

'……!'

뭔가 이상하다는 것을 종리우는 단번에 알아차릴 수가 있었다.

종리혁이 토해낸 밤 안개는 환술로 피워 올린 것이라 보통의 사람들의 능력으로는 바로 눈앞에 들어 올린 자신의 손바닥조차 보이지 않을 정도였다.

아니, 보통 사람의 경우가 아닌 무공의 고수라 할지라도 그 기세가 크게 줄어 고수다운 예민한 감각을 발휘하지 못하게 하는 능력이 있었다.

바로 종리혁의 그러한 환술 덕분으로 비록 무공을 익히긴 했지만 고수라 불리기엔 손색이 있는 종리우가 밀영각의 흑백살귀가 될 수 있도록 한 힘이었다.

그러나 이때까지 수월하게 해왔던 것과는 달리 오늘 종리우의 등에는 식은땀이 흐르고 있었다.

'전우방(前右方)!'

무언가가 거기에 있었다.

자신의 피를 싸늘하게 얼리는 그 무엇이 아무런 기척도 내지 않은 채 똬리를 틀고 있는 것이다.

자신의 피까지도 차갑게 얼어버릴 것 같은, 아니, 숨결마저도 새하얀 얼음으로 굳힐 만한 냉기.

저 넘어 있는 어둠은 종리우에겐 낯설면서도 친근한 것이었다.

종리우는 급히 신형을 뒤로 눕히고는 조심스럽게 물러나기 시작했다.

그리고…

'허걱!'

물 흐르듯 뒤로 흐르던 종리우의 신형이 우뚝 멈추어 섰다.

온몸에 소름이 돋고 입 안이 갑작스럽게 바싹 말라 버렸다.

자신의 앞에 있던 그 무엇인가와 비슷한 것이 자신의 등 뒤에도 있지 않은가!

'낭패군.'

종리우는 정신을 차릴 수가 없었다.

몇몇의 고수가 있다는 것은 충분히 고려된 상황이었고, 그렇기에 자신있게 잠입할 수 있었다.

하지만 자신과 같은 자객이, 그것도 둘씩이나 이곳에 머물러 있으리라고는 꿈에도 생각지 못했다.

자신이 등을 기대고 있는 기둥, 지붕을 떠받치고 있는 들보에 연결되어 있는 바로 그 기둥 뒤에 무언가가 있는 것이다.

앞에 하나, 그리고 자신의 등 뒤에 하나.

등 뒤 어둠이 천천히 숨을 들이마시다가 내뱉는 것이 느껴졌다.

그 호흡에 맞추어 앞에 있는 차가운 어둠 또한 흔들리고 있었다.

'……!'

종리우는 비로소 알 수 있었다.

이미 자신의 생명은 진금행의 창문을 열 때부터 없는 것과 마찬가지였다.

은밀함을 생명으로 삼는 자객과 자객의 대결에서 신형이 훤히 드러났다는 것은 곧 죽음을 뜻하기 때문이었다.

그러나 아직까지는 자신의 숨이 붙어 있지 않은가.

이 일을 설명할 수 있는 일은 하나밖에 없었다.

어둠과 동화된 앞에 있는 자객과 어둠 속을 파고든 등 뒤의 자객이 서로 경계하지 않는다면 일어날 수 없는 일이었다.

만약 서로 같은 단체에서 나온 자객이라면 자신이 창문을 열고 들어올 때 이미 목을 잘랐을 터.

'재미있게 되었군!'

종리우는 천천히 등 뒤 어둠에서 느껴지는 호흡에 자신의 호흡을 맞추어가며 생각했다.

등 뒤의 어둠이 자신을 덮치는 순간, 종리우 앞에 있는 또 다른 자객이 자신을 덮친 어둠을 죽일 것이었다.

그것은 앞에 있는 자객이 자신을 먼저 덮쳐도 마찬가지였다. 그 즉시 등 뒤 자객의 칼이 눈앞에 있는 자객을 죽일 테니까 말이다.

결국 가장 목숨이 위태로워진 흑백살귀 종리우 자신이 지금 벌어지고 있는 기이한 상황의 주도권을 쥐고 있는 게 아닌가.

서로가 서로를 알아볼 수 있었다.

진금행 방 안에 있는 세 명의 자객은 실력 차가 나지 않는다는 것을.

'먼저 움직이는 자가 죽는다.'

종리우는 냉정을 회복하며 염두를 굴렸다.

먼저 떠오르는 생각은 자신은 어차피 제일 먼저 죽을 수밖에 없다는 사실이었다.

자신이 앞의 자객을 공격하면 등 뒤의 자객만이 살아남는다.

눈앞의 자객의 실력으론 종리우 자신과 등 뒤의 자객을 함께 처치할 실력이 되지 않을 게 뻔했기 때문이다.

만약 눈앞에 일렁이는 어둠이 그 정도의 실력이 되었다면 자신이 지금처럼 숨 쉬고 있을 수는 없었으리라……

자신이 이곳에 들었을 때 이미 죽였지, 지금처럼 강적이 두 명이나 늘어나는 일을 지켜보진 않았을 게 분명했기 때문이다.

'그건 등 뒤에 있는 놈도 마찬가지고.'

종리우는 밤 안개가 녹아들고 있는 어둠 속에서 비릿한 웃음을 지었다.

어차피 맨 처음 죽는 것은 종리우 자신일 수밖에 없었다.

정체가 탄로났다는 것은 자객에게 있어 그만큼 치명적이었다.

하지만 같이 죽을 자객을 선택하는 것 또한 종리우 몫이었다.

그래서 자신을 냉정한 눈알로 지켜보는 눈앞의 자객뿐 아니라 등 뒤에 바짝 다가와 있는 자객 역시 섣불리 자신의 목숨을 취하지 못하고 있었다.

'그렇다면?'

아무리 생각해 봐도 자신이 취할 수 있는 방법은 하나밖에 없었다.

지금 처해 있는 위험을 벗어나고, 나아가 주도권까지 틀어쥘 수 있는 방법이.

종리우는 천천히 두 팔을 앞으로 내뻗었다.

그 손짓 하나가 흑백살귀가 이때까지 행해왔던 어떤 살인보다 더욱 긴장된 몸짓이었다.

손끝에 작은 떨림 하나로도 팽팽한 긴장이 깨지고, 곧 폭풍우와도 같은 잔인한 칼부림이 시작될 거란 걸 잘 알기 때문이었다.

종리우는 그렇게 등 뒤 어둠으로부터 천천히 멀어지기 시작했다.

진금행 방 안에 있는 세 명의 자객은 팽팽한 긴장감에 온몸이 찢겨지는 것 같았다.

곧 살인은 벌어질 것이었다.

그렇다면 결국 하나만이 살아남을 수밖에 없었다.

'그게 과연 누굴까?'

흑백살귀 종리우, 맹주의 네 번째 제자이자 알려지지 않은 자객 당경, 그리고 혈루소면객 온양의 머리 속을 가득 채우는 생각이었다.

당경은 너무나 재미있었다.

이 정도의 쾌감을 맛보는 것이 얼마 만인지 몰랐다.

'살인? 아니, 살인 중에서도 간살(姦殺)?'

당경은 곧 고개를 저어 생각을 지웠다.

무림맹주의 네 번째 제자 당경.

그 신분과 이름으로 쾌감을 맛볼 일이란 별로 없었다.

하지만 신분을 속이고 맹을 벗어나 행하던 비밀스런 일들은 당경에게 벗어날 수 없는 쾌감을 안겨주곤 했다.

하지만 여염집 처녀를 능욕하고 끝내 목 졸라 죽이는 일도 지금 느끼는 것에 비하자면 그리 큰 쾌감은 아닌 것 같았다.

정말이지 너무나 재미있지 않은가!

당경의 신형을 굳혀 버릴 만한 엄청난 자객이 눈앞에 있었다.

아니, 그 흔적만 미세하게 느껴질 뿐 정확한 위치를 찾지는 못했다.

만약 찾았다면 이처럼 자신이 차가운 피와 함께 어둠 속에 있지 않았겠지만……

'찾아만 냈다면 즉시 죽여 버렸겠지.'

당경은 그 사실이 너무도 재미있었다.

자신의 이목을 숨길 만한 막강한 상대.

물론 상대 역시 자신의 흔적을 미친 듯 찾고 있을 게 뻔했다.

하지만 당경 자신이 피와 호흡과 영혼을 차갑게 가라앉히고 있는 한 쉽게 찾진 못하리라……

그리고 또 한 사람이 팽팽하게 당겨진 활시위 위에 내려앉았다.

당경은 정말이지 뒤통수가 근지러워질 만큼 비칠 듯한 쾌감을 만끽하고 있었다.

세 번째 나타난 사람 역시 자객이 아닌가.

그것도 당경 자신과 웃는 것처럼 느껴지는 어둠 속에 몸을 숨기고 있는 또 다른 자객에 비해 절대 실력이 아래가 아닌 놈이었다.

왠지 이상하게도 갑작스레 밀려드는 어둠 속에 몸을 묻고 먼지처럼 허공을 누비는 실력만 보더라도 알 수 있었다.

그리고는 드디어 놈은 알아차렸다.

얼굴을 굳히고는 제자리에 못을 박은 듯 멈추어 선 것만 봐도 당경은 아낌없는 박수를 보내주고 싶었다.

은밀한 잠입, 훌륭한 기예, 침착한 태도, 냉정한 판단.

그 어느 것도 쉽게 볼 수 있는 게 아니었다.

어쩌면 당경 자신이 가지고 있지 못한 걸 가지고 있으리라.

그게 어떤 것인지 당경은 미칠 듯이 궁금해졌다.

하지만 섣불리 확인해 볼 수는 없는 일.

만약 당경이 먼저 움직인다면 눈앞에 있는 훌륭한 호적수 둘의 기예를 보기도 전에 당할 거란 걸 잘 알고 있기 때문이었다.

맨 나중에 들어온 놈이 호흡을 고르더니 천천히 두 팔을 내뻗기 시작했다.

움찔.

당경은 저도 모르게 손끝이 파르르 떨렸다.

하지만 당경의 신중함이 미친 듯 떨려오는 손가락을 멈추게 했다.

지금 세 번째 자객의 움직임은 공격을 위한 것이 아니라는 걸 알아보았기 때문이다.

섣불리 움직이면 모든 게 끝이었다.

'왜지?'

당경의 호기심이 담긴 긴장된 눈빛이 복면 사이로 세 번째 자객의 움직임을 쫓고 있었다.

'곤란하게 되었군.'

온양은 자신에게서 천천히 멀어지고 있는 세 번째 자객의 등을 보면서 웃는 얼굴을 찡그렸다.

이런 일은 없어야만 했다.

자신 앞에 있는 두 자객의 실력은 가히 만만하게 볼 것이 아니었다.

하지만 무언가 부족한 면이 있었다.

노련함.

온양의 목을 지금껏 몸통에 붙여주었던 그것이 없었다.

한 놈은 지금 이 상황을 미친 듯 즐기고 있는 게 틀림없었다.

또 다른 한 놈은 냉정한 면은 가졌으나 신중한 면은 가지지 못한 게 분명했다.

그렇지 않았다면 무턱대고 자신만만하게 두 명의 자객이 있는 방 안으로 들어오진 않았으리라.

'정말 곤란하군.'

어느새 일 장쯤 벗어난 세 번째 자객을 보면서 온양은 또 한 번 속으로 중얼거렸다.

노련하다는 것은 주어지는 재주가 아니었다.

비록 자객의 재능을 타고 났다 해도 그것만은 가질 수 있는 게 아니었다.

수많은 살수행(殺手行)을 통해서 간신히 얻어지는 것이었다.

만약 두 놈 중 한 명이라도 그것을 안다면 지금 벌어지는 일은 쉽게 해결될 수 있었다.

서로가 칼을 돌려 물러나면 되는 일이었으니까.

하지만 한 놈은 지금 벌어지는 일을 계속 즐기려 하고 있었고, 다른 한 놈은 더더구나 지금 벌어지는 일의 주도권을 쥐려 모험을 걸려 하고 있었다.

모두가 안 좋은 일이었다.

만약 자신의 제자가 이런 일을 벌인다면 잡아다 불호령을 내렸으리라.

자객에게 모험은 피해야 할 일이었다.

또한 호기심은 버려야 할 물건이었다.

그런데 눈앞의 두 놈은 그것을 모르는 게 확실했다.

하지만 얼치기 두 놈을 쉽게 처리할 수 없다는 게 온양에겐 제일 고민이었다.

'정말 곤란하게 되었어!'

생각을 천천히 지워 나가던 온양의 머리 속에 마지막으로 떠오른 생각이었다.

그 뒤에 벌어지는 모든 일은 한 사람의 그저 눈을 한 번 깜빡일 시간에 벌어지고 끝이 났다.

먼저 종리우의 신형이 들보 위에서 천천히 흘러가다 뇌전이 내려꽂히듯 머리끝까지 이불을 덮어쓴 진금행이 누워 있는 침상 위로 떨어지고 있었다.

종리우의 몸통 뒤로 어둠을 가르고 나타난 온양이 뒤따르고 있었다.

종리우가 떨어져 내리고 온양이 뒤따랐는지, 아니면 온양이 뒤따르자 종리우가 떨어져 내렸는지 알아볼 수가 없었다.

흡사 두 몸통을 한 줄로 이어놓은 듯, 누가 먼저 몸을 움직여 다른 사람의 움직임을 이끌어냈는지 모를 정도였다.

췻!

그리고 세 개의 우모침이 허공을 갈랐다.

거미의 독아(毒牙)처럼 끝이 휘어진 온양의 길쭉한 꼬챙이가 종리우의 몸을 파고들던 길을 벗어나 허공을 가로질렀다.

그리고는 아주 귀가 밝은 사람이라도 온 신경을 쏟아 귀 기울여야

들릴 만한 미세한 소리가 연이어 터져 나왔다.

팅! 팅! 칙!

두 개는 온양의 휘어진 꼬챙이에 부딪쳤지만 한 개는 끝내 온양의 어깨에 틀어박혔다.

온양을 노리던 두 개는 막아냈지만 나머지 한 개는 이불 위로 두툼하게 솟은 진금행의 머리통을 향했기 때문이다.

슛!

떨어져 내리던 종리우의 신형이 방향을 바꾸어 위로 치솟자 공기를 가르는 가느다란 소리가 흘러나왔다.

가느다란 가시처럼 생긴 협봉검이 종리우의 오른손에 들려 있었고, 그 검끝은 어둠을 뚫고 삐죽이 나온 당경의 목을 노리고 있었다.

'됐어!'

종리우는 우스꽝스럽게 생긴 세모꼴의 얼굴을 가진 사람의 목에 맹렬히 틀어박힐 듯이 쏘아져 가는 자신의 검끝을 보며 회심의 미소를 지었다.

자신의 복을 담보로 얻어낸 주도권이었다.

이 방 안에 왜 세 명의 자객이 들어와 있는지는 몰라도 노리는 것은 하나밖에 없었다.

진금행. 그 팅팅 붙은 작자의 목이었다.

처음 움직인 대가로 치러야 할 죽음을, 종리우 자신에게서 그 돼지 같은 작자로 바꾸어놓은 데 성공한 것이었다.

'……!'

하지만 종리우가 들고 있는 협봉검은 방향을 바꾸어 자신의 발 아래를 긁어야만 했다.

자신의 움직임에 맞추어 딸려 나왔던 놈이 휘어진 꼬챙이 끝으로 아랫배를 노리며 쏘아져 왔기 때문이다.

하지만 종리우의 협봉검과 온양의 흑아(黑牙)는 허공에서 부딪치지 않았다.

이번엔 온양의 흑아가 방향을 바꾸어 세모꼴 얼굴의 사내 면상을 긁어갔기 때문이다.

'……?'

상대를 잃고 방황하던 협봉검과 함께 종리우의 신형이 급히 뒤로 물러났다.

교활하게 기다리고 있던 당경의 암기가 종리우의 면상으로 날아들었기 때문이다.

'정말 재미있군!'

당경은 뒤로 급히 물러나 온양의 흑아를 피해내며 킬킬거렸다.

아무런 소리도 나지 않는 싸늘한 싸움.

정말 웃기지도 않게 적수 하나의 목숨이 경각에 처하면 다른 한 사람이 그 적수의 목숨을 구해주고 있었다.

처음 한 사람이 두 번째 사람의 목숨을 취하면 세 번째 사람이 첫 번째 사람의 목숨을 취하리라……

그것을 막으려면 두 번째 사람을 노리던 첫 번째 사람의 살수(殺手)는 되돌려져야 했다.

그리고 나면 두 번째는 세 번째가 되고, 첫 번째는 두 번째 사람의 위치로 바뀌는 것이었다.

그 이유는 한 가지, 마지막에 남는 목숨이 되기 위해서……

몸을 급히 뒤로 물려 허공에서 공중제비를 넘던 종리우의 신형이 뒤틀리며 온양의 등 뒤로 협봉검을 날렸다.

이제 온양의 목숨이 경각에 처하게 되었다.

하지만 온양의 허리가 기묘하게 뒤로 꺾였다.

흡사 허리가 분질러지기라도 한 것처럼 살아 있는 생명체라면 도저히 해낼 수 없는 자세로 간신히 협봉검의 검끝을 옆구리로 흘려보내는 데 성공한 것이다.

곧 온양의 신형과 종리우의 신형이 지남철의 같은 극이라도 만난 것처럼 멀어졌다.

그리고 그 가운데 당경이 세모꼴 복면 사이로 웃고 있었다.

처음과 달라진 것은 없었다.

단지 조금 전 종리우가 처했던 위치에 당경이 위치하고 있었고 온양의 어깨에 선혈을 흘러나오고 있다는 것 외에는.

'킬킬~ 정말 재미있군. 이젠 내가 모험을 걸어야 할 때인가?'

당경은 세모꼴의 얼굴을 끄덕이며 웃었다.

이제 자신이 한가운데 위치하고 있었다.

정체가 드러난 만큼 사신은 죽겠지만 같이 저승길에 동반할 적수를 선택할 권리를 가진 것이다.

모든 것이 뒤바뀌긴 했어도 제자리를 다시 찾아가자 확실하게 드러난 것이 있었다.

세모꼴의 얼굴은 진금행을 죽이러 온 자객이었다.

신경질적으로 생긴 얼굴은 진금행에게 볼일이 있긴 해도 그것이 살인이 아닌 것만은 확실했다.

웃는 얼굴은 진금행을 지키려는 자였다.

'실수가 보표가 되었단 말이지?'

당경은 왼손엔 날카로운 비수를, 오른 손가락 마디 사이에는 암기를 틀어쥐고서는 고개를 끄덕였다.

살인에 능한 자객이라면 또한 사람을 지켜내는 훌륭한 보표가 될 수 있으리라.

'그렇다면 보표 또한 훌륭한 자객이 될 수 있을까?'

당경은 고개를 흔들어 쓸데없는 생각을 털어버렸다.

보표가 자객이 될 수 있는지는 모르겠지만 자객이 보표가 될 수 있는지는 곧 알 수 있을 터였다.

'모두 같으면서 모두 다르군. 킬킬~ 좋아, 이번엔 내 목숨을 밑천으로 또 한 번 도박을 벌여보자구.'

당경의 시선이 아래를 향했다.

조금 전까지 신경질적으로 생겼던 사내가 자리 잡았던 곳 아래에는 두툼한 이불을 머리끝까지 덮어쓴 사내가 누워 있었다.

당경의 신형이 절벽 끝에서 내던져진 돌멩이처럼 아래로 쏘아져 떨어졌다.

그러자 자연히 이번엔 당경과 한 몸으로 이어진 것처럼 온양의 신형이 함께 떨어져 내리기 시작했다.

당경은 자신의 옆구리를 파고드는 온양의 얼굴을 흘낏 쳐다보다 곧 오른손의 중지를 튕겨내었다.

그리고는 왼손에 든 비수로는 계속 진금행의 머리 부분에 처박아 넣고 있었다.

웃는 얼굴이 만약 암기를 피한다면 진금행의 머리엔 비수가 틀어박힐 것이다.

만약 진금행을 보호하려면 자신의 심장에 암기를 박아 넣어야 하리라……

하지만 당경의 호기심은 웃는 얼굴의 사내가 과연 어떤 선택을 할지, 그래서 자객으로 살아남을 것인지, 아니면 보표로서 죽을 것인지에 있지 않았다.

도리어 당경의 호기심은 등 뒤에 바싹 다가와 있는 신경질적으로 생긴 사내의 협봉검의 가는 떨림에 있었다.

떨림을 멈춘 협봉검이 과연 누구를 택하느냐에 따라 어느 누가 살아남을지 결정되기 때문이었다.

하지만 누구도 죽지 않았다.

또한 온양은 자객과 보표 사이에서 갈등하지 않아도 되었다.

종리우의 협봉검은 계속되는 가느다란 떨림과 함께 되돌아가야만 했다.

차갑게 얼어붙은 치열한 싸움은 엉뚱한 데서 결말이 지어지고 있었기 때문이다.

"이교옥!"

어디선가 늘려오는 권태로운 목소리.

그 목소리와 함께 진금행이 덮고 있는 두툼한 이불이 반으로 갈라지며 새하얀 검이 불쑥 튀어나왔기 때문이다.

그리고 그 새하얀 검끝이 그려낸 세 송이의 매화가 허공 중의 세 사람에게 달려들고 있었다.

*　　　　*　　　　*

"이교옥? 휘검청학 이교옥?"

자신에게 날아든 매화를 간신히 피해낸 당경이 어이없다는 듯 중얼거렸다.

진금행이 틀림없이 누워 있어야 할 침상 위엔 더러운 도사 복장의 사내가 날카로운 예기를 뿜어내며 서 있었다.

"웬 놈들이지? 어이구, 세 놈씩이나 되네?"

이교옥이 끈적이며 방 안을 채우고 있는 밤 안개 때문인지 눈을 가늘게 뜨고 주위를 둘러보았다.

"나야!"

숨을 고르며 다른 한 켠에서 이교옥을 향해 말을 건넸다.

"나? 나라니?"

"온양! 그런데 대주는?"

온양은 자신도 깜짝 놀랄 만큼 갑작스레 튀어나온 이교옥을 향해 물었다.

"아항! 몰라. 그런데 여기는 내가 자던 방이 아닌 것 같은데? 자다가 대주 목소리에 깬 걸 보면 대주 방인 것 같긴 한데……."

아직 잠에서 덜 깼는지 멍청한 눈을 들어 온양을 확인한 이교옥이 머리를 긁적이며 대답했다.

"……!"

언제 상대가 뒤바뀌었는지는 모르지만 상대가 진금행이 아닌 것만은 확실했다.

당경의 복면과 종리우의 얼굴이 허공 중에서 마주쳤다.

일이 뒤틀려 버린 건 확실했다.

그렇다면 이제 남은 일은 무사히 사라지는 것.

하지만 상대 중 한 사람은 자신들과 같은 수준의 보표로 변한 자객이었으며, 다른 한 사람은 새한벽에 들었던 절정고수가 아닌가.

"가만, 셋 중에 하나는 적이 아니군. 어이, 거기 두 놈 중 또 적이 아닌 놈 하나 있어?"

이교옥이 자신의 검을 허공 중에 건들거리며 물었다.

"일단은 잡아! 세 놈 전부."

방문이 열리며 조금 전 '이교옥'이라고 외치던 권태로운 목소리가 들렸다.

그리고는 거대한 몸뚱이가 방 안에 들어서고 있었다.

"어이, 대주. 내가 왜 여기에 와 있는 거야?"

이교옥이 아직 잠에서 덜 깼는지 문득 뒤돌아보면서 물었다.

"내가 옮겨놨어."

진금행의 뒤에서 주개육이 헤실헤실 웃으며 대답했다.

"아항, 그랬군! 알겠어."

이교옥이 그제야 이해가 간다는 듯 고개를 끄덕였다.

하지만 뭘 알았는지는 이교옥 자신도 모를 게 분명했다.

그러나 이교옥은 비록 멍한 놈이긴 해도 절정고수임은 분명했다.

주개육이 잠든 자신을 업어 옮겨도 알아차리지 못할 정도로 둔감하기도 했지만, 자신을 노리는 비수의 살기에 금방 잠에서 깨어 본능적으로 대처할 만큼 예민한 감각을 지닌 절정고수라는 점은 부인할 수 없었다.

"그건 그렇구, 저놈들을 잡으라구?"

이교옥이 멍한 눈을 들어 당경과 종리우를 쳐다보았다.

그리고는 이교옥이 영문을 모르겠다는 듯 진금행 쪽으로 고개를 돌리고 물었다.

"온 뭐시기란 항상 처웃는 놈도?"

그때였다.

방 안에 있는 사람 중에 고수는 누가 뭐래도 이교옥일 수밖에 없었다.

개방 후개 주개육 또한 쉽게 찾아볼 수 없는 재간을 지녔겠지만 그래 봐야 아직 개방의 용두(龍頭) 정도의 수준이었다.

장문인과 여덟 장로의 동의가 있어야만 한다는 새한벽에 든 이교옥이었다.

이교옥의 시선이 잠깐 자신에게서 떨어지는 순간이 당경과 종리우에겐 천금과도 바꿀 수 없는 단 한 번의 기회였다.

췻~ 췻~ 췻~ 췻~ 펑!

당경의 세모꼴 녹색 복면 사이에서 눈빛이 번쩍이는 순간 이교옥의 장검이 허공을 갈랐다.

새하얀 밤 안개 사이로 새까맣게 날아오는 가는 우모침을 계속 진금행 쪽으로 시선을 던지면서도 손목만 까딱거리는 것으로 모두 막아내고 있었던 것이다.

재빠르게 진금행 앞을 막아선 주개육마저 입을 딱 벌릴 만큼 놀랄 만한 재주였다.

그리고 그 작은 빈틈 사이로 종리우의 온몸에서 붉은 연기가 '펑~' 하는 소리와 함께 퍼져 나오기 시작했다.

캄캄한 한밤중에 밀려든 밤 안개만 해도 답답했는데, 거기다 적연(赤煙)마저 더해지자 눈앞에 제 콧잔등도 보이지 않을 정도였다.

"대주! 난 뒤통수를 치지 않았소!"

온양의 비명과도 같은 소리가 붉고 하얀 어둠 속에서 터져 나왔다.

"그래? 그럼 내가 믿어야 하나?"

진금행이 두툼한 볼 살을 씰룩이며 대답할 때였다.

으드득!

갑자기 나무가 뜯겨져 나가는 소리와 함께 적연으로 인해 붉게 변한 밤 안개가 일렁였다.

"어딜!"

이교옥이 일갈하며 막 창문 밖으로 신형을 날리는 당경과 종리우의 뒤를 쫓았다.

"우화하! 한 놈이 아니라 두 놈일세! 좋아! 좋아!"

창밖에선 이교옥의 일갈에 화답하는 것처럼 현통의 커다란 너털웃음 소리가 터져 나왔다.

이제 방 안에 남은 것은 세 명.

진금행은 밤 안개 저쪽에서 일렁이는 그림자로만 보이는 온양을 향해 천천히 말했다.

"그럼 저놈들 뒤를 안 쫓고 뭐 해? 저놈들 짓까지 네가 덤텅이를 쓴다면 억울하지 않겠어?"

"억울하지!"

온양이 웃는 얼굴을 끄덕이는 것과 동시에 창문 밖으로 신형을 날렸다.

"그럼 믿는 거야?"

당경의 암기를 막기 위해 진금행 앞에 버티고 서 있던 주개육이 뒤돌아보며 물었다.

"누구를? 아무도!"

진금행이 주개육의 얼빵한 얼굴을 보며 씨익 웃었다.

'적어도 나는 믿어야 하지 않나? 이교옥을 옮기고 현통에게 밖을 지키라 말한 게 누군데!'

주개육이 섭섭하다는 듯 인상을 찡그렸으나 아무리 불쌍한 표정을 지어봐도 널찍한 진금행 낯짝에서는 동정심을 찾아볼 수 없었다.

제 7 장

종리혁 —구잔양 기분이 나빠지고, 종리혁 안절부절못하다

 종
리
혁

온양은 참으로 개 같은 경우라 생각했다.

자신은 정말 진금행의 안위를 지키려 했을 뿐이었다.

물론 진금행이 예뻐서 그런 것은 아니었지만……

'일을 빨리 추진해야 할 것 같군.'

온양은 몸을 낮추어 웃자란 수풀 속으로 빠르게 기어가며 생각했다.

바스락~

잡초가 무성하게 자란 저편에서 뭔가 움직이는 기척이 느껴졌다.

활짝 벌려 웃고 있는 온양의 입술이 가늘게 모아지더니 날카로운 휘파람 소리를 불어내기 시작했다.

"무릇 십이신으로 하여금 흉악한 잡귀를 쫓게 하면 너의 몸을 드러내 너의 몸통을 끌어내고 너의 육신을 마디마디 해부하여 너의 폐와

장을 꺼낼 것이다. 네가 빨리 가지 않으면 나중에 그 밥이 되리니[凡使十二神追惡凶, 赫汝驅, 拉汝幹, 節解汝肉, 抽汝肺腸, 汝不急去, 後者爲糧]!"

이교옥의 입에선 염병(돌림병)을 제하는 대나(大儺)를 행할 때의 주문이 흥얼흥얼 흘러나왔다.

하지만 의식을 행할 때의 진지함과는 달리, 그저 권태로운 무료함을 떼워볼까 해서 노랫가락 대신으로 중얼거리는 게 틀림없었다(이 인간, 사실 아는 노래가 없다).

도사들의 주문이니 자연 청성의 도사인 현통이 모를 리가 없었다.

"네가 빨리 나오지 않으면 나중에 주개육의 밥이 되리니!"

주문의 끝을 바꾸어 크고 호탕하게 부르짖었다.

주개육을 모르는 자라면 몰라도, 처먹는 광경을 한 번이라도 본 사람이라면 이 얼마나 살 떨리게 만드는 주문인지 알 수 있었다.

하지만 조천대에게 쫓기는 당경과 종리우는 불행히도 알지 못했다. 그래서 냅다 뛰쳐나와야 마땅하거늘, 지금도 웬만한 사람 키만큼 자란 수풀 속에서 바쁘게 도망 다니고 있는 중이었다.

"클클~"

이교옥은 현통의 주문이 재미있다고 느꼈는지 흘낏 저 멀리 서 있는 현통을 바라보며 키득거렸다.

"달밤에 체조라더니… 이게 무슨 짓인지 모르겠군."

이교옥은 고개를 돌려 자신이 서 있는 평야를 바라보았다.

밤 안개가 일렁이는 공터에는 달빛이 부서져 아름다운 은빛 편린들이 길게 자란 수풀 위로 내려앉고 있었다.

너른 공터에 바람 따라 몸을 이리저리 뉘이고 있는 수풀은 밤 안개 속에서 환상처럼 아름답게 보였다.

그때 온양의 휘파람 소리가 밤 안개를 뚫고 날카롭게 울려 퍼졌다.

"밥값은 해야지?"

이교옥이 휘파람 소리가 가리키는 방향으로 천천히 검을 크게 치켜들었다.

쑤아아악~

밤 안개를 가르며 날카로운 검기가 앞으로 짓쳐 나갔다.

흡사 가르마를 탄 듯, 검끝이 가리키는 방향으로 수풀들이 양쪽으로 갈라지기 시작했다.

밤 안개와 갈대 사이엔 커다란 뱀이 지나간 것처럼 뻥 뚫려 보였다.

하지만 그뿐. 그 안엔 아무것도 없었고, 곧 바람에 따라 밤 안개와 수풀이 그 공간의 위와 아래를 채우고 있었다.

"젠장, 실패가?"

멋있었던 광경. 밤 안개 사이로 표표히 서 있던 도사가 검을 치켜들자 곧 공간이 갈리며 기다란 풀들 사이로 길이 열렸던 광경은 멋만 있었지 실익은 없었다.

그 증거로 서션 수풀 사이로 웃는 얼굴이 불쑥 튀어나왔다.

온양은 손가락을 들어 한 방향을 가리키고는 다시 손가락 세 개를 들어 보이고는 다시 고개를 수풀 속으로 밀어 넣었다.

"따악~ 삼 장이 모자란다잖아, 이 멍청한 도사야!"

온양의 수신호를 보았는지, 저쪽 편에 천왕처럼 가슴을 불쑥 내놓고 당당히 버티고 서 있던 현통이 불만을 터뜨렸다.

하지만 이교옥은 신경 쓰지 않았다.

이렇게 쫓다 보면 언젠간 자신의 손에 걸릴 게 분명했기 때문이다.

넓디넓은 공터. 하지만 그 끝은 있었다.

갈대가 어른의 가슴만큼 자란 수풀을 가운데 놓고 현통이 뒤쪽을, 강구의가 왼쪽을, 그리고 후개 주개육이 오른쪽을 맡고 서 있었다.

바로 수풀 가운데로 몸을 숨긴 두 자객들을 잡기 위해 그물을 치고 사냥감을 몰아가고 있는 중이었다.

그리고 갈대 숲 가운데에선 온양이 자객의 뒤를 쫓으며 위치를 알려 주고 있었고, 이교옥이 검을 들어 온양이 알려준 곳을 하나하나 베어 나가고 있었다.

이교옥은 흘낏 자신이 서 있는 갈대 숲을 전후좌우로 포위하고 있는 일행들을 쳐다보고는 큰 소리로 외쳤다.

"왼쪽엔 황신인(黃神印)을 차고 오른쪽에는 월장인(越章印)을 차며, 뒤로는 천부정사인(天部霆司印)을 가로지르고 몸을 원경의 가운데에 세워두고는 다리로 구대의 상을 밟는다."

이교옥은 청미재법(淸微齋法)을 흥얼거리며 한 발을 크게 내디뎠다.

그리고는 이교옥의 검끝에서 다시 날카로운 예기(銳氣)가 뻗어 나오기 시작했고, 밤 안개와 갈대 숲은 이교옥의 검 아래에 다시 길을 내어 주고 있었다.

쒸이익~

"어라라~"

이교옥은 괴상한 소리와 함께 곧 검끝을 돌려 왼쪽에 검기를 부려놓아야 했다.

이교옥 앞에 드러난 공간엔 어이없다는 듯 크게 웃고 있는 온양이 양손으로 제 양 발목을 잡고는 크게 양쪽으로 벌리고 허공 중에 제비를 넘고 있는 모습이 보였기 때문이다.

"불알을 훑어버릴 뻔했군! 미안! 아직 씨도 보지 못했을 텐데……."

급히 검끝을 돌린 이교옥이 사과의 말을 건넸지만 그 태도와 표정에선 미안함을 티끌만큼도 찾아보기 힘들었다.

온양은 휘영청 늘어진 눈가를 씰룩이며 이교옥을 쳐다보다가 곧 고개를 돌려 멀리 떨어져 있는 진금행에게 소리쳤다.

"나 혼자선 힘들어! 하나 더 보내줘야겠네."

"누구? 말만 해."

멀리 서서 구경만 하고 있던 진금행이 큰 선심을 쓴다는 듯 고개를 끄덕였다.

온양의 추적술이 아무리 뛰어나도 상대 또한 만만치 않은 실력을 가진 두 놈이었다.

온양이 한 사람의 뒤를 쫓을 때면 묘하게 다른 놈이 흔적을 흐려놓으니, 잘못하면 온양이 지금처럼 이교옥의 검끝에서 중요한 물건뿐 아니라 목숨이 달아날지도 모를 지경이었다.

"저 사람이 좋겠군."

온양이 손끝으로 구잔양을 가리켰다.

"날? 이런 제길!"

구잔양이 뜻밖이란 듯이 눈을 동그랗게 뜨다가 곧 온양의 의도를 알고는 욕설을 내뱉었다.

추적과 도망은 사천에서 관부의 눈을 피해 소금을 밀매하는 염효에겐 익숙한 일이었다.

그것은 무공과는 다른 일이었고, 동물적인 감각과 빠른 대처가 필요한 일이었으니 구잔양만큼 잘 들어맞는 인물도 없지 않은가.

그 증거로 이교옥조차 흔적을 찾아 헤매는 놈을 무공이 떨어지는 온양이 찾아내는 것을 보아도 잘 알 수 있는 일이었다.

"아예 불을 질러 버리지?"

구잔양이 귀찮다는 듯 진금행을 돌아보며 말했다.

"이 밤에? 개 떼처럼 사람들을 끌어 모으려고?"

긴 갈대 숲 때문에 어려움을 겪자 아예 숲 전체에 불을 놓으면 튀어 나오지 않겠냐는 뜻이었는데, 아니나 다를까 진금행은 단번에 고개를 젓는 게 아닌가.

'그래, 네놈은 다른 사람 고생엔 신경을 안 쓰는 놈이니까.'

구잔양은 신경질적으로 옆에 있는 풀잎을 뽑아 끝을 동그랗게 말았다.

삐이익~ 삑~ 삑~

온양의 휘파람 소리와는 다른 풀피리 소리가 흘러나오자 구잔양이 카악~ 가래침을 뱉고 나서 갈대 숲 속으로 걸어 들어갔다.

"이왕이면 이쪽으로 몰아줘! 손바닥 큰 놈으로다가!"

현통이 꼭 필요한 물건이 있다는 듯 큰 소리로 구잔양에게 부탁을 하자, 구잔양이 슬쩍 야려보고는 눈길을 끝으로 수풀 사이에서 모습이 사라졌다.

"잘하셨어요. 불을 지르면 애꿎은 생명들이 많이 죽을 테니. 아미타불."

진금행 곁에 붙어 서 있던 불연이 다행이라는 듯 합장과 함께 불호를 외웠다.

"아융~ 불연 아우는 마음도 곱지. 난 화려한 불꽃을 보나 했더니……."

묘웅이 긴박한 순간에도 언제 화장을 했는지 덕지덕지 분 바른 얼굴로 고개를 끄덕였다.

'제길!'

종리우는 아랫입술을 질끈 깨물었다.

이건 꼭 막다른 길에 몰린 쥐새끼와도 같은 형세가 아닌가!

밀영각의 흑백살귀가 이런 신세가 되리라고는 전혀 생각도 못했다.

하지만 화산 이교옥의 검은 날카로웠고, 청성 현통의 손아귀는 무지막지할 게 뻔했으니 아무리 날고 기는 흑백살귀라도 어쩔 도리가 없었다.

거기다 거지 놈의 손바닥과 석불처럼 무표정하게 서 있는 놈의 커다란 칼 역시 만만한 물건이 아니지 않는가.

'거기다 저놈까지!'

종리우의 신경을 묘하게 긁는 놈, 자신과 함께 수풀 속으로 도망 온 바로 그놈 때문에 종리우의 신경은 더욱더 날카로웠다.

교활한 놈이 분명했다.

자신의 흔적을 종리우 자신의 흔적 위에 묘하게 묻어놓고 도리어 종리우의 자취를 적들에게 교활하게 알려주고 있었다.

아마도 저놈들의 이목이 자신에게 쏠린 틈을 타 도망가려 하는 게 틀림없었다.

아니, 도망가려면 진작 도망갔을 놈이다. 그 정도의 실력은 충분히 있어 보였으니까.

종리우 자신 또한 도망가려면 충분히 도망갈 수 있으니 말이다.

어두운 밤 수풀 사이에서 자신의 형인 종리혁이 불어낸 밤 안개의 도움을 얻는다면 가능한 일이었다.

하지만 저 교활한 놈은 도망갈 생각도 하지 않고 도리어 자신이 도망갈까 봐 발목을 잡아채고 있는 게 아닌가.

'저놈은 지금 상황을 즐기는 게 틀림없어!'

고약한 놈이었다.

어찌 됐든 결국 자신의 실력과 비슷한 둘에게 쫓기는 상황이 되어버렸다.

절정고수의 검끝이 자신을 노리고 있었다.

이 개 같은 경우를 빨리 반전시켜야만 했다.

바로 그때 또 다른 추적자가 수풀 속으로 걸어 들어오는 것이 보였다.

시선만 마주쳐도 움찔거리게 만드는, 잔인한 눈빛의 소유자가 틀림없었다.

'저놈을?'

종리우는 개중에 가장 무공이 뒤떨어져 보이는 구잔양을 목표로 살금살금 땅을 기어가기 시작했다.

구잔양은 귀찮기 짝이 없었다.

그래서 그저 땅바닥에 털퍼덕 주저앉아 가끔 가다 한 번씩 풀피리를 불 뿐이었다.

이교옥마저 흔적을 찾아내기 힘든 상대를 구태여 땅바닥을 빡빡 기면서 찾아낼 생각은 없었다.

그럼에도 풀피리를 부는 이유는 재수없게 주구장창 웃어대는 온양이란 놈이 자신을 적으로 오인하지 말라는 뜻이었고, 그 이후 날아올 게 뻔한 이교옥의 살 떨리게 만드는 검기를 피하려는 뜻이었다.

하지만 제일 무서운 건 따로 있었다.

무공이야 이교옥보다 뒤떨어지지만, 아니, 무공이란 자체가 없는 놈이긴 해도 그 무엇보다 무섭기 짝이 없는 진금행이란 놈이었다.

그래서 열심히 풀피리를 불어 '나 지금 여기서 열심히 일하고 있어요!' 하고 진금행에게 보고하는 중이었다.

삐이익~ 삑~ 삑~

어디선가 풀피리 소리가 들렸다.

'으잉!'

구잔양이 자신이 들고 있는 풀피리를 멍하니 바라보았다.

분명 자신이 불진 않았다. 또한 풀피리로 신호를 삼는 건 자신밖에 없었다.

그리고…

쏴아아악~

"어라? 또 허탕이네? 어이~ 잘 좀 찾아봐. 괜한 힘 빼게 하지 말고."

살 떨리게 만드는 이교옥의 검기 스치는 소리와 함께 멍청한 이교옥의 투덜거림이 들렸다.

"맞아! 힘 빠지면 배고프지!"

옳다구나 하고 주개육이 동의를 표하는 말이 꼬리를 물었다.

'교활한 놈들!'

구잔양이 막 몸을 일으켜 쫓기는 놈들이 자신을 흉내 내고 있다고 외치려는 순간, 목에서 싸늘한 냉기가 느껴졌다.

"꼼짝하지 마."

구잔양의 뇌리에는 곧 자신들이 쫓는 놈이 하나가 아닌 둘이란 생각이 스쳤다.

"손가락 하나라도 까딱했다간 네 숨구멍을 칼로 막아주겠어. 그럼 비명도 지르지 못하고 골로 가게 되지."

칼끝에서 느껴지는 싸늘함보다 더한, 냉기가 풀풀 나는 목소리가 구잔양의 뒤통수에서 들려왔다.

저승사자처럼 숨죽여 속삭이는 목소리.

"이러면 곤란한데……."

구잔양이 별것 아니라는 투로 중얼거렸다.

흡사 누군가 자신의 목에 날이 잘 선 칼을 들이밀고 있다는 걸 잊어버린 것 같은 태연함이었다.

"글쎄? 누가 곤란할까?"

종리우는 목소리를 한껏 낮추어 중얼거렸다.

이런 놈이면 당연히 알 것이라 생각했다. 지금 자신의 목소리가 살인을 해보지 않고서는 낼 수 없는 목소리란 것을.

하지만 자신만만했던 종리우의 눈은 역시나 살인을 수없이 해온 구잔양의 두 눈을 마주보게 되었다.

구잔양이 곧 몸을 확하니 돌려 뒤에서 얼러대던 종리우의 얼굴을 쳐다보았기 때문이다.

"아마 네가 곤란할걸?"

빙긋 웃는 구잔양의 목에는 몸을 돌리느라 가느다란 혈선이 반 바퀴 돌려져 있었다.

"지금 날 죽이지 않는다면 내가 죽여줄 테니까."

구잔양이 씽긋 웃어 보이는 눈엔 이교옥마저도 서늘하게 만들었던 잔인함이 가득 차 있었다.

'……!'

종리우는 사람을 잘못 골라도 단단히 잘못 골랐다는 느낌이 들었다.

이런 놈일수록 자신이 한 말에 책임을 지는 법이었다.

또한 죽인다고 말했으면 무슨 수를 쓰든지 간에, 아니, 자신의 목숨을 버리는 한이 있더라도 기필코 죽이는 독종이 분명했다.

종리우는 이대로 물러서야 하는지, 아니면 이대로 목에 칼을 박아 넣어야 할지 잠시 갈등을 할 때였다.

삐이익~

얼마 떨어지지 않은 왼편에서 풀피리 소리가 크게 들린다 싶었을 때, 곧 오른편에서도 휘파람 소리가 하늘 높이 울려 퍼졌다.

쏴아악~

그리고 그 가운데로 이교옥의 검기가 쏘아져 오고 있었다.

종리우는 곧 몸을 왼편으로 눕히고는 쏘아낸 화살처럼 신형을 튕겨내었다.

"에이! 또 아니잖아! 죽고 싶어 환장했어?"

이교옥은 이번에도 실패인 걸 알고는 그 자리에 가만히 서 있는 구잔양을 향해 두덜거렸다.

자신의 손끝을 뒤틀지 않았다면 구잔양의 온몸을 쪼개놓을 뻔하지 않았는가.

안 그래도 정체 모를 밤 안개 때문에 시야가 방해받고 있는데, 이 위험한 곳에서 멍청하게 서 있다니!

하지만 이교옥은 아무런 불평도 더 토해내지 못했다.

가만히 뒤돌아 서서 이교옥을 쏘아보는 구잔양의 눈빛은 이미 야수의 그것처럼 번질댔기 때문이다.

"입 조심해."

낮게 으르렁대지도 않았다. 그저 다른 사람에게 건네는 인사말보다도 힘이 들어가지 않은 말이었다.

하지만 그 말은 구잔양의 입에서 튀어나오자 이교옥마저도 몸을 경직시킬 정도의 독기가 서려 있었다.

뻘쭘하게 서 있는 이교옥을 보다가 구잔양은 몸을 돌려 종리우가 사라진 쪽을 보며 싱긋 웃었다.

오른손을 들어 자신의 목을 천천히 닦아내자 손바닥을 붉게 물들인 구잔양 자신의 피를 볼 수 있었다.

"넌 내 손에 죽어!"

구잔양의 번질거리는 웃음이 밤 안개 속에서 더욱 짙어져 갔다.

*　　　*　　　*

"어, 어떡하지?"

종리혁은 뒤뚱거리며 안절부절못하고 있었다.

일이 뒤틀려 버린 것은 확실했다.

그리고 일이 뒤틀려 버린 적은 처음이었다.

바로 그 점이 종리혁을 똥 마려운 강아지처럼 서성이게 만들고 있었다.

"어, 어떻게 한다?"

양 귀퉁이에 붙은 멀건 눈을 뒤룩거리다가 곧 제가 가져온 봇짐을 열어젖혔다.

거기엔 한 사람이 등에 걸머지고 다닐 만한 조그만 궤짝이 놓여져 있었는데, 궤짝의 문을 급하게 열고는 무언가를 정신없이 찾고 있었다.

"이, 이거면 될까나?"

자그마한 궤짝 안에 자잘한 물건들이 잔뜩 들어 있었던지 한참 헤집 어놓던 종리혁이 무언가를 꺼내 들며 다시 한 번 눈알을 뒤룩거렸다.

"일, 일단 해보고……."

종리혁이 굳은 얼굴로 꺼내 든 것은 금빛의 이상한 무늬가 새겨져 있는 커다란 검은 천이었다.

사방 대략 반 장 정도의 넓이를 가진 천을 땅바닥에 펼쳐 놓고는 그 한가운데 주저앉아 알지 못할 주문을 외기 시작했다.

"…주위불명 요하요동 투경요청 할!"

한참이나 이어진 중얼거림 끝에 큰 소리로 외치고서야 종리혁은 천 천히 몸을 일으켰다.

"돼, 됐겠지? 담연채포(坍燃彩布)는 정말 오, 오랜만에 펼쳐 보이는 거라서……."

문득 산 아래 멀리 떨어진 공터를 바라보는 종리혁의 눈빛은 암울해 졌다.

"하, 한 식경 안에 우를 구해야 해. 하, 한 식경 안에."

무언가 굳은 결심을 하는 듯이 홀로 중얼거리던 종리혁이 이윽고 붓 으로 제 얼굴에 무언가 알지 못할 그림을 그리고 있었다.

제 8 장

구잔양 —한밤의 수풀이 일렁이고, 구잔양 결심을 굳히다

구 잔 양

"이, 이건 또 뭐지?"

주개육이 멍하니 밤하늘을 바라보았다.

간대 숲 속에서 무언가 튀어 나오기만 한다면 냅다 강룡십팔장을 피부어주려 잔뜩 벼르고 있던 주개육이 멍하니 밤하늘을 바라보는 이유는 어둠 때문이었다.

지금은 한밤중, 그것도 밤 안개마저 끈적끈적 끼어 있으니 어둠이 새삼스러운 것도 아니었다.

하지만 지금 머리 위 하늘로부터 저편 지평선 쪽으로 너울너울 퍼지는 어둠은 기이한 무언가가 분명 있었다.

어둠, 그것은 그저 빛이 없는 캄캄한 공간이 아니었다.

지옥의 그 무엇을 보는 듯한, 아니, 별빛마저도 빨아들여 스스로의 어두움마저도 삼켜 버린 무저갱을 들여다보는 듯했다.

그 지옥의 무저갱이 검은 아가리를 딱 벌리고 허공에서 덮쳐 오고 있는 것이었다.

"제기랄!"

갈대 숲 저편에선 현통의 낭패 어린 목소리가 터져 나왔다.

하지만 주개육이 고개를 현통 쪽으로 돌렸을 땐 이미 칠흑과도 같은 어둠만이 자리하고 있었다.

"모두 조심해, 우리끼리 부딪칠지도 모르니까."

이교옥이 어울리지 않게도 신중한 태도로 말하는 소리가 들릴 때였다.

"옳아! 여기 한 놈 튀어… 어이쿠! 이런 제기랄 놈! 으히힝! 젠장! 내 네놈의 손바닥을… 쿠이익!"

갑자기 현통의 떠들썩한 목소리가 터져 나왔다.

지하에 동굴을 파고 백여 장쯤 더 들어간 뒤에 이불 자락을 한 다섯 겹쯤 얼굴 위에 뒤집어쓴다면 이 정도 어둠이리라.

그런 어둠 속에서 들리는 현통의 비명 소리는 주개육의 뒷머리털까지 쭈뼛 서게 만들었다.

"무슨 일인가!"

아니나 다를까, 이교옥의 말소리가 주개육의 왼편 저쪽에서 시작되어 오른편 끝에서 끝났다.

'무서운 경공이군!'

매일 보던 술 취한 이교옥이 아니었다.

"이! 이놈이 지랄맞은… 애고, 따가워! 개잡놈 같으니! 이봐! 화산말코도 조심하게. 이놈 완전히 고슴도치니… 으헥!"

현통의 커다란 목소리와 함께 날카롭게 바람을 가르는 소리가 들려왔다.

주개육은 이제 완전히 상황이 뒤바뀌었다는 것을 깨달았다.

자신들이 사냥감을 쫓는 것이 아닌 자객들로부터 일방적인 도륙을 당할 참이 아닌가.

어둠은 그만큼 동물적인 감각을 지닌 자객에게 익숙한 물건이었으니까.

'제기랄!'

현통과 부딪친 놈은 분명 세모꼴의 녹색 복면이 틀림없었다.

그놈 손에서 날아간 우모침이 현통을 곤란에 빠뜨린 게 분명했다.

하지만 주개육의 예상과는 달리 현통에게 한참 암기를 날려대는 당경 또한 그리 재미를 보지 못하고 있었다.

그저 암기 몇 개로 고꾸라질 놈이 아니란 것 정도는 예상했지만 큰 재미는 보지 않을까 하는 게 애당초 당경의 생각이었다.

하지만 그 일이 잠든 멧돼지의 성질만 건드렸다는 것을 알아차리는 데는 그리 오랜 시간이 걸리지 않았다.

휴우~

당경은 급히 고개를 당겨 뒤로 꺾었다.

슈우웅!

무지막지한 바람 소리와 함께 방금 전까지 얼굴이 있던 자리를 현통의 커다란 주먹이 지나갔다.

아슬아슬하게 피해냈지만 그 권력(拳力)이 쓸고 간 바람이 당경의 이마를 따끔거리게 만들고 있었다.

모르긴 몰라도 제대로만 맞는다면 당경 자신의 머리통은 으깨지는 것으로도 모자라 죽처럼 흐물거리게 될 것이 분명했다.

'무식한 놈!'

당경은 급히 신형을 뒤로 물리며 다시 한 움큼 암기를 던져 내었다.

"아따따따따~거!"

허둥대는 말소리와는 달리 현통의 몸놀림은 현란하게 돌아가며 당경의 앞으로 바싹 다가오고 있었다.

어둠은 당경에게 절대적으로 유리했다.

하지만 상대는 청성의 고수가 아닌가.

더구나 눈뜬 현통 역시 무식함으로 유명했는데, 이제 눈이 먼 것과 다를 바 없는 어둠 속의 현통은 그야말로 눈에 뵈는 것 없는 무지막지한 멧돼지와 다를 바가 없었다.

거기다 치밀하게 일 처리를 해온 당경에게는 지금처럼 예상치 못한 일이 자꾸 연이어 터진다는 게 꼭 유리한 것만은 아니었다.

'그냥 한바탕 붙어버릴까?'

당경은 불쑥 치밀어 오른 생각을 애써 털어내었다.

애당초 독을 사용했으면 간단한 일이었다. 하지만 그렇게 간단하게 해결할 일이었다면 지금처럼 재미있는 일은 맛보지 못했을 게 아닌가.

만약 무림맹주로부터 전수받은 무공을 사용한다면 저 선불 맞은 멧돼지처럼 설쳐 대는 놈을 단단히 혼내줄 수도 있었다.

하지만 그렇다면 굳이 녹색 복면으로 가릴 필요도 없었다. 아니, 소리 높여 '나 맹주의 네 번째 제자인 당경이오' 하고 외치는 것과 다를 바가 없지 않은가.

'오늘은 대강 재미있게 놀았으니 다음 기회에.'

당경이 슬슬 몸을 뒤로 빼어야겠다고 결심할 때였다.

저 멀리 칙칙~ 대는 소리와 함께 화섭자에 불을 붙이는 소리가 들려왔다.

그리고는 그쪽에서 불빛이 밝았다. 그렇지만 불빛뿐이었다.

주위를 밝혀야 할 불이 그저 제 한 몸 간신히 타오르는 것도 힘겨워 하는 게 아닌가.

진금행은 천천히 불연을 쳐다보았다.

하지만 불붙인 화섭자를 들고 있는 불연의 얼굴마저도 진금행은 볼 수 없었다.

환장할 일이 분명했다. 불연의 손에서 분명 화섭자는 불을 밝히고 있는데 몇 촌 떨어져 있지 않은 불연의 얼굴은 보이지 않으니 말이다.

"이 어둠은 누군가 장난질을 쳐놓은 게 분명하군."

진금행이 심각하게 중얼거리고 있는데, 누군가 진금행의 두툼한 목을 와락 껴안고 있었다.

"으흐흑~ 대주우~ 너무 무서워요용. 귀신이라도 나타났나 봐요용."

묘웅이었다.

"모두 철수! 일단은!"

갑작스레 달려든 묘웅 때문이었는지 몰라도 진금행의 그게 외치는 목소리엔 짜증이 잔뜩 묻어나 있었다.

어쩔 도리가 없었다.

어둠은 그들의 세계였고 조천대는 그들의 사냥감이 될 수밖에 없었다.

바로 그때, 불을 밝혀도 아무 소용 없는 어둠 한가운데 새파란 요기 가 피어올랐다.

작은 등이 허공 중에 둥실 떠올랐는데 등 겉에는 검붉은 글씨로 태 혼등(兌混燈)이라 써 있었다.

"귀, 귀신……."

아직도 진금행의 목줄을 부둥켜안고 있는 묘웅이 부들부들 떨며 목구멍 속으로 기어들어 가는 신음성을 토해낼 때였다.

아닌 게 아니라 진금행이 보기에도 귀신과 달라 보이지 않았다.

태혼등에서 퍼져 나오는 새파란 요화(妖火)는 그 어떤 것도 뚫을 것 같지 않던 어둠 사이를 서릿발같이 갈라놓으며 비추고 있었다.

그리고 그 파란 빛은 등을 들고 있는 한 사람을 아래서부터 비추고 있었는데 아무리 봐도 사람 같아 보이지 않는 게 아닌가.

"사람이야!"

자신의 목을 부여잡고 떨고 있는 묘웅의 손길을 뿌리치며 진금행이 짜증을 냈다.

"아, 아니에요. 사람이라면 있어야 할 눈이 없어요. 아미타불!"

겁에 질린 건 묘웅뿐만이 아니었는지 아직 사춘기의 어린 태를 벗지 못한 불연마저도 눈을 질끈 감고 정신없이 불호를 외고 있었다.

"옆통수를 봐. 눈 사이가 멀다 뿐이지 귀신은 아니야."

진금행이 안 되겠다는 듯 불연을 진정시킨 후 이교옥을 향해 크게 손짓을 했다.

하지만 이교옥에게 진금행이 구태여 손짓을 보낼 필요는 없었다.

이미 이교옥은 태혼등을 들고 있는 종리혁을 보았기 때문이었고, 이미 귀기 서린 등의 주인을 향해 신형을 옮기고 있었다.

"형님, 조심하슈!"

여기가 어디라고 멍청하게 한가운데 들어와 서 있는 형을 향해 종리우가 크게 외칠 때였다.

쉬익!

먼저 허공을 가른 것은 이교옥의 검끝도, 당경의 암기도, 현통의 장법도 아니었다.

언젠가부터 종리우를 노리고 있던 구잔양의 단도가 외침 소리가 들린 곳으로 갈대를 가르며 파고들었던 것이다.

하지만 애당초 구잔양이 상대할 수 있는 종리우가 아니었다.

종리우는 곧 허리를 뒤틀어 단도를 피하고는 형 앞으로 달려가고 있었다.

쉬이익~

바람을 가르는 소리와 함께 구잔양이 날린 세 자루의 단도가 종리우의 뒤를 쫓았다.

쑤아악~

그와 동시에 이교옥의 검이 풀잎들을 허공에 띄우며 종리혁을 향해 파고들었다.

비록 눈 사이가 한참이나 먼 종리혁이었지만 볼 것은 다 보는 게 틀림없었다.

"섭천지둔(攝天地遁)!"

종리혁이 품에서 노란 부적들을 허공 중에 뿌리며 크게 외쳤다.

그러자 종리혁의 신형이 기이하게 변하기 시작했다.

머리는 곧 터질 것처럼 크게 부풀다가 턱과 이마는 오른편으로, 코와 광대뼈는 왼편으로 일그러지기 시작했다.

얼굴만 뒤틀리고 커지는 것이 아니었다.

몸은 흡사 부지깽이처럼 마르는가 싶더니 곧 허공 중에 엿가락처럼 뒤틀리는 게 아닌가.

쑤에에엑!

애당초 종리혁과 새파란 빛을 내는 태혼등 사이를 파고들던 이교옥의 검기가 하릴없이 허공만을 부욱 긁고는 스쳐 지나가 버렸다.

그리고 그 자리엔 검기에 하늘로 날아오른 갈대의 편린들만이 허허롭게 떠다닐 뿐이었다.

"……!"

이교옥의 권태롭던 얼굴이 처음으로 경악으로 뒤바뀌었다.

"귀, 귀신이 틀림없어요. 두, 둔갑술을 펼치는 것을 보니……."

기이한 광경을 보던 불연 또한 더듬거리며 진금행 곁으로 발걸음을 옮겼다.

"귀신은 아니야. 그저 공간을 뒤틀어 버린 거지!"

진금행이 아예 눈을 감다시피 가늘게 뜨며 큰 소리로 말했다.

"그렇군!"

이교옥이 혀로 입술을 핥으며 고개를 끄덕였다.

젓가락을 물에 넣으면 꺾여 보인다.

하지만 그렇다고 실제 젓가락이 꺾인 것은 아니지 않은가.

방금 종리혁의 기상천외한 술법 또한 그와 같은 게 틀림없었다.

종리혁이 자신과 이교옥 사이의 공간을 뒤틀자 이교옥 눈엔 종리혁의 신형이 일그러져 보인 게 틀림없었다.

"하지만 어떻게……?"

아직도 처음 보는 광경에 얼떨떨한 이교옥의 머리 속엔 이해가 되는 듯도 하지만, 어떻게 그런 일이 벌어질 수 있는지 도무지 알 수 없었다.

"빠, 빨리 가야 해. 시, 시간이 일각밖에 남지 않았어!"

구잔양의 비도를 등 뒤로 흘려 버린 종리우가 곁에 와 서자 종리혁이 급하다는 듯 종리우의 소매를 끌며 다급히 외쳤다.

"잠깐만."

하지만 종리우는 제자리에 버티고 서서는 한곳을 노려보고만 있었다.

구잔양. 이름은 모르지만 왠지 사람 뒤통수를 뜨뜻하게 만드는 기분 나쁜 눈알을 가진 놈을 두고는 이대로 갈 수 없었다.

종리우 자신의 경험으론 저런 놈은 언젠가 기필코 등 뒤까지 따라와 자신의 심장에 칼을 꽂아놓고서야 그만둘 인간이란 걸 알았기 때문이었다.

"자, 잠깐은 무슨! 그, 급하다니까."

종리혁의 멀리 떨어진 두 눈은 참으로 편리한 구석이 있었다.

눈알 한쪽으론 왼편의 모든 것을, 또 다른 쪽 눈알로는 반대 방향 모두를 살필 수 있으니 말이다.

그러니 자연 고개를 갸웃거리다 '제길, 그럼 아무 데나 찔러보면 되겠군' 하는 공포스런 말과 함께 이교옥의 검끝이 천천히 들리는 것을 볼 수 있었으니 종리혁의 다급함은 극에 달했다.

그래서 종리혁은 제 동생의 고집을 꺾기보다는 보다 빠른 방법을 택하게 되었다.

취선등보선(醉仙藤步扇).

종리혁이 서눌러 제 품에서 꺼낸 조그마한 부채의 이름이었다.

이름처럼 신선을 취하게 하여 등나무의 가지처럼 뒤틀려 걷게 하는 힘이 있는지는 몰라도 이교옥의 신형을 기우뚱거리게 만드는 데는 성공한 게 틀림없었다.

바람 소리도 없었다. 아니, 바람 자체가 불지 않았다.

종리혁의 커다란 손가락에 비하자면 이쑤시개만큼도 안 되어 보이는 어린아이 장난감 같은 조그마한 부채로 바람을 부쳐 봐야 무슨 바람이 불겠는가.

"회류선풍 조야단흠 검리야 검리야 혹여당지 고충자야……."

하지만 오물거리는 입술 사이로 알지 못할 주문이 흘러나오자 정세는 급변하고 있었다.

스으윽.

이교옥의 두 발이 등 뒤에서 누가 잡아당기는 것처럼 뒤로 물러났기 때문이었다.

아니, 등 뒤에서 누가 잡아당긴 것이 아니라 앞에서 막대한 바람이 이교옥의 신형을 뒤로 밀어냈기 때문이었다.

'으잉?'

이교옥 자신도 믿지 못할 일이었다.

고개를 들어 제 주위의 갈대를 보아도 꼿꼿이 서 있는 모습 그대로였다.

조금의 미풍에도 고개를 숙이던 갈대가 가만히 서 있다는 것은 아무런 바람도 불어오지 않는다는 것이었는데, 자신의 신형은 흡사 절벽에서 떨어지는 폭포수와도 같이 맹렬하게 불어오고 있는 바람에 눈조차 뜰 수 없지 않은가.

"단여간흠 오여단지 검리야……."

눈 사이가 먼 종리혁이 입술을 움직여 중얼거리는 모습은 정말이지 붕어가 뻐끔거리는 것과 다를 게 없어 보일 정도로 우스꽝스러웠지만, 감히 입을 열어 웃는 자가 없었다.

아니, 웃을 틈도 없었다.

모두들 종리혁이 들고 있는 조그마한 부채에서 불어 나오는 바람에 몸을 휩쓸리지 않으려 버둥거리느라 정신이 없었기 때문이다.

"그, 급해. 급하다니까!"

법술을 일으키던 종리혁은 힘이 달리는 것을 느끼고는 사납게 종리우의 소매를 잡아챘다.

하지만 종리우는 한곳만을 뚫어지게 쳐다보고 있었다.

자신을 향해 광기로 얼룩진 번질거리는 시선으로 쏘아보는 사내, 구잔양을 향해서.

종리혁이 자신의 동생과 자신이 세차게 일으키고 있는 바람에도 이를 악물고 버티고 서 있는 기분 나쁜 시선의 사내를 번갈아 쳐다보았다.

아무래도 저 둘 사이에는 자신이 알지 못할 일이 있는 게 틀림없었다.

제 동생 성질과 한눈에 보기에도 심상치 않은 눈빛을 가진 사내가 서로를 노려볼 일이란 두 가지밖에 없었다.

남색가인 두 놈이 만나 한눈에 찌리릿~ 반하거나, 아니면 필히 한 명이 죽어야 끝날 원한이 있다는 것.

하지만 종리혁에게도 약간의 눈치코치는 있었다.

둘 사이의 심상치 않은 기류는 분명 두 번째 것이 분명했다.

"그, 급해! 암소천(暗消天)이 이제 일각도 못 버텨!"

종리혁은 급히 손가락 사이에 낀 첨선등보선을 크게 휘두르며 그게 외쳤다.

종리우도 더 이상 버틸 수는 없었다.

생각 같아서는 이 자리에서 당장 저 기분 나쁜 놈의 목을 댕강 잘라 버리고 싶지만, 가까이 다가간다면 배교의 술법을 모르는 자신마저 바람에 휩쓸릴 게 뻔했기 때문이다.

구잔양은 끝내 버티고 서 있었다.

휘검청학 이교옥도, 청성의 현통도 이미 비칠비칠 뒤로 약간씩 물러나는 기이한 바람에도 이를 악물고는 휘청거리는 신형을 끝내 버티고 서 있는 것이다.

종리우는 가상하다는 듯 고개를 끄덕이며 검지만을 편 두 주먹을 천천히 들어 올렸다.

"네놈은 성공 못해. 너와 나의 사이는 이만큼 벌어져 있으니까."

종리우는 구잔양의 무공 실력을 한눈에 알아볼 수 있었다.

저놈의 무공이나 재간은 보통 놈들보다 조금 나은 수준에 불과했다. 하지만 그렇다고 우습게 볼 놈은 절대 아니었다.

독종(毒種)이란 말은 괜히 있는 게 아니었다. 자신 또한 독종이라 불리운 시절이 있기 때문에 그것을 잘 알고 있었다.

독기로 똘똘 뭉친 놈은 자신보다 몇 곱절 더 센 놈도 쉽게 허물어뜨리기 때문이었다.

하지만 자신의 독기도 쉽게 찾아보기 어렵다고 자부하는 종리우에게도 구잔양의 붉게 물든 시선은 찜찜할 정도였다.

그러나 종리우는 인정하기 싫었다.

그래서 손가락 하나만을 펴고는 자신 가슴 앞에 크게 벌려 보이며 비웃었던 것이다.

너와 나의 차이는 딱 이만큼이란 걸 알려주어야만 했기 때문이었다.

"그래?"

종리우가 뭘 해먹고 사는지는 모르겠지만 그 손가락 사이의 거리가 뭘 뜻하는지 모를 구잔양이 아니었다.

구잔양의 입꼬리가 슬쩍 말려 올라가자 영문도 모르고 서 있던 종리혁마저 심장이 쿵 하고 떨어지는 기분을 느꼈다.

'기, 기분 나쁜 놈이야. 멀리 떨어뜨려 놔야지!'

종리혁은 달리는 힘에도 불구하고 손가락 사이에 낀 조그마한 부채를 더욱 맹렬히 흔들어대기 시작했다.

먼지조차 일지 않는 어둠 속에서 구잔양의 옷자락이 세차게 흔들리기 시작했다.

아니, 이미 옷자락의 여기저기는 실밥이 뜯어져 찢어질 듯한 굉음과 함께 뒤로 나부끼고 있었다.

구잔양의 옷자락이 벗겨지자 가슴에 단도를 박아 넣는 자루들이 일곱 개가 나타나 있었다.

그중에 네 개는 종리우를 향해 쏘아냈으니, 이제 그 자리엔 세 개밖에 남지 않은 것이다.

"흐읍!"

구잔양은 사물에겐 영향을 끼치지 않고 오로지 자신에게만 불어오는 세찬 바람을 이겨내기 힘들었는지 처음으로 신음 비슷한 것을 내쉬었다.

"오호~ 이젠 차이가 조금씩 더 벌어지는걸?"

그 모습을 바라보던 종리우가 치켜든 양 손가락을 천천히 더 벌리며 비웃었다.

하지만 비웃던 종리우의 입꼬리가 살짝 떨리기 시작했다.

"핫!"

자신의 가슴에서 단도 하나를 빼어 든 구잔양이 냅다 발등에 단도를 박아 넣었기 때문이다.

붉게 물드는 구잔양의 발등엔 어느 틈에 하얗게 빛나는 날은 사라지고 자루만이 보일 뿐이었다.

그렇게 자신의 발등과 땅에 단도 한 자루를 박아 넣어 신형을 고정시킨 구잔양은 다시 다른 단도 한 자루를 빼어 들었다.

세찬 바람 속에서 다른 편 발을 힘겹긴 해도 크게 앞으로 내딛는 구잔양의 두 눈은 더욱더 번질거리고 있었다.

"타핫!"

또 한 번 구잔양의 기합 소리가 터져 나왔다.

그리고 단도는 여지없이 발등 속으로 사라지고 있었다.

크게 보폭을 벌리고 양 발등에 단도를 꽂아 넣은 구잔양의 모습은 어찌 보면 우스웠지만 그만큼 공포스럽기도 했다.

천천히 하나밖에 남지 않은 단도를 빼어 든 구잔양이 머리가 헝클어 져 바람에 날리면서도 비릿한 미소와 함께 말했다.

"오늘은 여기까지, 내일은 좀 더 가깝게… 그리고 그 다음날 너는 죽어!"

그 웃음과 말은 태혼등에서 나오는 파란 빛에 일렁여 더욱 잔인하게 보였다.

"……!"

구잔양의 독기 서린 말에 누구도 숨마저 크게 내쉬지 못했다.

그것은 마주 보고 있는 종리우와 종리혁 또한 마찬가지였다.

"이, 이젠 진짜 가, 가야 해."

종리혁이 소름이 돋았는지 움찔거리며 짧은 말과 함께 요사스런 파 란 빛을 내뿜는 태혼등의 심지에 훅~ 하고 바람을 불어내었다.

태혼등은 꺼졌다.

그와 동시에 세차게 불어오던 바람 또한 멎었다.

그리고 다시 숨 막힐 듯한 정적과 어둠이 내려앉았다.

아무도 입을 열어 말하는 사람이 없었다.

그리고 구잔양의 신형이 천천히 쓰러지는 소리만이 허공에 울려 퍼 졌다.

두 눈 사이가 한참이나 떨어진 사내의 말은 맞았다.

채 일각이 지나기 전에 어둠은 물러갔고 밤 안개마저 사라지고 없었다.

공터엔 아름다운 별빛만이 부서져 갈대를 간질이고 있을 뿐이었다.

"그러니까 두 마음 먹지 말라는 거 아니야!"

진금행은 주위를 둘러보며 천천히 말을 꺼냈다.

"두 놈 다 놓쳤어. 얻은 게 뭐야? 저 자식 상처 감쌀 천 값만 더 들었잖아?"

진금행은 투실투실한 손가락을 들어 구잔양을 가리켰다.

일행은 진금행의 손가락 끝을 쫓아 구잔양을 쳐다보다 곧 시선을 돌리고 말았다.

'저 잔인하고도 무식한 놈에게 걸렸다간 뒤통수 근지러워서 잠 못 자지!'

급히 고개를 돌린 조천대의 머리 속에 공통된 생각이었다.

구잔양이 보여준 한판 드잡이질이 가져다 준 인상이 강렬한 만큼, 사천에서 염효 패거리와 맞서 차엽방을 운영하며 좋은 맞수로 지냈던 우문하마저 구잔양의 곁에 붙어 서서 상처를 돌보고 있었다.

"내, 내가 똥구녁 치료를 해봐서 이런 상처는 잘 치료한다구! 아파도 조금 참아."

게다가 우문하는 입에 발린 말과 함께 한결 조심스러워진 태도였다.

하지만 유일하게 태연하게 서 있던 진금행은 계속 말을 이어 나가고 있었다.

"아무튼 두 마음 품지 말라 이거야. 나한테 충성을 맹세하란 따위의 말이 아니야. 그저 내 뒤통수를 치거나 내가 하는 일에 방해만 안 되면 돼. 알겠어?"

진금행의 얇은 두 눈이 머물 때마다 사람들은 괜스레 딴청만 피우고 있었다.

저 얇은 눈은 모든 것을 꿰뚫어 보는 눈이란 걸 조천대의 대원들은 조금씩 깨달아가고 있는 것이다.

"그리고 너희 뒤를 봐주는 놈팡이들은 다 떨궈줬음 좋겠어. 너희들만 해도 벅찬데 너희들이 달고 온 꼬리까지 신경 쓰기엔 너무 귀찮단 말이야. 필히 연락할 일이 있으면 좋은 게 있잖아? 주위에 보이는 거지를 통해 연락하면 내 귀에 곧 들어올 거니 말이야."

진금행의 말에 유난히 묘웅의 어깨가 움찔거렸다.

안 그래도 어젯밤 모용세가로부터 맡은 일을 완수해 내지 못했다고 질책을 들었기 때문이다.

진금행의 목숨을 노리던 자객이 아니었다면 묘웅은 벌거벗고 진금행의 침상에 뛰어들 각오였다.

진금행 밑에 깔려 죽으나 모용가의 손에 죽으나 이판사판인 인생이라 생각했기 때문이다.

"그리고… 오늘 왔던 두 놈에 대해서 아는 놈 있나?"

진금행의 입에서 화제가 다른 곳으로 돌려지자 여기저기서 안도의 한숨이 터져 나왔다.

"내가 볼 땐 사천당문의 암기술 같았는데… 확실하진 않아. 사천당문의 우모침을 맞아보면 확실히 알겠는데 말이지."

현통이 손을 번쩍 들며 대답을 했다.

하지만 현통이 사천당문의 우모침을 맞아보고 싶어도 더 이상 꽂을 데가 없어 보일 정도로 현통의 몰골은 말이 아니었다.

벌집을 수천 통 건드려 수십만 마리의 벌들에게 쏘여야 가능할 정도로 현통의 얼굴은 여기저기 온통 작은 구멍이 숭숭 뚫려 있었다.

"아무튼 밀영각에 가자구. 오늘 나타났던 놈들도 그렇고, 그 빌어먹을 늙지도 않고 죽지도 않는 영감탱이 말도 그렇고 아무래도 배교의 교도들이 남아 있는 건 확실한 것 같으니 말이야. 제길, 오늘 그놈들을 잡았어야 했는데."

진금행의 말에 모두들 일제히 고개를 끄덕였다.

왜 배교를 찾아야 하는지 모르지만 진금행이 저토록 서둘 일이라면 무림맹주가 사라진 일보다 더 급한 일임에 틀림이 없어 보였다.

더군다나 배교의 밀술인지, 아니면 사교 집단의 사술인지 모르지만 묘한 재간을 가진 놈을 만나보기까지 했지 않은가.

조천대가 무림맹을 벗어나면서부터 계속 연이어 벌어지는 괴이하고도 요상한 일들로 일행들의 머리 속은 그리 맑은 편이 아니었다.

실상 맑다 해도 그리 봐줄 만한 머리통도 없긴 했지만.

진금행은 피곤하다는 듯 늘어지게 하품을 하고는 한쪽 구석에서 양발을 천으로 친친 감고 있는 구잔양을 돌아보았다.

"너, 나머지 네 개의 비도는 안 찾아와? 어라? 그리고 보니 일곱 개가 다 없네?"

진금행이 텅 비어버린 구잔양의 가슴을 보면서 묻자 구잔양은 싱긋 웃으며 말했다.

"새로 사야 해. 자고로 사람을 해하는 물건엔 영(靈)이 깃들어 있어. 사람 피를 보지 못하고 실패한 단도는 생명을 잃어버리지. 영이 쇄한 칼은 다음번에도 머뭇거리다 실패하고 말거든."

늦은 밤에 어울리는 스산한 목소리였다.

칼로 사람을 죽여본 경험의 스산함이 구잔양의 목소리에 덕지덕지 묻어 있었으니 듣는 사람들의 등줄기엔 찬바람마저 돌았다.

하지만 살가죽이 두텁기로 유명한 진금행은 찬바람은커녕 조금의 기운도 느끼지 못한 듯 퉁명스럽게 말했다.

"어쭈우~ 잘도 이죽이네? 너, 돈 많아? 얼른 찾아오지 못해? 그게 다 돈이란 말이야!"

그랬다. 진금행에게 있어 자신의 물건은 당연히 자신의 것이었고, 자신이 알고 있는 사람의 물건 또한 자신의 것이었다.

말이 좋아 그렇지, 날이 잘 선 좋은 단도 일곱 개를 사려면 그리 녹록치 않은 것도 분명 사실이었다.

"씨이~발!"

구잔양은 가래침을 퉤 하고 뱉고는 엉금엉금 기어서 갈대밭 숲으로 사라져 갔다.

발등을 다쳐 걸을 수 없다는 걸 이해 못할 일은 아니지만 엉덩이를 씰룩이며 기어가는 구잔양의 모습은 조금 전 보여줬던 냉막하고 나름대로 멋있는 모습과는 한참이나 거리가 멀었다.

"같이 가요. 제가 도와드릴게요."

구잔양의 엉덩이가 막 갈대 숲 사이로 사라질 때쯤 불연이 폴짝폴짝 뛰며 그 뒤를 따랐다.

남은 사람들은 객잔을 향해 태연히 걸어가는 진금행의 거대한 뒷모습을 보면서 이대로 잠을 자러 가야 할지, 아니면 구잔양을 도와 갈대 숲을 뒤져야 할지 몰라 서성이고만 있었다.

제 9 장

천지문 —천지문 혈첩을 얻고, 마 총관 서소향을 만나다

천
지
문

하늘에서 중원을 훑어 내려다보면 쉽게 눈에 들어오지 않는 산이 하나 있는데 깊지도 얕지도 않은 잘생긴 산이었다.

얕지도 않다는 말은 번거로움을 피해 깃들여 살기에 좋다는 말이었고 깊지도 않다는 말은 세속과의 연이 끊이지 않아 물자와 사람 간의 교류가 번성할 수 있다는 말이 되었다.

높은 경지를 꿈꾸는 도인들이 깃들기엔 너무 얕고 세속 보통 사람들이 터를 잡기엔 너무 깊은 곳.

그래서 그곳엔 반선반인(半仙半人)의 착한 사람들이 아닌 반마반사(半魔半邪)의 악인들이 자리 잡게 되었고, 그 사람들은 스스로의 모임을 일컫기를 태화련(太和聯)이라 하였다.

태화련이 자리 잡은 산으로 이어지는 산길을 비밀스럽게 걷고 있는 열두 명의 사람이 있었다.

이미 태화련의 성세는 하늘 높은 줄 모를 욱일승천의 기세를 타고 있었으니, 당연히 태화련 앞에는 미끈하게 쭉 뻗어 우마차 두세 대는 지날 만한 관도가 나 있었다.

하지만 이 열두 명의 사람들은 틀림없이 태화련의 련주(聯主)인 태화태세(太和泰歲) 옥인재(玉仁齋)를 만나러 가는 길이 분명한데도 편한 관도를 놔두고 비밀스럽게 산길을 헤치고 있었으니, 커다란 비밀을 지닌 사람들이 분명했다.

열두 명의 몸놀림은 가볍고도 경쾌하니 태화련 안에서도 높은 자리를 차지할 만한 무공을 소유하고 있다는 걸 알아볼 수가 있었다.

높은 무공에 태화련이란 뒷배경까지 가지고 있다면 모르긴 몰라도 아랫배를 내밀고 큰소리칠 만큼은 될 텐데도, 산길을 조심스럽게 헤치는 그들의 모습은 바싹 긴장해 있었다.

"조심, 또 조심해야만 한다. 항상 모든 일은 끝에 마가 끼는 법이니 말이다."

열한 명의 맨 앞에서 길을 헤치던 중년인이 고개를 돌려 일행에게 주의를 주었다.

이제 얼마가지 않아 곧 태화련의 위풍당당한 정문을 볼 수 있었다. 그래서인지 자신이 이끌고 있는 열한 명의 태도에서도 조금은 안도의 기색이 흐르고 있다는 걸 모를 리 없었다.

사내가 다시 한 번 단도리를 하고는 몸을 돌려 들짐승들만이 헤치고 다녔는지 이미 무성한 잡초들이 막아버린 길을 헤치고 들어섰을 때였다.

"……!"

자그마한 계곡, 맑은 물이 하얗게 속살을 내밀고 있는 암석들을 핥고 지나가는 아름다운 계곡이었다.

정겹고도 예쁜 계곡 위에는 계곡에 어울리는 아담한 정자가 하나 서 있었다.

사내는 처음에 태화태세 옥인재가 또다시 낙관정(樂觀亭)을 찾은 게 아닌가 싶었다.

태화련에 복잡한 일이 있을 때면 태화태세 옥인재가 잠시 쉬었다 가는 곳.

그곳엔 정결한 백의를 잘 차려입은 두 명의 청년이 서 있었다.

한가로이 섭선을 흔들며 막 계곡 사이 수풀에서 고개를 내민 사내의 얼굴을 반갑다는 듯 쳐다보는 청년.

이미 육십 성상(星霜)을 훌쩍 넘긴 옥인재로 보기엔 너무 젊은 청년임이 확실했다.

둘 중 보다 나이가 어린 듯 보이는 청년이 사내를 향해 정중히 포권을 취해 보이며 말했다.

"교 내관 어르신의 수고로움이 이루 말할 수 없으셨겠습니다. 먼 길 다녀오시느라 힘드셨을 텐데 여기서 목을 축이시지요. 물이 참 맑고 시원하답니다."

사내, 태화련의 내관을 맡고 있는 교건부(僑建富)는 눈이 둥그레졌다.

"다, 당신들은……."

교건부는 잠시 어리둥절해 있다가 곧 뒤쪽으로 수신호를 보냈다.

뒤에 남겨져 있던 열한 명이 교건부의 간단한 수신호에 곧 진열을 정비하여 교건부 앞에 다섯, 좌우에 하나, 그리고 뒤에 네 명으로 벌려 각자 위치를 잡았다.

그 행동이 일사불란하고 기강이 엄정하니 하루아침에 손발을 맞춘 솜씨가 아닌 게 확실했다.

청년 중 나이 어린 듯해 보이는 자가 고개를 끄덕이며 말했다.

"교 어르신이 과연 부릴 만한 자들이로군요. 소매를 떨치면 천하를 감싸고 발을 굴리면 땅이 무너질 기상입니다."

청년이 헤실거리며 감탄했다는 듯 칭찬의 말을 건넸지만 교건부는 쉽게 경계의 태세를 허물지 않았다.

"련주께서 보낸 분들이신가? 두 분의 헌앙하신 기세가 보기엔 좋으나, 내 련주께 들은 바가 없으니 결례를 용서하게나."

교건부는 쉽게 경계를 허물지 않았지만 그렇다고 해서 뚜렷한 도발의 징후도 보이지 않았다.

낙관정은 태화태세 옥인재만의 별채였다.

심고(心苦)가 깊을 때면 즐겨 찾는 곳이었고, 그만큼 옥인재가 아끼는 곳이었으니 자연 태화련에 몸담고 있는 사람들이라면 발걸음을 삼가는 곳이었다.

그곳에 정체 모를 헌헌미장부 둘이 나타났으니 옥인재의 심복 중 심복이거나, 아니면 자신이 비밀리에 옮기고 있는 물건에 욕심이 있는 자가 틀림없었다.

하지만 욕심이 있다면 군이 이곳에서 이빨을 드러낼 일이 없을 터, 자연 청년들에게 말을 건네는 교건부의 말도 조심스러울 수밖에 없었다.

"허허, 교 어르신께서 힘들게 옮겨온 귀한 물건을 확인하러 온 놈들입니다."

청년의 말이 끝나자마자 교건부의 근육들이 바싹 조여들었다.

자신이 옮겨온 물건에 대해서는 비밀 중의 비밀이었다.

그 누구도 알아서는 안 되는 물건이었고, 그 진정한 정체에 대해서는 아직 련주에게도 보고하지 않은 일이었는데 저들이 어찌 알고 있단 말인가.

"아아~ 그런 눈으로 보지 마십시오. 저희들은 그저 그 물건이 과연 혈첩이 맞는지 확인해 보려 하는 것입니다. 만약 다른 물건을 련주께 가져갔다가는 불호령이 떨어질 테니까요."

교건부의 얼굴에서 긴장이 사라지는 것과 동시에 의아함이 떠올랐다.

"련주께서 아시는가? 어허~ 과연 태화태세의 이목을 숨길 수는 없겠군."

자신이 힘들게 가져온 물건이 혈첩이라고는 밝히지 않았다. 아니, 세상 그 누구도 알지 못할 게 분명했다.

"하하, 세상에 혈첩을 모르는 자는 없으나 과연 그것을 본 사람이 몇이나 되겠습니까. 혹시 교 어르신께서도 거짓에 홀려 잘못된 물건을 가져오지나 않았을까 걱정이 되어 저희들이 먼저 기다리고 있었습니다. 다행히 저희들이 혈첩 안의 귀문(鬼紋)을 알아볼 수 있으니 말입니다."

청년의 말이 교건부의 긴장을 완전히 풀어버렸다.

혈첩, 세상에 떠들썩한 만큼 많은 전설이 깃든 물건이었다.

묘하고도 괴상한 문양들이 잔뜩 들어 있는데 글자도 아니요, 그림도 아닌 것들로 가득 차 있다는 것만 알려져 있었다.

만약 누군가 그것을 풀어낼 수 있다면 능히 예전 고검사신의 무공을 가지게 된다던 전설.

사마외도의 무리들은 흥분에 피가 끓었고 백도무림인들은 공포로 피가 식게 만들었던 전설이다.

그 전설의 혈첩이 교건부의 몸속에 숨겨져 있었다.

그러고 보니 괜한 걱정을 했는가 싶기도 했다.

두 청년의 얼굴을 보니 더운 햇살에 권각술을 연습하느라 검게 그을린 얼굴과는 거리가 멀었다.

얼굴만 하얗고 고운 것이 아니었다.

섭선을 품위있게 부치는 모습은 한량의 모습과 다를 바가 없었고, 그 안에 든 기품은 분명 좋은 가문에서 태어난 것이 틀림없었다.

거기다 섭선을 든 손에는 병장기를 다룰 줄 아는 무인이라면 누구나 손바닥에 박혀 있는 굳은살이 없으니 책만 파고든 유가(儒家)의 무리가 틀림없으리라.

'련주께서 혈첩 안의 귀문을 알아볼 자들까지 미리 구하셨구나. 내 그런 줄도 모르고 바삐 길을 서둔다 했거늘.'

태화태세의 준비성과 정보력에 혀를 내두르며 교건부는 아예 청년들을 향해 친근한 미소까지 띠고 있었다.

"귀 공자들의 학문이 그리 높은지 몰랐구려. 한데 여기까지 왜 나오셨는지……."

교건부의 말에 청년 둘은 얼굴을 마주 보며 크게 웃었다.

"사실 호기심 때문이지요. 또 만약 거짓 물건이라면 련주께 죄를 짓는 게 아니겠습니까. 저희야 괜찮지만 교 어르신께서는……."

청년들의 뜻은 확실했다.

아니, 혈첩이 혹시 복사품을 진품처럼 만들어낸다는 유수(遊手)들의 손길이 닿은 것이라면 곧 련주인 태화태세 옥인재의 불호령이 떨어질 게 뻔한 교건부의 안위를 염려해 주고 있었다.

교건부는 혀로 입술을 축인 뒤 주위를 돌아보며 생각했다.

'하기사 혈첩의 귀문을 알아볼 사람이 없으니 내가 속은 것인지도 모르지. 또 여기는 태화련의 심장부 중의 하나인 낙관정이요, 저들은 무공을 모르는 서생이니 큰 사단이야 벌어지겠는가?

교건부는 청년들의 얼굴을 쳐다보며 스스로 형세를 가늠해 볼 때였다.

"또한 저희들도 아직 혈첩을 직접 보진 못했으니 말입니다."

청년은 한쪽 눈을 찡긋대며 개구쟁이 같은 미소를 띠었다.

'아항! 그럼 그렇지.'

교건부는 일이 어찌 되었는지 알 것 같아 고개까지 끄덕였다.

분명 저 두 청년은 옥인재에게 혈첩의 귀문을 알아볼 수 있다고 큰 소리를 떵떵 쳤을 게 뻔했다.

그것이 청년들의 유치한 객기일망정 정작 옥인제 앞에서 귀문을 몰라봐서 찔쩔맨나년 큰 낭패를 볼 것이 뻔했다.

그래서 미리 자신 앞에서 혈첩을 들여다보고는 나중에 련주 앞에서 잘난 척을 할 심사가 분명해 보였다.

그런 일이라면 교건부에게도 그리 큰 손해가 아니지 않은가.

"좋네, 안 그래도 나 역시 진품인지 아니면 유수가 장난질을 쳐놓은 것인지 알고 싶었네."

교건부는 품에서 보자기로 꽁꽁 싸맨 두툼한 덩어리를 꺼내고는 자신 곁에 머물러 있는 열한 명을 둘러보았다.

수십 년 손발을 맞춘 것이 괜한 짓은 아니었는지, 곧 연한 명은 천천히 물러나 어느덧 두 청년의 주위를 에워싸고 있었다.

교건부는 보자기를 끄르며 미소를 띠었다.

이제 헤실거리는 문약하기 짝이 없는 저 두 놈들은 도망갈 데가 없는 것이다.

이윽고 교건부의 손 안에 둘둘 만 붉은 비단 천이 들려졌다.

"이것이네. 어떤가, 알아보겠는가?"

청년들은 교건부의 물음에도 대답하지 않고는 눈알을 아예 혈첩에 박아 넣을 듯 시선을 고정시키고 있었다.

그리고는 나이가 많은 형인 듯해 보이는 자가 떨리는 손길로 혈첩을 받아 쥐었다.

휘리릭.

혈첩이 청년의 손에서 펼쳐지며 하얀 속살을 드러내었다.

"꿀꺽~"

교건부의 목에서 침을 삼키는 소리가 크게 흘러나왔다.

자신 또한 철장방에서 혈첩을 빼앗을 때 잠깐 보고는 지금 처음 보는 것이었다.

과연 강호에 떠도는 말이 틀린 게 아니었는지 흡사 다섯 살배기가 붓을 들고 호작질을 한 것과도 같은 귀문이 밝은 햇살 아래 드러났다.

"과연, 글도 아니고 그림도 아니었군."

교건부의 목소리도 떨렸다.

"그렇지요? 내용은 대강 이렇습니다. 하늘의 조화는 끝이 없고 땅의 깊음은 알아볼 수 없다. 뇌전이 하늘과 땅을 갈라 팔만사천 종의 기이함을 만들고, 피만이 하늘과 땅을 합쳐 단 하나의 법신을 드러내게 한다. 하늘의 조화는 한 점의 구름이요 한 점의 빗방울이니, 구름이 내려

앉아 안개를 품고 빗방울이 허공을 갈라 뇌전을 생성한다……."

나이를 좀 더 먹은 듯해 보이는 청년의 말소리가 청아하게 울려 퍼지자 교건부의 얼굴엔 희색이 만연했다.

"과연 공자께선 귀문을 알아보시는구려! 과연 묘하고도 묘한 구절이오."

교건부의 말소리가 끝나기가 무섭게 청년은 다시 혈첩을 둘둘 말아 쥐었다.

"알아본 게 아닙니다. 저는 넷 중 하나밖에 모르니 말입니다."

"알아본 게 아니라니?"

청년의 말에 교건부의 안색이 가볍게 변했다.

분명 혈첩을 펼쳐 들어 그 안에 얼굴을 박고는 줄줄 잘도 읽어 내려가지 않았는가.

"이 글은 마혈의 진정한 주인만이 알아볼 수 있으니까요."

"……?"

교건부는 청년의 말이 무엇을 뜻하는지 알 수 없었다.

만약 청년의 말대로 마혈의 진정한 주인만이 알아볼 수 있다면 조금 전 줄줄 읽어 내려가던 문구는 도대체 무어란 말인가.

"제가 읊은 것은 천지혈뇌(天地血雷), 즉 사대봉공(四大奉公)의 재주 중 하늘에 대해서 뿐입니다. 제가 천(天)이니까요."

"천? 천이라니?"

하지만 답변은 혈첩을 들고 있던 청년 뒤에 서 있던, 조금 나이 어려 보이는 다른 청년의 입에서 통해 흘러나왔다.

"땅은 만물을 품어 만물을 생성하니 모든 것의 변화를 만들어내면서도 스스로는 변하지 않는다. 고로 모든 것을 흔들면서도 흔들리지 않고, 모든 것을 재는 잣대이면서도 스스로 척(尺)이 되지 않으며, 모든 것을 썩혀 흙을 만들면서도 스스로는 썩지 않으니 비로소 영원하다 할 것이다. 교 어르신, 제가 지(地)입니다."

"…지?"

교건부는 정신이 없을 지경이었다.

분명 앞서 말한 청년의 말과 뒤이은 말을 연결해 보면 혈첩 속의 말이 분명했다.

하지만 앞에 청년이야 혈첩을 보았으니 당연하지만 뒤에 청년은 전혀 보지 못하지 않았는가?

"지라니? 지가 무엇인가?"

교건부의 말에 나이 어린 청년이 빙긋 웃었다.

"지란 지이지요. 바로 우리가 딛고 있는 이것 말입니다."

청년이 헤실거리며 한쪽 발을 들어 가볍게 땅에 대고 굴렀다.

쿵.

소리는 미약했다.

그리고 지(地)란 물건이 사람들이 발을 딛고 서 있는 물건을 뜻한다는 걸 교건부가 모르진 않았다.

하지만 도무지 믿을 수가 없었다.

진각(震脚).

다리를 들어 땅을 크게 울리는 진각은 무공을 조금만 할 줄 아는 자라면 못하는 사람이 없었다.

스스로는 기혈을 울려 호기를 배가시킴이요 밖으론 적의 기세를 꺾고 기혈을 흔드는 수법.

내공이 높은 자라면 진각의 한 수로도 적에게 내상을 입힐 수는 있었다.

하지만 저 젊디젊은 청년의 진각 소리는 크게 떨쳐 울리지도 않았는데 어찌 열한 명의 자기 수하가 피를 게우며 털썩 쓰러진단 말인가.

교건부는 눈을 부릅뜨며 목구멍까지 치밀어 오른 핏줄기를 간신히 되삼켰다.

"자네… 자네들은……."

더듬거리는 교건부의 입에선 핏방울이 튀고 있었다.

"말씀드리지 않았습니까. 제 동생은 지요, 저는 천이라고요. 바로 사대봉공 중 지공(地公)과 천공(天公)이 저희들입니다."

성실하고 친절한 설명.

하지만 정작 교건부는 듣지 못했다.

포권을 취해 보이듯, 아니, 합장을 하려는 것처럼 청년이 두 손바닥을 천천히 마주 대는 것과 동시에 교건부의 신형이 천천히 짜부라들었기 때문이다.

흡사 보이지 않는 커다란 두 바위틈에 끼어 온몸이 압착된 듯한 형상이었다.

뭉개진 피와 골수조차 보이지 않는 바위에 끼인 듯 허공 중에서 넓게 퍼져 꿈틀대는 모습이 비위가 약한 사람이라면 구토를 했을 정도로 끔찍한 형상이었다.

"부디 궁금증이 풀어지셨기를……."

스스로 천공(天公)이라 말한 사내가 두 손바닥을 벌리자 허공 중에서 피떡이 되어 꿈틀대던 교건부의 시체가 바닥에 쏟아졌다.

흡사 대아에 받은 물을 허공에 뿌린 듯 땅 아래로 떨어져 주위를 온통 붉고 허연 색깔로 바꾸어 버렸다.

"형님, 혈첩이 분명한가요?"

그 잔인한 모습에도 눈썹 하나 까딱하지 않던 지공이 천공에게 물었다.

천공이 고개를 끄덕이며 한숨을 가늘게 내쉬었다.

"그건 그렇고 사대봉공의 회합에 동생은 나갈 생각인가?"

천공의 말에 지공이 해맑게 웃으며 대답하는데 조금 전 다리를 가볍게 굴러 열한 명을 저세상으로 보낸 사람으론 도저히 보이지 않는 천진한 서생의 모습이었다.

"하늘이 없으면 땅도 없겠지요. 쥐새끼 한 마리와 걸어다니는 시체를 꼭 보지 않으시겠다면……."

"아니야, 그저 우리 천지문(天地門)만의 힘으론 불가능한 일이네. 나는 쥐새끼 생각과는 달라. 그자는 마혈의 주인을 찾아냈다고 하지만 나는 믿지 않네. 마혈은 인간의 몸으론 받아들일 수 없는 힘이니……."

"하지만 시체까지도 확실하다고 하지 않습니까."

지공의 말에 천공의 고개가 하늘로 들려 먼 산을 바라보았다.

"그렇다면 더욱 큰일이지. 난 무림 재패 따위는 신경 쓰지 않아. 황제의 권력도 탐나지 않고. 그런 점에서 그저 시체를 파먹는 쥐새끼나 머리를 열어젖힌 시체하고는 달라. 우린 명망도 있고 평판도 좋지. 구태여 일을 꾸밀 필요가 없단 말이네. 하지만 진정 고검사신의 피를 이은 사람이라면 언젠가 우리에게 혈채(血債)를 요구하겠지. 난 그때를 걱정하는 것이야……."

"그래서 형님께선 혈첩을……."

지공이 알겠다는 듯 고개를 끄덕였다.

"그래, 그 안에 힘을 얻어야 당당히 홀로 설 수 있네. 마혈의 주인이

든 다른 사대봉공들이든 신경 쓰지 않고 우리 살고 싶은 대로 말일세. 하지만 그러자면······."

"보기 싫은 놈의 면상을 봐야 하겠지요."

지공은 형으로 모시고 있는 사람의 뜻을 알겠다는 듯 고개를 다시 크게 끄덕였다.

"회합은?"

"머지않았습니다. 서둘러야지요."

천천히 산 아래로 신형을 옮기는 두 청년 사이에 건네진 마지막 말이었다.

깔끔한 백의를 멋들어지게 차려입은 기품있어 보이는 귀공자들 뒤로는 열두 명의 시체에서 흘러내린 피가 작은 개울이 되어 흐르고 있었다.

태화련 가까이에 있는 낙관정에서 벌어진 일이었다.

*　　　　*　　　　*

"띠발······."

마 총관은 영 익숙하지가 않았다.

손에 든 감촉 또한 차가운 것이 꼭 사람의 뭉클거리는 식은 피를 만지는 것 같았다.

마 총관의 손에 들려 있는 기다란 구릿빛의 패(牌).

그것의 느낌이 익숙하지 않았던 것이다.

아니, 진전장의 총관이 마불통이었다.

황금마저 손으로 주무르던 마 총관이 그저 구릿빛의 패 때문에 신경

천지문 223

질을 내는 건 아니었다.

바로 구릿빛의 패가 불러들인 네 명의 복면인 때문이었다.

"때듀없이 땡겨먹었군."

마 총관의 퉁명스런 불평은 계속되었다.

마 총관의 말처럼 '재수없이 생겨먹은' 네 명의 눈빛이 파란빛으로 빛나며 마 총관을 바라보고 있었기 때문이다.

정파와 사파가 만나 대혈겁(大血劫)을 일으켰던 천잔평의 무수한 죽음들.

그 일 이후론 무림에서 떠났다고 생각했다.

그리고 다시는 그같이 살욕(殺慾)에 들떠 파란 요기가 어리는 눈동자를 보지 않아도 되리라 생각했었다.

아니, 사실은 외면하고 있었다고 보는 게 적당하리라.

살귀들을 만들어내는 것은 우사인 문추룡에게 모두 맡기고 좌사인 자신은 소교주인 진충덕을 지키고 있으면 됐었으니까.

하지만 문추룡이 떠나고 나서는 문추룡의 일을 자신이 맡게 되었다.

찜찜하긴 했어도, 그렇다고 해서 이놈들 상판을 봐야 하는 건 아니었다.

하지만 문추룡이 무림맹주 진근양과 함께 혈첩의 뒤를 쫓는다는 서신이 당도했을 때부터 일은 급변하기 시작했다.

진충덕 대신 자신이, 이 사람도 아니고 짐승도 아닌 살귀들을 이끌고 문추룡의 뒤를 떠받쳐 줘야 했으니까.

"그래떠 타잤냐?"

"철장방의 손에서 태화련(太和聯)의 손으로 옮겨졌습니다."

네 명의 복면인들은 틀림없이 보통 사람과 달랐다.

마 총관의 '혀 딸븐 또리'를 별로 어려워하지 않고 잘도 알아듣고 있으니 말이다.

명교를 벗어나서도 역시 무림 세력과는 결별이 어려운 것인가?

소교주인 진충덕과 명교우사 문추룡, 그리고 자신이 새롭게 비밀스런 단체를 꾸려야만 했으니 그 가운데 절실한 이유는 아무도 모를 게 분명했다.

그리고 문추룡이 키워낸 네 사람. 바로 마 총관 앞에 나란히 도열해 있는 네 명의 복면인이 바로 그들이었다.

"태화련이 감히?"

의외였다. 마 총관의 축 처진 눈이 가늘어졌다.

"태화련은 그것이 뭔지도 모르고 욕심을 낸 게 분명합니다. 그렇지 않았다면 막 전해 받으려던 물건을 도중에 뺏기지는 않았을 테니 말입니다."

"그럼 디금은 누가 가디고 있디?"

마 총관의 눈이 번뜩이며 물었다.

하지만 복면인은 아직 마 총관의 성격을 완전히 파악하지 못한 게 확실했다.

그 증거로 가슴을 불쑥 내밀고 아랫배엔 단단히 힘을 주며 당당하게 대답하고 있었다.

"아직 모릅니다. 조사는 계속합니다만……."

"오호~ 모른단 말이디! 모른다……."

마 총관은 제 혓바닥만큼이나 긴 손가락을 가볍게 탁상에 올려놓고 도르륵 굴려대며 네 명의 복면인을 바라보았다.

어딘지 모르게 누군가와 꼭 닮은 눈빛과 표정이었다.

부부가 미워하면 닮는다던가?

지금 마 총관의 얼굴 표정과 눈빛, 그리고 행동과 억양은 다른 상대로부터 좋은 건수(?)를 건졌을 때의 진금행과 너무도 똑같아 있었다.

물론 진금행이 한 100년쯤 굶어야 마 총관의 홀쭉한 체형이 되겠지만 말이다.

"저희 추단현예(推端玄刈)의 네 형제뿐만이 아닙니다. 곧 만나시게 될 문무쌍위 또한 잘 모르는 게 확실합니다."

"오호~ 문무땅위?"

마 총관이 뾰족한 턱을 까딱이며 말했다.

이때가 중요했다.

보통의 진금행이라면 이 말 몇 개를 잘 요리해서 상대를 회쳐 놓곤 하지 않았는가.

'잘 요리해뗘 반 듀겨놓아야디! 근데 문무땅위라… 그놈들이 어떤 땁놈들이야?'

마 총관은 순간 진금행에게 조금의 존경심이 드는 게 사실이었다. 그놈은 미련한 듯해 보이면서도 어짜나 교활한지 이 대목에서 상대를 빈틈없이 몰기도 잘하는데, 자신은 문무쌍위란 말을 들어도 뚜렷하게 떠오르는 게 없지 않은가.

"문무땅위라……."

마 총관이 가벼운 한숨처럼 내뱉자 네 명의 추단현예 중 맏형인 추단일예(推端一睿)가 곧바로 대답을 하기 시작했다.

"무림맹의 좌우쌍사(左右雙使)라고 보시면 됩니다. 그들은……."

추단일예의 말을 추단이예(推端二睿)가 받았다.

"수신이위(守神二位)로도 불리며 곧 문성우위(文聖右位) 문성천과 무선좌위(武仙左位) 문재천을 뜻합니다. 둘은······."

추단이예의 말을 추단삼예가 이어 나갔다.

"쌍생아(雙生兒)라 똑같이 생겼습니다. 생긴 것도 똑같고, 하는 짓도 똑같고, 덜떨어진 것도 똑같습니다만 하나 다른 점이 있으니······."

마지막 말은 추단사예 몫이었다.

"단지 머리 색깔이 다를 뿐입니다. 결국 문성천은 검은 머리의 질이 떨어지는 물건이라 하여 흑두하품(黑頭下品)이라 부르며, 문재천은 흰 머리에 질이 엄청나게 떨어지는 인간이라 하여 백두말품(白頭末品)이라 합지요."

마 총관은 어벙한 표정으로 시선을 추단일예부터 추단사예까지 차례차례 옮겨 다니다가 곧 고개를 흔들며 말했다.

"그건 나도 알디! 단디 내가 알고 띠픈 건 내가 왜 그 덜떨어딘 인간들과 어울려 됴따를 해야 하난 거다!"

추단일예가 심각한 표정으로 대답을 했다.

"그야 제일 먼저 혈첩의 존재를 알아내고 가장 가깝게 뒤를 쫓고 있기 때문일 겁니다. 더구나 무림맹의 수신이위면 그 무공에 있어 적수를 찾기 힘들 정도인데, 마 어르신 정도가 되어야 한쪽으로 기울지 않고 함께 조사를 해 나갈 수 있다고 무림맹주가 생각한 거겠지요. 그리고······."

네 명은 이미 몇 해의 고련을 거쳤는지 상대방의 말을 받아 이어 나가는 데 너무도 익숙한 모습을 보여주고 있었다.

이번에도 역시 추단일예의 말을 추단이예가 넙죽 받아서 말했다.

"무공도 비슷하고 덜떨어진 면에 있어서도 닮았지 않습니까? 무림인들이 무림맹의 수신이위라면 고개를 좌우로 내젓는 인물이요, 예전 명교에서도 좌우쌍사란 말만 들어도 속이 뒤집히던 교도가 하나둘이 아니었으니……."

말은 잘도 이어 나가지만 그 내용은 점점 이상하게 뒤틀리고 있었다. 물론 추단삼예 역시 생각으론 '이러면 안 되는데'라고 했지만 배운 재주 하루아침에 바꿀 수가 있던가?

당연히 그 이상하게 변질되는 내용이 추단삼예의 입에서 이어지고 있었다.

"그래서 명교 내에선 소교주의 실종이 좌우쌍사가 속을 뒤집어놓아서란 말이 떠돌았지 않습니까. 그러니 무림맹의 문무쌍위와 마 어르신이 만나시게 된다면 이런 찰떡궁합이 없을 게……."

마지막 추단사예는 눈치가 다행히 빨랐다.

하지만 입을 오물거리는 걸 막기엔 그들이 받은 훈련이 너무도 강한 게 불행이라면 불행이었다.

"분명하지 않습니까. 그리고 혈첩을 강탈한 무리들을… 상대하려면… 문무쌍위와 마 어르신이 함께 계셔야… 하지… 않을… 까…요……. 무림맹주의… 생각과 회주(會主)님의… 생각이… 그러셨으니까……."

추단사예의 목소리는 점점 기어들어 가고 있었다.

마 총관의 손에 들린 동패가 점점 모양을 바꾸어 일그러지는 것을 보았기 때문이다.

저 동패가 어떤 동패던가. 단순히 자신이 몸담은 단체의 서열 3위가 저 혀 길고 바싹 마른 노인임을 증명해 주는 신패가 아니던가.

아니, 동패보다 더욱 확실하게 노인의 신분을 나타내 주는 노인의 기다란 혓바닥이 점점 똬리를 틀며 말려들고 있지 않은가.

또한 혓바닥이 말린다는 것은 예전에 '현오지영(顯五枝影) 필유혈화(必有血花)'란 말을 만들어낸 인물이 바로 마 총관임을 명백히 말해주고 있었다.

마 총관의 말을 빌면 '다떳 가디가 붙터 있는 그림댜가 나타나믄, 필히 피가 꼰닢터럼 피어난다'던.

"그딘까, 내가 그 덜떨어디고 대가리는 빡인 놈들과 또까딴 말이디?"

마 총관의 혀가 파르르 떨리는 것을 보고 제일 먼저 정신을 차린 것은 역시 추단현예의 맏형인 추단일예였다.

"동월주(銅月主) 어른! 혈첩이 중요합니다. 이제 곧 문무쌍위와 함께 혈첩의 무리들을 뒤쫓으셔야 하지 않습니까? 그럼 그 뒤를 은월주(銀月主) 문추룡 어르신과 단심십이수, 그리고 무림맹주가 따라가며 형세를 살펴 일을 처리하구요. 작은 일에 이렇듯 흥분하시면 회주께서……."

"홍뿐? 니가 디끔 홍뿐이라고 했떠?"

마 총관은 흥분한 게 분명했다.

안 그래도 짧은 발음이 흥분하면 더욱더 짧아지는 특성이 지금 고스란히 보이고 있지 않은가.

추단현예 네 명의 복면이 일순 파르르 떨렸다.

지금 자신들이 어떤 인간의 코털을 건드렸는지 깨달았기 때문이다.

물론 추단현예 자신들의 무공이 절대 마 총관에게 뒤진다고 생각하진 않았다. 아니, 어둠 속에 몸을 숨기고 있어야 할 신분만 아니라면 당장 무림에서의 성가가 예전 명교의 좌우쌍위나 무림맹의 수신이위에 뒤지지 않는다고 자부했다.

일단 저들은 두 명인 데 반해 자신들의 대가리 수는 네 명이란 것부터 다르지 않은가.

하지만 불행히도 추단현예가 모시는 세 어른 중 마 총관이 세 번째 어른이란 게 문제였다.

'이대로 될까?'

추단현예의 뇌리 속에 한결같은 생각이 떠오를 때 다행히 마 총관의 울분을 풀어줄 목소리가 객점 저 멀리서 들려오고 있지 않은가.

지금 마 총관과 추단현예가 있는 곳은 객점의 한 켠 비밀스럽게 마련된 객실이었고, 마 총관의 이목을 쏠리게 한 목소리는 방 바깥에서 떠들썩하게 음식을 처먹던 어떤 인간이 큰 소리로 외치는 소리였다.

"그래서 그 진금행이란 사람이……!"

그 말뿐이었다. 보통의 사람이라면 소란스런 소리에 묻혀 들리지도 않았을 소리. 하지만 그중에 한 사람의 이름은 절대 마 총관에겐 잊을 수 없는 이름이었다.

"띤금행? 띤금행!"

그 누군지 모를 사람이 추단현예의 네 목숨을 살렸다.

이 하늘이 내려준 기회를 추단현예는 그냥 버리지 않았다.

바삐 서둘렀는지 흐릿하게 신형이 흐려지며 추단일예가 나지막이 이르는 목소리만이 들려오고 있었다.

"이제 곧 수신이위가 마 어르신을 만나러 올 것입니다. 저희들은 저희들 나름대로 따로 혈첩의 건을 알아보겠습니다. 만약 회주의 명이 계신다면 그때 다시 뵙지요."

흐릿해지던 신형이 완전히 사라질 때쯤 추단일예의 말도 끊어졌다.

하지만 웬일인지 마 총관은 그런 추단현예의 모습을 가만히 지켜보고만 있었다.

그것이 마 총관이 추단현예들에 대한 감정을 지워 버렸기 때문만은 아니었다. 그저 추단현예에게 갈 응분의 조치(?)가 진금행에 대한 원한에 더해졌을 뿐이었다.

"딴금행……."

마 총관의 입에선 원독에 찬 이름이 흘러나오고 있었다.

"그래서 결국 당금 무림에 무림맹주가 믿고 있는 기린아(麒麟兒)가 바로 진금행이란 말이지?"

"그렇다니까!"

이제 막 표행을 마치기라도 한 것인지 표사 차림의 사내들이 식탁에 둘러앉아 큰 소리로 이야기를 건네고 있었다.

표사이든, 절정무림인이든 무림에 몸담은 사람이라면 당연히 당금 무림 정세에 대해 무관심할 수 없었다.

아니, 자신은 꿈도 꾸어보지 못하는 경지에서 노니는 고수들의 일화는 젊은 무인들에게나 꿈을 꾸기엔 너무 늙어버린 무인이라도 항상 피를 끓게 하는 그 무엇이 있기 때문이다.

"그럴 리가! 나는 진 맹주가 암습당했다는 이야기를 믿지 않네. 아무리 그래도 성혈의 주인이 그렇게 쉽게……."

"어허! 이 사람, 아직도 순진한 구석이 있군. 쉬쉬들해서 그렇지, 요즘 무림맹이 예전 무림맹이 아니란 건 세 살배기가 아니라도 알고 있지 않은가. 그중에 흉흉한 귀계와 암습이 없다면 그게 더 이상한 일이지."

오른쪽 눈두덩이에 커다란 점이 박혀 있는 점박이가 바싹 마른 얼굴에 이빨이 툭 튀어나온 뻐드렁니에게 면박을 주고 있었다.

하지만 뻐드렁니의 고집도 보통이 아니었다.

"아무리 무림맹주에게 사정이 있다 한들 듣도 보도 못한 아이에게 전권을 내줬을까! 아닌 말로 맹주에겐 일곱 명의 제자가 있지 않은가. 그중에 대제자, 즉 소일거검(消日巨劍) 백연강의 무공은 쌍이십육자(雙二十六者)에 들고도 남을걸? 게다가 듣기론 대제자 백연강의 마음 또한 넓다 하던걸."

하지만 점배기의 고집 또한 뻐드렁니만큼이나 완고했다.

절대 자기 생각을 바꾸지 않으려는지 미간까지 제법 찌푸리며 나름대로의 반론을 펴고 있었다.

"에잉~ 백 대공자의 무공이 높으면 무얼 하나. 그걸 두고 마음이 넓다 하는 게 아니라 우유부단(優柔不斷)하다고 하는 것이네! 또 마음이 부드럽고 독한 게 무슨 상관인가? 일곱 제자 중 마음이 곱다면 셋째 공자요, 독하다면 넷째 공자 아닌가! 하지만 그도 다 소용없지 않은가. 이미 오대세가의 손에 무림맹이 든 지 오래인데……."

점배기의 말이 일리가 있다는 듯 옆에서 듣고 있던 털북숭이가 거들었다.

"하긴 넷째 공자 당경의 독랄한 심보야 아는 사람은 다 알지. 그런데 만약 그렇다면 그 진금행이란 사람의 무공과 마음, 그리고 세력이 소일거검 백 대공자보다 윗길이란 말인가?"

우습지도 않은 일이었다.

그저 몇 푼을 손에 넣고 표물을 운송하는 표국 중에서도 자그마하기 이를 데 없는 표국의 표사라는 것은 입은 형색의 초라함만 보아도 알 수 있었고 달랑 시킨 음식이 소면에 불과하다는 것에서도 꾀죄죄함이 묻어 있었다.

하지만 그 초라한 몸통 속에 담은 배포는 자못 큰지 무림맹주 진근양부터 소일거검 백연강까지, 흡사 옆집 똥개 부르듯 하고 있으니 어찌보면 가당치도 않은 일이 분명했다.

그러나 정작 이야기에 빠져 있는 표사들이나 그 이야기에 귀를 기울이는 객잔에 든 다른 사람들까지 그런 것에는 신경도 쓰고 있지 않았다.

하기야 곁에만 없다면 황제 욕도 하는 게 세상사인데 이야기를 하는 사람의 신분이 문제가 아니라 이야기가 얼마나 재미있느냐가 더 중요하지 않은가.

그래서인지 전혀 신빙성이 가지 않는 이야기일지라도 강호에 한참 회자되고 있는 '진금행'이란 인간에 대해 이야기가 나오자 모두들 귀를 쫑긋 기울여 듣고 있었다.

"그럼그럼, 내 듣기론 맹주가 고련을 거듭하여 길러냈다 하던데? 얼굴은 송옥(宋玉)이나 반악(潘岳)도 울고 갈 정도로 미남이고, 몸은 훤칠하고 건장하며, 일신에 깃든 무공은 무림맹주도 쉬이 꺾지 못한다고 하던걸? 내 늗기론 무림맹주 자리가 비었어도 마교 무리들이 준동하지 못하는 이유가 무림맹주보다는 진금행이란 자의 무공이 더 무섭기 때문이라 들었네!"

"으휴우~"

점박이의 말이 끝나기가 무섭게 객잔 안의 모든 사람들은 나지막한 한숨 소리를 토해내었다.

말만 들어도 머리 속에 그려지지 않는가.

헌헌미장부가 멋진 송문고검을 손에 쥐고는 태산 정상에서 껄껄대며 호탕하게 웃는 모습이!

"내가 듣기론 손을 들면 산 하나가 무너진다 들었어! 원래 촉 땅에 기반이 있던 사람이었는데, 중원에 나올 때 산 여덟 개를 허물어 길을 내며 왔다더군!"

자못 흥분된 분위기였는지 이때까지 조용히 앉아 있던 염소수염이 전설 속에나 어울릴 법한 말을 태연하게 하고 있었다.

"그런가? 내가 들었던 거하고는 조금 다르군. 오랑캐 강족(羌族)들이 신으로 모시던 사람이라 하던데? 사천 땅에서 온 건 맞지만 올 때 하늘의 구름을 타고 와서 그걸 본 수만 명의 강족들이 모두들 대가리를 땅에 박는 오체투지의 예를 올렸다더군. 그게 바로 능공허도(凌空虛渡)의 초절정 신법 아닌가! 무림맹주도 그렇게는 하지 못할걸?"

"그뿐인 줄 알어! 사천에서 넘어올 때 강을 세 개나 만들었다더군!"

덩달아 흥이 난 점박이가 커다란 손으로 탁상을 쿵 내려치며 소리를 질렀다.

"강을? 세 개나? 치수 공사라도 벌였남?"

염소수염이 이해가 안 된다는 듯 고개를 갸우뚱거리자 점박이가 재미있다는 듯 껄껄 웃었다.

"하하~ 그 강이 바로 처녀들이 진 공자를 보고 다리 힘이 풀려 오줌을 지린 것이라네! 무공도 보통이 아니지만 그만큼 우리 진 공자가 잘생겼다는 게지!"

표사들이 떠들썩하게 웃는 소리 저편으로 희한하게 생긴 한 노인이 울그락푸르락 얼굴을 붉히며 손가락을 우드득거리면서 서 있는 걸 아무도 보지 못했다.

'우리 띤 공따? 얼띠구? 우리? 니들이 그 개따딕을 언데 봐따고 우리라고 하는 겨?'

바로 마 총관이었다.

강호의 민심은 묘한 데가 있었다.

신진고수가 나타나면 열렬히 환호하다 어느덧 세월이 지나면 다시 그를 꺾을 새로운 신진고수를 목말라한다.

마교와 무림맹으로 대표되는 두 세력은 천잔평(千殘坪)의 엄청난 비극 이후 바싹 몸을 사리고 있었고 강호엔 숨 막힐 듯한 정적이 오랫동안 흘러온 게 사실이었다.

하지만 팽팽한 저울추가 기울어 무림맹주가 자의에 의한 비밀스런 실종(?)이 일어나고 듣도 보도 못한 진금행이란 사람이 무림에 갑작스레 나타났으니 사람들의 호기심은 절정에 달하는 것도 이상한 일이 아니었다.

갑작스런 신진고수의 출현은 그래서 비록 하찮은 무공을 지닌 삼류 무사일지라도 피를 끓게 만들고 있는 것이었다.

"그럼 우리 진 공자가 어디에 있는 것인가?"

기이한 열기로 번뜩이는 눈과 함께 뻐드렁니가 점배기에게 물었다.

"글쎄? 내 생각엔 인화력과 통솔력이 대단한 진 공자이니 아마도 무림의 평화를 위해 비밀스런 행보를 하지 않을까 싶네."

"아! 우리 진 공자가 인화력과 통솔력까지 겸비했단 말인가?"

염소수염마저 몰랐던 사실인지 큰 목소리로 되묻자 마치 자기 자신이 진금행이 된 양 점배기가 한껏 으스대며 어깨를 뒤로 젖혔다.

"당연하지! 이런, 자네는 정말이지 정보에 어둡기 짝이 없네. 우리 진 공자가 몇몇 무리들을 끌어 모아 조천대(照天隊), 캬하~ 이름 멋지다. 아무튼 그 조천대를 조직했는데 그 대원이 누구누구인지 아는가?"

"글쎄? 누군가, 얼른 말해 주게. 물론 보통 사람이 아니겠지?"

염소수염이 할딱대며 상체를 탁자 위로 누일 것처럼 기울였다.

점배기의 말에 귀를 기울이는 것은 염소수염만이 아니었다.

객잔에 든 모든 사람들은 제 음식이 식는 것엔 아랑곳 안 하고 코를 씰룩이며 귀를 한껏 키워 점배기의 숨소리조차 놓치지 않으려는 태도가 아닌가.

"바로 검을 떨치면 학이 날아드는 휘검청학 이교옥! 50년 이래로 화산 새한벽에 든 유일한 인물이지!"

"우와아~"

점배기의 말에 사람들의 환호가 일제히 터져 나왔다.

그 탄성이 자신을 향한 것이 아님에도 점배기의 목소리엔 더욱 힘이 넘쳤다.

"그뿐이랴! 청성의 유력한 차기 장문인인 현통 도사!"

"우와아~"

"또한 사천에선 기련노마(祁連老魔)와 어깨를 나란히 하는 절대자 절각도 강구의!"

"우와~"

강구의가 조금 궁벽진 사천에서 일어난 무림인이라 중원에선 이교옥이나 현통의 위명보다는 약간 떨어지는지 조금 전보다 호응이 작았다.

"그 외 여러 사람들."

"우와아~"

하지만 점배기의 정보력도 한계가 있었는지 불연을 비롯해 오필도와 온양, 그리고 묘웅과 구잔양에 대해서는 잘 모르고 있었다.

그러나 잘생기고 무공이 빵빵한 진금행이란 신진고수가 가져다 준 흥분이 가시지 않았는지 사람들의 탄성 소리가 계속 터져 나오는 게 아닌가.

"정사를 비롯해 모든 사람들을 휘하에 두고 있으니, 그 뛰어난 통솔력과……."

거기에 힘을 얻었음인가? 점배기의 말소리가 더욱 높아지며 칭송의 말을 늘어놓는데, 그 흥분된 분위기를 싸늘하게 식히는 퉁명스런 말소리가 터져 나왔다.

"얼띠구!"

"……?"

갑작스런 말도 놀라웠지만 그 내용 또한 이 흥분된 분위기엔 어울리는 말이 아니었다.

사람들의 시선이 일제히 한구석을 향하자 왠지 사람들을 놀리는 것처럼 혓바닥을 삐죽 내민 노인을 볼 수 있었다.

"……!"

노인이 말한 내용두 의외였지만 이 노인 생긴 건 더욱 괴상한 게 아닌가!

"달도 놀아나더구만!"

멍하니 바라보고 있는 사람들을 향해 마 총관이 역시 퉁명스럽게 말했다.

말을 하던 중에 진금행에 대해 너무도 큰 친근감을 느꼈던 걸까? 점배기는 자리에서 벌떡 일어나 노인을 향해 쏘아붙였다.

"노인께선 그 무슨 망발이시오. 노인은 우리의 대협객인 진 공자에 대해 어찌……."

"내가 모르면 누가 알디?"

"······!"

마 총관의 태연한 말에 점박이가 놀라 버렸다.

"그, 그럼 귀하께선······."

염소수염이 놀라 더듬거리며 묻자 마 총관이 생각만 해도 화가 난다는 듯 씩씩대며 말했다.

"뭐? 떡 벌어딘 멋띤 몸매? 우끼고 있네. 떡 벌어디긴 해띠만 벌어뎌도 너무 벌어뎠디! 그 때끼 몸무게가 대략 땁만 근은 넘게 나가니까! 뭐? 우리 대협객? 디랄하고 다빠뎠어! 내 이 두 눈구녁으로 똑똑히 봤는데 감히 나를 똑이려고 해?"

입을 열자마자 뇌성벽력처럼 쏟아내는 독기 서린 괴상한 말에 사람들은 일순 정신을 차릴 수가 없었다.

평생 지워지지 않는 원한을, 안 그래도 잔뜩 짧디짧은 발음에 꼭꼭 채워져 쏟아냈으니 귀구녁이 이상하게 뒤틀린 인간이 아니라면 제대로 알아듣지 못했기 때문이다.

"어라? 그럼 노인장이 진 공자를 잘 아신단 말이에요?"

어디선가 맑고 깨끗한 여자의 높은 목소리가 울려 퍼졌다.

갑작스런 목소리에 말을 계속 이으려던 마 총관이 눈을 동그랗게 뜨고는 주위를 둘러보았다.

어디선가 예쁘장하게 생긴 여인이 폴짝 뛰어 마 총관 앞에 다가오는데, 그 신법의 영활함이 쉽게 볼 수 있는 게 아니었기 때문이다.

"누, 누구떤띠··· 으허헉~"

마 총관은 가까이 다가온 여자를 보고 크게 놀랄 수밖에 없었다.

강호에서 수십 년을 굴러먹은 마 총관이었다.

명교를 대표해서 천잔평에 나섰고 수많은 사람들이 끔찍하게 죽는 꼴도 본 마 총관이었다.

이젠 인간 말종 중의 말종인 진금행까지 경험한 마 총관이 놀랄 만한 일이란 별로 없었다.

그런 마 총관이 자신 앞으로 다가온 여자를 보자마자 크게 놀라 버린 것이다.

가만히 있으면 드러나지 않지만 한번 나타나면 군웅들의 이목을 끄는 사람이 있었다.

낭중지추(囊中之錐).

주머니 속에 든 바늘이 뚫고 나오듯 언젠가 그 기세가 세상을 떨치게 하는 인물.

마혈의 공포를 안겨다 준 고검사신이 그랬으며 고검사신을 죽여 성혈의 전설을 세운 초대 맹주 진홍립 또한 그랬다.

자신이 모시는 명교의 소교주인 육충덕, 아니, 성을 바꾸어 진충덕이 된 이 또한 그랬으며 비록 비슷한 예는 아니지만 진금행 또한 그런 인물이었다.

하지만 지금 마 총관 앞에 바싹 다가와 있는 여자 역시 보통 사람은 아니었다.

가만히 있을 땐 모르지만 한번 팔을 파닥거리기만 하면 모든 이의 인상을 찌푸리게 만드는 인물!

바로 진금행으로 변장한 진근양을 보고 한눈에 반해 무림맹으로 진금행을 찾아 나선 응양문의 서소향이 그런 인물 중 하나였다.

"진금행, 진 공자와 친하다구요?"

한껏 반가움이 가득한 목소리

하지만 마 총관은 반가워할 수 없었다.

'어우, 띠발 냄새!'

인간이라면 도저히 참아낼 수 없는 지독한 '암내'!

하지만 서소향은 그런 것에 개의치 않았다.

한두 번 겪는 일도 아니었을 뿐더러 자신이 꿈꾸왔던 이상형, 바로 진금행을 알고 있는 인물을 눈앞에 두고 있기 때문이었다.

"세상에, 너무나 반가워요. 세상에나, 너무너무 반가워요."

서소향은 정말 반가웠다. 그래서 마 총관의 가느다랗게 말라 비틀어진 손을 양손으로 부여잡고 위아래로 흔들어대었다.

애당초 세속 예의범절과는 거리가 멀게 길러진 인간이 서소향이 아니었던가!

결국 죽어나는 건 마 총관이었다.

'어우어~'

서소향이 잡은 손을 위아래로 흔들 때마다 풍겨오는 지독한 냄새 때문에 할딱거리는 마 총관.

그리고 그런 마 총관을 반가움이 가득한 눈으로 쳐다보는 서소향.

그 둘은 전혀 어울리지 않는 그림이었다.

하지만 다시 보면 어딘가 잘 어울리는 한 쌍이기도 했으니, 사람 간의 인연이란 참으로 묘한 구석이 있는 게 틀림없으리라.

제 10 장

음모 — 마 총관 음모를 꾸미고, 밀영각 손님을 맞다

음
모

"그, 그딘까 텨녀가 바로 떤금행의 마누라다 이 말인가?"

혼이 나간 표정으로 마 총관이 서소향을 보며 물었다.

"네에~ 그런데 누인께선 꽤 혀가 기시군요?"

어디서나 당당한 서소향은 재미있다는 듯 마 총관의 잔뜩 찌푸려진 얼굴―서소향의 냄새가 어디 보통 냄새이던가?―을 보면서 대답했다.

'이년아! 넌 더 디독해! 냄때 나는 년!'

속으로 나지막이 욕설을 퍼붓던 마 총관이 입맛을 쩝쩝 다시다 물었다.

"언데 그러케 된 거디? 나드 모르는 틈에? 혹시 당듀께서?"

"당듀? 뭔 말씀이세요?"

서소향은 그런대로 아름다운 눈을 동그랗게 뜨고는 물어보는데, 마 총관 자신은 악취에 눈을 씰룩이며 대답했다.

"당듀! 떤던당의 당듀! 떤금행을 달 안다믄서? 그런데 떤금행 아비도 모르나?"

마 총관의 말에 서소향이 좋아라 폴짝폴짝 뛰면서 박수를 치는 게 아닌가.

"어마나! 낭군님의 아버님이 당듀인가 뭔가 하는 물건이었군요! 어머~ 내 정신 좀 봐, 시아버님이 되실 분께 결례되는 말을……."

마 총관에게 있어 바로 코앞에서 폴짝거리는 서소향의 존재는 천군만마에 맞서 싸우는 것보다 더욱 힘든 일이었다.

오죽하면 코를 씰룩대다가 헛구역질까지 해댈까.

"어머? 속이 안 좋으세요? 이걸 어쩌나… 가만, 그건 그렇고 어르신께선 어찌 그리 제 낭군에 대해 잘 아시는 거예요?"

심후한 내력 덕에 간신히 요동 치는 속을 잠재운 마 총관이 힘없이 내뱉었다.

"내가 바로 떤금행 아버님을 모시는 통관이기 때문이다. 마 통관, 그게 바로 나야."

"어머, 그랬군요. 그럼 어르신께선 제 시아버님을 모시는……."

이제야 알겠다는 듯 고개를 끄덕이던 서소향의 눈꼬리가 오만하게 치켜 올라가기 시작했다.

그리고는 도도하게 턱끝을 치켜 올리며 말을 이었다.

"…하인 중의 하나다 이 말이군. 어머마, 이런. 내가 이제 보니 앞으로 부릴 종놈과 말을 나누고 있었네. 오호호호~"

마 총관의 얼굴엔 진금행을 바라보던 경악의 표정이 떠올라 있었다.

'여, 여다 떤금행이야. 뎡말 여다 떤금행이 틀림엄떠!'

안하무인(眼下無人), 후안무치(厚顔無恥), 거기에 수하를 제 코털에 내려앉은 똥파리만큼도 여기지 않는 지랄맞은 성격까지 아무리 봐도 여자 진금행이 틀림없었다.

마 총관은 자신의 불안한 예감, 즉 남자 진금행이 있다면 이 세상 어딘가엔 여자 진금행도 있을 것이고, 불행히도 남자 여자 진금행이 만난다면 작은 진금행 수십 명이 태어날 거란 생각이 현실화되자 몸서리칠 수밖에 없었다.

'챠라리 듀겨 버릴까?'

하지만 마 총관은 곧 생각을 지울 수밖에 없었다.

못돼먹은 계집년이긴 했지만 무공은 꽤 쓸 만한 계집이었다.

그런 한두 수 오가는 건 필연적인 일이었고, 계집이 치켜든 손 아래 공포스런 겨드랑이에서 풍겨 나오는 악취는 어찌 참아낼 수 있단 말인가.

"흠흠, 마 통관. 앞장서게. 자네 소주인에게 말이네."

이제 서소향에게 있어 마 총관이란 존재는 처음 듣는 '통관'이란 직을 맡고 있는 종놈과 다름없었다.

'우욱!'

치밀어 오르는 분노 때문인지, 아니면 풍겨 나오는 암내 때문인지 몰라도 마 총관은 숨이 막혀왔다.

하지만 몇 수 지나지 않아 처죽일 계집이라도 확인 절차는 거쳐야만 할 게 아닌가.

"그런데 우리 됴공댜를 언데 뵈었는디⋯⋯."

"그놈 혀는 긴데 말은 아주 짧군 그래. 아랫것은 윗상전의 일에 관심을 기울이면 안 되지. 그러다 기어오르는 것들을 한두 번 본 게 아니거든?"

서소향의 댓거리질은 정말이지 마 총관에겐 익숙한 것이었다.

진금행의 말과 생각이 그저 여자 입에서 나왔을 뿐 그 안에 고스란히 담겨 있었기 때문이다.

그래도 진금행은 존대라도 붙였지, 이 암내 나는 년은 건방지기 짝이 없었다.

하지만 치밀어 오르는 분을 간신히 억누르는 마 총관의 벌게진 얼굴을 보며 서소향은 태연히 말을 이어 나갔다.

"그리고 그 따위 상판을 들고 어찌 송옥 반악도 울고 갈 미공자인 내 낭군을 모실 수가 있었는가? 정말 이해가 가지 않는군. 낭군께서 마음이 넓은 게 틀림없어. 그러니 자네를 썼지. 멋진 얼굴에 훌륭한 무공, 게다가 넓은 흉금까지… 캬아~ 죽이는군!"

서소향의 말소리가 길게 이어지자 울그락푸르락했던 마 총관의 얼굴은 어벙하게 변했다.

'엥? 미공댜? 어라라? 무공? 우웩! 멋띤 흉금까디?'

마 총관이 보기엔 이 암내 나는 년은 틀림없이 미친 게 틀림없었다.

"더어~ 혹띠 이게 몇 개인디 보이땁니까?"

마 총관은 손가락 세 개를 펴서 서소향의 눈앞에 대고 흔들었다.

눈이 삐지 않은 년이라면 도저히 있을 수 없는 말을 서소향이 내뱉었기 때문이다.

"이놈이! 시건방지기 짝이 없구나! 만약 내가 낭군님을 만나면, 아니, 시아버님을 만난다면 네놈의 물고를 내줄 테다. 아니, 아예 이 자리에서……."

서소향, 그녀는 '피 흘리는 마녀'였다. 하지만 몸속에 든 무공에 대한 천부적인 재능은 도리어 다른 사람들을 '피 흘리게 만드는 마녀'로 만들기 충분했다.

　서슴없이 한쪽 팔을 치켜든 서소향 눈에 비쩍 마른 마 총관의 얼굴이 들어왔다.

　지금이라도 한 팔 내려친다면 당장 두 눈알은 튕겨져 나오고 삐져나온 혓바닥은 아예 두 배쯤 더 튀어나올 게 아닌가!

　그럴 수는 없었다.

　'가만, 틀림없이 가볍게 쳐도 머리가 부서져 죽게 생겼는걸? 만약 지금 죽어 버리면 어디 가서 낭군에 대한 정보를 얻는단 말인가? 게다가 통관이 뭐 하는 물건인지 몰라도 시아버님이 귀하게 쓰던 물건이라면 괜히 미운 털이 박힐지 몰라.'

　서소향의 생각이 거기까지 미치자 짐짓 헛기침과 함께 말했다.

　"흠흠, 내 자네를 어여삐 여겨 이번만은 용서해 주겠네. 그런데 말이야, 그 진 공자란 분 아직 가정을 이루진 않았겠지? 성격은 어때? 좋아하는 건 뭐고? 취미와 특기는 어떻고 좋아하는 색깔은 어떻게 되는가?"

　갑자기 서소향의 태도가 사근사근해지며 건네는 말소리 역시 나긋나긋해졌다.

　'미틴년!'

　서소향이 보여주는 어울리지 않는 태도에 마 총관은 비릿한 웃음을 웃었다.

　서소향은 모르고 있었겠지만 쳐든 손바닥을 내려쳤다면 미처 마 총관의 몸에 닿기도 전에 자신의 목숨이 먼저 끊어졌으리라.

　'가만, 뭔가 이상하긴 이상해. 확인을……'

　고개를 갸웃거리던 마 총관이 하나하나 확인을 해 나가기 시작했다.

"우리 '댜~알맹긴' 띤 공댜를 말뜸하띠는 거디요?"

"그러엄, 자알생긴 내 낭군님에 대해 묻는 것일세. 그나저나 자네 정말 발음이 안 좋군."

마 총관의 눈이 가늘어졌다.

'됴아됴아! 뭔가 비틀린 게 틀림없군!'

그 널찍한 얼굴을 잘생겼다고 말하는 년은 미친년이 틀림없었다.

하지만 좀 더 확인 절차를 거쳐야만 분명해지리라.

"'튤륭하고 늘떤한 몸매'를 지닌?"

"그럼그럼, 그분의 몸매야 잘 다듬어진 조각을 보는 것 같았네. 정말 '훌륭하고 늘씬한 몸매'였지."

잘도 또박또박 대꾸하는 서소향의 볼에는 어느덧 어울리지 않게도 홍조가 피어오르고 있었다.

'딴 놈이야. 딴 놈을 보고 이 미틴년이 디랄을 떨고 있는 게야!'

이제 마 총관은 거의 확신을 가지고 있었다.

"우하하~ 학딕이 높고 무공이 높아?"

이제 막 나가려는 듯, 막 나가서 이 미친년을 단단히 혼구멍을 내주려는 마 총관의 웃음소리가 끝나기도 전이었다.

"그럼 학식이 높고 무공이 높은! 게다가 그뿐인 줄 알아? 무림맹의 조천대를 맡으셨다더군! 역시 인물은 인물이야! 그렇지 않나, 마 통관?"

'어라? 그럼?'

막 발작하려던 준비를 모두 끝낸 마 총관이 벙찐 표정이 되었다.

이미 진금행, 그 육시를 내서 죽여도 분이 풀릴 것 같지 않은 인간이 조천대란 괴상한 것을 꾸렸다는 것은 들었기 때문이다.

그렇다면 어디선가 뒤틀리긴 했어도 저 여자가 찾는 진금행이란 바로 자신이 이를 가는 진금행이 맞지 않은가.

뭔가 이상하고도 요상하게 꼬인 게 틀림없었다.

'가만, 타즌 건 떤금행인데 필히 만나본 건 딴 놈임에 틀림엄떠. 이거 뎡말 때미있구나!'

마 총관의 생각이 거기에 미치자 저도 모르게 허벅지를 내려쳤다.

지남철이 서로 같은 극끼리는 밀어낸다던가?

또한 극과 극은 통한다는 말도 있었다.

남자 진금행과 여자 진금행.

모르긴 몰라도 둘이 마주친다면 서로 좋아 철썩 붙기는커녕 정색을 하고 얼굴을 찌푸릴 게 분명했다.

여자 진금행의 왕성한 기대와는 달리 실제 진금행을 만난다면 저 성질에 한따까리 할 것이 틀림없었다.

또한 남자 진금행은 또 어떤가.

생긴 건 지랄맞게 펑퍼짐채도 여자에 대한 취창은 고상하고 까탈스러운 게 진금행이었다.

이 둘이 우연히라도 마주친다면?

'틸틸틸~ 볼 만할 거야. 뎡말 볼 만할 게 틀림없어!'

마 총관은 키득거리다 갑작스레 정색을 하며 손가락 하나를 펴서 제 입 앞에 가져다 대었다.

"그런데 텨녀… 아니, 닥은 안듀인께선 됴공자를 타즌다는 말을 아무에게도 하띠믄 안 됩니다!"

"왜애?"

서소향은 갑작스럽게 변한 마 총관의 태도를 이해할 수 없었는지 눈을 동그랗게 떴다.

'냄때만 안 나믄 그런대로 이쁜 미탄년인데……'

마 총관은 마음 한구석에 동정심이 치밀어 올랐지만 그래선 안 될 일이었다.

그래서 더욱 소리를 죽여 소곤거렸다.

"띤금행 공댜님은 바로 혈텁을 뒤똑고 계띠니까요."

"혈텁? 혈텁이라니? 아니, 가만, 그럼 혈첩?"

서소향은 저도 모르게 빽~ 하고 목소리를 높이다가 황급히 손바닥으로 제 입을 막았다.

'크아~ 띤따 쿠리다!'

서소향이 제 입을 막는답시고 팔을 치켜 올리자 마 총관의 눈에선 시큼한 냄새 때문에 눈물이 흐를 지경이었다.

"튀잇! 됴용! 함부로 말씀 하띠믄 안 됩니다. 아무튼 비밀뜨런 일을 맡아 터리하고 계띤 듕이니 아무에게도……"

"알았어. 함부로 말하지 않을게. 아니, 아예 난 모르는 일이야!"

서소향은 너무도 큰 비밀을 알았다는 듯 경직된 얼굴로 고개를 정신 없이 끄덕였다.

서소향 역시 무림인이었다. 자연 혈첩이 어떤 물건이란 걸 모를 리 없었다.

마 총관이 무림의 커다란 비밀인 혈첩을 말한 것은 그 나름대로의 이유가 있었다.

그 첫째는 서소향으로 하여금 진금행을 함부로 찾아 나서지 못하게 만들어 진정한 진금행의 정체를 모르게 만들려는 것이었고, 그 둘째는 혈첩에 대한 말이 흘러 나가 무림을 혼란시키는 것은 작은 일이요, 진금행 속이 뒤집히는 것은 큰일이었기 때문이다.

죽기 전에, 아니, 눈 감기 전에 단 한 번만이라도 진금행이 속이 뒤집혀 팔딱팔딱 뛰는 꼴을 봐야만 하는 마 총관이었기에 가능한 일이었다.

"다행히 더 역띠 그 물건의 뒤를 따르고 이뜹니다. 더 혼댜뿐 아니라 다른 두 늙은이들도 담띠 후면 올 텐데, 그 따람들에게도 띤금행의 띤 짜도 꺼내믄 안 됩니다."

끄덕끄덕.

서소향은 벅찬 가슴을 진정시키며 정신없이 고개만 끄덕이고 있었다.

자신의 멋진 낭군이 무림의 비밀스런 임무를 띠고 있다지 않은가.

너무나 멋져, 서소향은 숨이 넘어가는 듯했다.

'알고 보니 그 꽃미남이 그런 앙큼한 짓을 하고 있었단 말이지! 아우웅~ 담에 만나면 꼭 껴안아쥐야지!'

서수향의 붉게 상기된 얼굴을 보면서 미 총관 역시 행복해하고 있었다.

혈첩이든 나발이든 상관없었다.

이 '미틴년(!)'을 잘 구슬러 데리고 다니다가 진짜 진금행과 마주치는 꼴을 봐야 그동안 억눌러 왔던 체증이 쏴아아~ 내려갈 것만 같았기 때문이다.

"틸틸틸~"

마 총관의 음흉한 웃음소리가 방 안을 가득 채우고 있었다.

이로써 진금행의 뒤에는 꼬리가 하나 붙게 되었다.

진금행을 노리고 있는 사람 중에 이 서수향이란 여자가 제일 골치 아픈 존재이리라.

　물론 진금행 본인은 모르고 있겠지만.

＊　　　　＊　　　　＊

　"괘, 괜찮아?"

　종리혁이 눈을 멀뚱대며 종리우를 바라보았다.

　"큰일 날 게 뭐 있었수?"

　종리우는 그런 종리혁이 마음에 들지 않는다는 듯 태도가 퉁명스러
웠다.

　"그, 그놈들이 조천대라더군. 그리고 그 대주가 진금행이고. 뭐, 뭔
가 있는 놈들이라고 생각하긴 했지만 그렇게 대단한 놈들일 줄
은……."

　"핏～ 뭐가 대단하다구……."

　종리우는 피식 비웃었지만 짐짓 꾸며본 표정과 말이라는 걸 아는 종
리혁은 속지 않았다.

　한두 해 같이해 온 게 아니었는데 어찌 제 동생의 속마음을 모를까.

　"이, 이젠 잠시 쉬는 게 좋을 것 같다. 사부님도 그렇고, 이, 일단 무
림 돌아가는 일을 좀 두고 보기도 하고……."

　종리혁은 제 동생의 눈치를 살피며 조심스럽게 운을 띄웠다.

　종리혁이 종리우를 아는 만큼 종리우 또한 지금 말하는 제 형의 속
뜻을 모르진 않았다.

　'사람 피를 보지 못하고 실패한 단도는 이미 생명을 잃어버리고 영
이 쇄한 칼은 다음번에도 머뭇거리다 실패하고 만다' 던 구잔양의 말은

비단 칼에만 통하는 것이 아니었다.

밀영각의 흑백살귀. 어둠에 묻혀 사람의 피를 마시는 존재 또한 살인이 아니어도 자신의 의도를 크게 훼손당한 게 사실이었다.

단지 조금의 실수도 용납되지 않는 세계에서 적에게 발각당하고, 쫓기다 구잔양을 만나 기세에서 크게 손상당한 종리우가 다시 회복되는 데는 훨씬 많은 시간이 걸릴 게 분명하기 때문이다.

물론 그 책임이 종리우에게 있는 건 아니었다.

아무리 흑백살귀이라도 상대를 잘못 고른 탓이 더욱 컸기 때문이다.

상대의 일면 일면은 웬만한 지역을 관할하는 패주(覇主)라 해도 이상할 게 없었다.

아니, 그중 절각도 강구의는 이미 사천의 신으로 추앙받는 밤의 제왕이었으며 덜떨어져 보이는 우문하만 해도 이미 여러 졸개들을 거느린 주인의 신분이었다.

거기다 아무리 무림의 망종(亡種) 이교옥이나 현통이라 해도 그 인간이 문제지 몸속에 든 무공은 절정고수가 아니던가.

그 안에 폴짝 겁없이 뛰어든 종리우가 아무리 흑백살귀라 해도 그 무리들을 상대하는 것은 맨땅에 머리를 박는 일과 다르지 않았다.

아니, 그 무시무시한 인간들 속에서 목숨을 부지하고 빠져나올 수 있었던 것도 흑백살귀라 가능했다고 봐야 마땅하리라.

종리우는 자존심이 상했다.

항상 무시했던 형의 손에 이끌려 빠져나온 초라한 모습.

"그런데 다른 놈은 누구였수? 그놈 실력도 보통이 아니었지만, 그 웃는 얼굴 또한 내 밑은 아니었는데……."

종리우가 슬며시 화제를 돌렸다.

"그, 글쎄? 조금 이상해서 말이야. 조, 조천대 무리를 따라다니는 여러 사람들이 있었어. 아마도 조천대에 몸담은 자기 아이들을 돌보던 사, 사람들이었지. 아미파에선 아미삼검 중 하나인 저, 정료가 있고, 청성에선 불붙은 뿔로 아무나 드, 들이받는다는 섭각우 도현(導玄) 등등……."

"내가 묻는 건 그런 사람들이 아니지 않수! 그런 놈들이 그렇게 무시무시한 살인 기예를 가질 리 없으니!"

종리우가 괜스레 짜증을 내며 면박을 주자 멀건 눈동자를 뒤룩뒤룩 굴리던 종리혁이 얼른 대답을 했다.

"그, 그러니 이상하지. 갑자기 모든 사람들이 일제히 약속한 것처럼 조천대에서 머, 멀어졌거든. 개방만이 주위에서 약간 얼쩡댈 뿐 오대세가에서 파견한 간자들도 모두 물러났어. 그런데 그중에서 하, 한 사람이 조금 수상해. 아무런 이유도 없고 조, 조천대와 연결되지 않는 사람이 하나 있는데 생김생김이나 하는 짓이 꼭 녹색의 보, 복면인인 것 같았거든."

"누구?"

종리혁이 맹한 구석이 있어도 밀영각의 우두마면(牛頭馬面)이었다.

우두마면의 정보와 추리력은 강호에서 찾아보기 힘든 면이 분명 있었기 때문이다.

그런 종리혁이 저토록 신중하지만, 콕 집어 말할 때는 거의 틀림없이 맞추는 경우가 대부분이었다.

"한 사람은 무림맹주의 네 번째 제, 제자인 것 같아. 그 암기를 쏘아 보낸다던 자객 마, 말이야."

"맹주의 제자가? 으흠~"

확실히 의외였다. 다른 건 몰라도 맹주의 대제자라면 백도무림의 꽃이 아닌가. 비록 넷째 제자가 협량하고 음침한 구석이 있다 해도 그런 살인 기예를 배우리라곤 생각하기 어려운 게 사실이었다.

"재미있군, 그게 사실이라면. 그건 그렇고 그 웃던 얼굴은 누구유? 혹시 살막(殺幕)의 막주(幕主)?"

종리우가 자신을 지긋지긋하게 쫓아왔던 그 웃는 얼굴 온양에 대해 물었다.

흔적을 지우면 그 사내는 다시 흔적을 만들어서라도 갈대 숲 속에서 자신을 뒤쫓아왔었다.

그건 자신보다 더 많은 피를 경험하지 않았다면 불가능한 일.

그런 재주에 오랜 경험이 있으려면 뚜렷하게 떠오르는 인물 중의 하나가 피에 굶주린 살귀들이 있는 살막, 그중에서도 살막을 이끄는 막주밖에 없었다.

"아, 아니, 아마도 흑지주(黑蜘蛛)가 아닐까 하, 하는데?"

한참이나 멀리 떨어져 외롭게 자리 잡고 있는 종리혁의 두 눈일이 끔뻑였다.

"흑지주? 흑지주라면 혈루소면객(血淚笑面客)? 아! 그렇군!"

종리우가 가벼운 탄성을 내질렀다.

처음엔 조그마한 자객에 지나지 않았다.

그러나 그가 죽인 사람들의 숫자가 늘어나면서 같은 자객의 길을 걷는 사람들의 감탄을 자아냈던 신비인.

"하지만 그렇게 얼굴을 드러내고 조천대에 들어 있다고 보기는 어렵지 않우? 물론 그 재주야 흑지주라 볼 만한 재주이긴 하지만."

종리우가 그래도 못 믿겠다는 듯 고개를 갸우뚱대면서 묻자 종리혁이 매번 그래 왔듯이 슬며시 한 발을 빼고야 말았다.

"그, 그렇지. 그러니까 이상하다고 했잖아. 아무튼 무림이 이상하게 돌아가고 있어. 우리도 당분간 밀영각 문을 닫는 게 좋을 것 같은데… 무림이 혼란스러울수록 우리같이 어둠에 있는 사람들이 제일 먼저 다치니까."

정보와 암습. 평화로운 때에는 몰라도 항상 혼란스런 어둠에 잠길 때는 가장 필요로 하는 두 가지였다.

살막이라면 좋아라 활개를 칠 때지만 밀영각은 그렇지 못했다.

배교의 후예. 그저 단순히 돈을 벌거나 피에 미쳐 날뛰는 무리들이 아니라 성고(聖姑)를 찾아 배교의 중흥을 꾀해야 할 사람들이었다.

자칫 잘못 불똥이라도 튀게 되면 자신들의 꿈을 이루기도 전에 무너질 위험이 있는 것이다.

하지만 종리혁의 밀법이 높아서일까?

종리혁의 어두운 예감대로 밀영각을 찾은 한 사람이 있었다.

피히힛~

천정에 주렁주렁 매단 비단 천들 중 하나가 허공에 나풀거리고 있었고 그 비단 천 가운데에는 손님이 들었음을 나타내 주는 '객(客)' 자가 파란 글씨로 새겨져 있었다.

"소, 손님이?"

종리혁이 고개를 들어 손님이 들었음을 알리는 비단 천을 바라보았다.

"바, 받을까?"

종리혁은 자신이 한 말이 있어서인지 종리우를 보며 물었다.

만약 정보를 원하는 사람이라면 몰라도 살인을 청부하는 사람이라면 종리우가 기세를 잃어버린 지금은 곤란했기 때문이다. 종리우는 잠시 코끝에 주름을 잡고 생각하다 말했다.

"일단 만나봐서."

"그, 그러지. 주, 준비할게, 빨리 나와."

종리혁이 고개를 끄덕이고는 천천히 방문을 열고 나갔다.

"일이 점점 꼬여가는군. 확실히 그 진금행이란 자는 재미있어."

종리우는 고개를 가로저으며 씁쓸한 웃음을 배어 물었다.

다른 사람 세 배 가까이는 되는 뚱뚱한 청년. 생각할수록 재미있었다. 별 볼일 없어 보이는 그놈 아래에 그토록 많은 고수들이 운집해 있다는 것부터 이해되지 않았고, 그 미련해 보이는 놈이 자신의 손아귀에서 태연하게 벗어난 것도 이해되지 않는 일이었다.

"이번에 온 놈은 또 뭘 원할까?"

종리우는 복잡하게 얽혀드는 생각을 털어버리려는지 이번에 온 사람을 구경하려는 듯 서둘러 방문을 나섰다.

종리 형제가 모두 나선 방 안은 그저 천장에 매단 비단만이 한기롭게 흐느적거리고 있었다.

바로 그때!

삐리릿~

또다시 괴상한 소리와 함께 또 다른 비단 천이 허공에 격렬하게 흔들리는 게 아닌가.

격렬하게 움직이는 비단 천에는 조금 전 움직였던 천과는 달리 붉은 글씨로 '객(客)' 자가 그려져 있었다.

푸른 글씨의 비단은 분명 청부를 부탁하는 손님이 들었다는 것을 나타내 주는 것.

그렇다면 지금 붉은 글씨의 비단이 뜻하는 것은 명백했다.

밀영각이 원치 않는 적이 몰래 잠입했다는 것을 뜻하는 게 틀림없으리라.

하지만 격렬하게 움직이던 비단마저 그 움직임이 뚝 멈추고 다시 작은 방 안엔 적막만이 감돌고 있었다.

손님과 적이 함께 침입한 밀영각의 작은 방 안이었다.

제 11 장

호교법신 — 종리혁 법신을 이루고, 종리우 눈물을 흘리다

호
교
법
신

"흐음~"

잘생긴 청년이었다.

무당집처럼 알지 못할 온갖 친들이 눈을 어지럽히는 밀영각의 내선에는 먼지 하나 묻지 않은 하얀 백의를 멋지게 차려입은 헌헌미장부가 뒷짐을 진 채 주위를 재미있다는 듯 둘러보고 있었다.

"무슨 일로 이곳까지……."

음습하고 나지막한 목소리가 저편에서 스멀스멀 기어오르듯 울려 퍼졌다.

잘생긴 청년이 신형을 돌려 쳐다보니 얼굴은 말이요, 머리엔 소뿔이 우뚝 솟아 있는 괴상한 사람이 푸른 옷을 걸치고 앉아 있는 게 아닌가.

'흐음~ 정말 우두마면이란 말이 똑 들어맞는군. 저런 얼굴이 있다는 걸 보지 않았다면 믿지 않았을 게야!'

사내는 내심 치밀어 오르는 웃음을 참아내고는 목소리를 가다듬어 예의 바르게 말을 건넸다.

"한 가지 청을 드릴까 해서 찾아왔습니다. 뵈오니 밀영각의 정보를 관장하시는 우두마면 선생인 듯싶군요."

잘생긴 청년은 예의 바를 뿐 아니라 혈색 또한 좋았으니 분명 귀한 집에서 훈육을 잘 받은 자제가 틀림없었다.

"……."

하지만 예의 바른 청년의 말에 길쭉한 말 대가리는 잠자코 있었다. 한동안 커다란 콧구멍 사이로 더운 바람을 불어내던 우두마면이 고개를 갸우뚱거리다 음침한 목소리를 토해냈다.

"천지문(天地門)의 대공자께서 여긴 웬일로……?"

청년의 눈이 순간적으로 동그랗게 변하다가 껄껄 큰 소리로 웃었다.

"과연과연! 밀영각의 정보력은 옥황상제 마누라 속곳 색깔도 알아낸다더니! 이 미련한 사람은 감탄을 금치 못하겠소이다!"

우두마면은 청년의 칭찬의 말에 별것 아니란 듯이 콧방귀를 몇 번 킁킁 내뿜다 불쑥 말했다.

"학(學)은 높고 덕(德)은 넓으니 신망 높은 천지문이라… 아는 사람은 별로 없어도 소홀히 취급될 곳은 아니지! 그런데 천지문에서 본 각을 찾아주신 이유는……."

우두마면의 머리가 말하다 말고 그 자리에서 훌쩍 뒤로 돌아가 반은 하얗고 반은 검은 웃는 얼굴의 탈바가지가 나타나는 게 아닌가!

"살인가? 아니면……."

높은 목소리로 카랑카랑 울러대던 얼굴이 그 자리에서 턱은 위로 머리는 아래로 빙글 돌아가더니 어느덧 사내의 얼굴은 또 한 번 변해 있었다.

커다란 콧구멍에서 거친 숨을 토해내는 말의 얼굴과 검은색으로 빛나는 두 개의 뿔을 가진 우두마면의 얼굴.

"정보인가?"

짧은 말을 이어가는 가운데 두 번이나 얼굴이 바뀌는데, 우두마면에서 흑백살귀로, 또 흑백살귀에서 우두마면으로 바뀌는 모양새와 속도가 눈으로 직접 보고도 못 믿을 경지였다.

잘생긴 청년 역시 감탄을 금치 못하겠다는 듯 엄지손가락을 치켜들며 호탕하게 외쳤다.

"훌륭하오. 정말 말로만 들었지 본 것은 처음이지만 직접 보고도 못 믿겠군! 사라진 줄로만 알았던 배교의 환술(幻術)을 구경시켜 준 귀하들께 이 천(天)이 고마움을 표하는 바이오!"

"……!"

우두마면의 얼굴이 순간적으로 멍한 표정으로 바뀌었다.

아니, 정말 크게 놀랐는지 콧구멍과 넓게 찢어진 입은 떡 벌어져 있었지만, 온몸은 팽팽히 긴장했는지 작은 움직임조차 보이지 않았다.

"화, 환술이라니! 그, 그럴 리가! 사, 사람의 마음과 눈을 어지럽히는 재주가 어디 배, 배교에만 있던가? 그래, 손님이 바라는 것이 무엇인지만 말하시오. 만약 우리가 드, 들어줄 수 있다면 들어줄 것이고……."

왠지 우두마면의 말소리가 바뀌어 다른 사람이 말을 건네는 듯하게 들렸다.

거기다 가늘게 떨리며 갑작스럽게 말을 더듬는 것까지 이상하지 않은가.

하지만 잘생긴 청년은 그런 것엔 관심도 없다는 듯 치켜 올렸던 엄지손가락을 내려 태연히 뒷짐을 지고는 담담하게 말했다.

"내가 원하는 것을 줄 수 있소?"

"가, 가능하다면."

우두마면이 조금 여유를 찾았는지 커다란 말 대가리를 위아래로 주억거렸다.

"가능하오!"

하지만 잘생긴 청년의 고개는 우두마면의 태도와는 달리 단호하기 그지없었다.

"가, 가능하다면야… 그래, 무엇이오, 원하는 것이?"

"내가 원하는 것은……"

잘생긴 청년의 얼굴엔 어느덧 단호함은 사라지고 그 나이에 어울리는 개구진 표정의 미소가 떠올라 있었다.

그리고 좋은 경치를 손으로 가리키듯 치켜 올리며 크게 외쳤다.

"우두마면! 바로 당신이지!"

"나?"

말도 얼빵한 표정을 얼마든지 지을 수 있나 보다.

우두마면은 손가락을 들어 올려 기다란 제 면상을 가리키며 믿지 못하겠다는 듯 되물었다.

청년은 다시 한 번 고개를 끄덕이며 말했다.

"바로 당신! 정보를 다루는 우두마면이 알아봐 줘야 할 글자가 하나 있거든."

"내, 내가?"

우두마면은 영문을 모르겠다는 듯 고개를 갸웃거리다가 손바닥을 펴 들고는 뭔가를 한참이나 꼼지락거렸다.

"학문이 높은 천지문의 대공자가 무엇을 못 알아볼 게 있단 말인가. 마음만 먹는다면 난해한 갑골문도 알아볼 수 있을… 아니! 가만!"

말의 커다란 눈망울이 갑자기 퀭한 눈으로 바뀌었다.

"당신이 소개할 때 천이라 했던가?"

끄덕끄덕.

청년의 잘생긴 얼굴엔 그걸 지금에야 알아차린 우두마면이 가상하다는 듯 기꺼운 웃음이 가득했다.

하지만 그 웃음을 본 우두마면의 표정은 완전히 경악으로 가득 차 있었다.

"처, 천이라면… 천지혈뇌(天地血雷) 사대봉공(四大奉公)! 혀, 혈첩이로구나! 혈첩의 귀문(鬼紋)이야!"

우두마면의 경악성이 끝나기도 전에 갑자기 우두마면의 신형의 풀썩 꺼졌다.

아니, 땅 아래로 꺼져 들어간 것은 우두마면이 걸친 파란 옷이었을 뿐 흡사 뱀이 허물을 벗듯 우두마면의 몸뚱이라가 흔직도 없이 사라져 버린 것이다.

"어딜!"

그러나 난데없는 괴사를 직접 보면서도 청년의 얼굴엔 아직도 미소가 가득했다.

하지만 청년의 들린 손은 허공 중에 무언가 잡아채는 것처럼 우드득거리는 소리와 함께 주먹이 쥐어지고 있었다.

"으아악~"

우두마면의 찢어질 듯한 목소리가 벽 저편에서 터져 나왔다.

허공 중에 무언가를 움켜쥔 것인가?

청년의 꽉 쥐어진 손이 무언가를 뜯어내듯 비틀어 잡아당겼다.

퍼억!

방금 우두마면이 앉아 있던 뒷벽이 종이가 찢겨져 나가듯 터져 나가며 무언가 핏줄기와 함께 청년의 손으로 빠르게 당겨지고 있었다.

줄을 매단 듯 일직선으로 쏘아져 오는 핏덩어리를 아무렇지 않은 듯 잡아채 간 청년은 손 위의 물건을 확인하고는 빙긋 웃었다.

애당초 우두마면의 몸뚱어리가 청년의 한 손에 쥘 수 있을 정도로 작진 않으리라.

하지만 청년은 그래도 어깻죽지나 허벅지의 커다란 살덩어리는 찢어냈다고 생각했지만 자신의 생각이 틀린 것이다.

아름답게 조각된 여인의 나신. 볼록한 가슴과 탱탱한 엉덩이는 물론이고 웃는 것인지 아닌지 분간이 가지 않는 미묘한 미소까지.

설령 아무리 뛰어난 장인이라도 백옥을 깎아 이렇게 아름다운 조각상은 만들어내지 못하리라.

벌거벗은 여인은 두 손을 제 가슴께에 들어 올린 모양이었는데, 그 두 손에서 피워 올린 불꽃 문양은 아름답게 봉긋이 솟아난 여인의 젖가슴을 에워싸고 있었다.

백옥나신봉화신녀상(白玉裸身奉火神女像)!

하지만 하얀 옥을 깎아 만든 신비로운 나녀상(裸女像)은 피로 얼룩져 있었다.

그러나 그 붉은 피는 하얀 백옥과 어울려 더욱더 사이한 아름다움을 빚어내고 있었다.

"후훗~ 이게 배교의 성녀인가 보군. 이렇게 아름다운 여인이라면 배교에 들만 하겠군."

청년은 백옥의 여인상에 묻은 피를 검지손가락으로 찍어 엄지손가락 사이에 넣고는 손가락을 비볐다.

"배교의 술법자들의 피는 사물에 영성(靈性)을 불어넣는다는 말을 이젠 믿어야겠군."

청년의 손가락 사이로 느껴지던 물컹한 느낌은 분명 사람의 살을 뜯어냈다는 것을 알려주고 있었다.

하지만 자신의 손에 들린 건 딱딱하고 차가운 벽옥상이 아닌가.

"배교, 참으로 재미있는 곳이야……."

청년의 가벼운 웃음기가 감도는 말은 왠지 밀영각의 전각 안을 차갑게 식히고 있었다.

샤르릉~

은빛의 마삭(魔索). 정말이지 거미가 만들어낸 듯한 가늘고 질긴 은색의 줄이 팽팽하게 허공을 당기고 있었다.

하지만 그 마삭이 잘라내는 것은 제 자신이었나.

천(天)이라고 스스로 소개한 청년의 몸 가까이에 갈 때마다 은색으로 반짝이던 마삭은 여지없이 가닥가닥 잘려지고 있었기 때문이다.

그것을 본 종리우의 눈이 더욱더 암담하게 젖어들었다.

자신이 쏘아낸 마삭은 흑백살귀가 자랑하는 재주 중의 하나였다.

그래서 오필도에게 사기를 쳐 큰 돈을 만든 사부를 털려던 도둑 일곱을 손짓 한 번에 여러 조각으로 만들어내었던 것도 바로 지금 풀어내고 있는 마삭이었던 것이다.

개방의 후개 주개육만이 아니라 새한벽에 든 고수 이교옥마저도 감탄하게 만든 재주.

하지만 그 마삭이 믿기지 않게도 지금 눈앞에서 갈기갈기 조각나고 있는 것이 아닌가.

그리고…

"후욱!"

종리우는 뜨거운 바람을 내쉬고는 몸을 뒤틀어 천장에서 벽으로 신형을 빠르게 옮겼다.

무언가 알 수 없는 그물이 신형을 옥죄는 것을 느꼈기 때문이다.

피해야만 했다. 만약 조금이라도 자신의 감각을 믿지 못한다면 종리우는 이곳에 뼈를 묻어야만 하기 때문이다.

"흑백살귀의 재주 중 가장 쓸 만한 것은 도망가는 것이로군!"

청년이 해실해실 웃으며 어두운 벽면을 쳐다보았다.

이미 사물과 동화된 종리우였다.

하지만 저놈은 어둠이 문제되지 않는 게 분명했다.

지금처럼 또렷이 종리우의 눈알을 쏘아보고 있으면 종리우의 등 뒤로 쏴―한 한기가 치밀곤 했다.

그리고 또다시…

"하악~"

종리우는 또다시 신형을 허공에 띄웠다. 무언가 자신을 지옥으로 끌고 가려는 음습한 기운을 바로 뒷꼭지에서 느꼈기 때문이다.

천장에 대룽대룽 매달린 종리우는 비록 확인하지 않았지만 알 수 있었다.

조금이라도 자신의 대처가 늦었다면 더 이상 숨을 쉴 수 없는 몸이 되었으리란 걸.

종리우의 심장이 갈비뼈를 으깨고 튀어나올 것처럼 격렬하게 뛰고 있었다.

흥분은 실수의 절대 금기.

하지만 저 잘생긴 악마와 눈빛을 교환한 사람이라면 아무리 철혈(鐵血)을 지닌 사람이라도 자신과 다를 바 없을 것이란 걸 종리우는 한눈에 알 수 있었다.

허공 중에 몸을 띄운 종리우가 다행히 한숨 돌릴 여유가 생겼다.

"형님, 그럼 이 노인이 흑백살귀가 아니었단 말입니까?"

청년과 어딘지 닮아 보이는 해맑은 표정의 또 다른 청년이 몸을 드러내며 말을 건네고 있었는데, 그런 지공의 손에는 이미 정신을 잃은 배교의 마지막 장로가 몸을 축 늘이고 있었다.

"오호~ 노인도 있었군. 혹시 네가 결례라도 저지른 건 아니겠지?"

천공(天公)이 새롭게 나타난 지공(地公)에게 물었다.

하지만 존장에게 결례를 저지르면 안 된다는 말과는 달리, 그 속뜻은 그저 우스개에 지나지 않는다는 걸 모두 알 수 있었다.

"일곱은 여덟이요, 여덟은 아홉이라… 형님, 형님께선 이 뜻을 아십니까?"

지공은 짐짓 코끝을 찡그리며 개구진 웃음과 함께 물었다.

"오호~ 그걸 넌 모르겠단 말이냐? 바로 칠팔구(七八九)를 뜻하는 것이고 일이삼사오육칠팔구십 중의 한 대목이지!"

천공은 재미있다는 듯 대답하는데, 자신들의 머리 위에서 대롱대롱 매달려 살기를 불어내고 있는 종리우는 안중에도 없는 것이 분명했다.

'저, 저것은 사부님!'

종리우는 새롭게 나타난 청년 손에 처량하게 매달린 채 정신을 잃고 있는 노인을 바라보고는 눈을 부릅떴다.

지공(地公)은 손을 들어 올려 노인을 내보이며 얼굴을 장난스럽게 찡그렸다.

"형님, 형님이 아무리 천공이라 해도 이 노인의 재주보단 아래군요. 이 노인이 그렇게 중얼거리자 갑자기 뇌성벽력이 치는 캄캄한 숲 속에 이 우제(禹弟)가 들어 있었는데요."

"그럼 자네는 십, 십일, 십이~ 하고 크게 외치지 그랬는가? 동생은 역시 셈이 밝지 못한 게 큰일이네그려."

축 늘어진 노인의 멱살을 잡고 가벼운 농을 건네는 청년들의 모습은 조금 전까지 예의와 범절에 걸맞던 행동과는 매우 다른 모습이었다.

"그, 그 손 놓아!"

어디선가 울분에 가득 찬 음성이 들려왔다.

'형… 형님이?'

종리우의 고개가 확 돌아가 목소리가 들린 곳을 바라보았다.

벽이었다. 그저 텅 비어 아무것도 없는 깨끗한 벽.

하지만 그 벽엔 새로운 문양이 새겨지고 있었다.

어디선가 본 듯한 모습. 그렇다. 명교의 좌사 마불통이 새롭게 명교의 우사 자리를 물려받은 혈면인(血面人)을 나무에서 끌어낼 때의 모습과 너무도 닮아 있었다.

그 모습이 지금 밀영각의 벽에서 새롭게 나타나고 있는 것이다.

한쪽 벽이 크게 부풀어 오른다 싶었을 때 불쑥 사람의 무릎 모양으로 변해 튀어나왔다.

왼쪽 무릎을 시작으로 두 어깨와 가슴, 그리고 머리까지, 흡사 물에서 사람이 나오듯 하나하나 드러나는 모습은 바로 종리혁이었다.

"그, 그 손 놓지 못해?"

보통 보이던 종리혁의 멀건 두 눈이 아니었다.

왼쪽 어깨엔 조금 전 천공의 수법에 당했는지 선혈을 흘러내리면서 악다문 이빨 사이로 하나하나 잘라 말하듯 말하고 있었다.

"오호~ 드디어 배교의 술법자께서 나오셨군. 다시 만나뵌 것을 참으로 기쁘게 생각합니다."

천공은 짐짓 포권까지 태연히 취해가며 정중히 고개를 끄덕였다.

하지만 그 얼굴엔 비웃음만이 가득했으니 겉과 속이 너무도 다른 사람임에 틀림없으리라.

"투미하여 도겸전성 타루여야 도여금추 토비야~"

종리혁의 입에선 알 수 없는 주문이 흘러나오고 있었다.

"이제 곧 재미있어지겠군!"

배교의 환술. 땅을 뒤엎고 하늘을 불태운다던 밀법을 앞에 두고도 천공은 활짝 해맑게 웃으며 동생 지공을 쳐다보고 있었다.

너무도 자신만만한 태도였고 어찌 보면 오만함까지 깃든 모습이었다.

"빛이 어둠을 능히 가르니 어둠은 심혼 속에 파고들리라! 쇄혼인(碎混刃)!"

종리혁의 처절한 주문은 그렇게 끝이 났다.

그리고 찾아든 어둠. 눈앞을 두꺼운 천으로 가려놓은 듯 한 치 앞도 보이지 않는 어둠 속에서 파란 요광(妖光) 두 개가 둥실 떠오르고 있었다.

그 빛은 보는 사람의 눈을 투과해 머리 뒤통수까지 뚫어버릴 듯 사이하고도 강렬한 빛이었다.

"그, 그분을 놓아준다면 모, 목숨은 살려주지!"

종리혁의 음산한 목소리가 허공에 울려 퍼질 때였다.

"꼭 이랬다니까요! 형님, 내가 이 늙은이를 잡을 때 이상한 말을 중 얼거리니까 이 못난 동생이 이런 어둠 속에 있었다는 것 아닙니까!"

"재미있었겠군. 그런 재미난 일을 이 못난 우형은 이제 와 맛보다니 조금 억울한걸?"

하지만 도저히 세상에서 벌어질 수 없는 일이 버젓이 눈앞에 벌어지는데도 천지문의 두 공자는 태연하게 농지거리를 계속하고 있었다.

"주, 죽음의 율법을 여, 열기 전에……."

종리혁은 말이 통하지 않는다는 게 답답하다는 듯 토막난 말을 뱉을 때였다.

"그건 안 돼!"

어둠 어디선가 종리우의 큰 비명과도 같은 외침이 들려왔다.

허공 중에 떠올라 두 개의 사이한 파란 빛을 내던 눈동자가 흘깃 한 쪽 구석을 쳐다보았다.

"그, 그렇지. 아직은… 그럼 처, 첨인술(籤紉術)부터……."

허공 중에 눈동자만 떠오른 그 한가운데 눈동자에서처럼 파란 빛을 내는 길쭉한 단도가 둥실 떠올랐다.

"허(虛)인즉 실(實)이요, 실(實)인가 하면 무상(無像)이니 동생은 꽤 나 곤란하겠군."

천공이 히죽 웃으며 동생을 보았다.

저 단도가 이제부터 무서운 속도로 혼을 베려 날아올 것이란 걸 모 르진 않았다.

그리고 그것이 그저 눈을 가리고 혼을 어지럽히는 재주에 불과한 것 이지만 실제 스쳐 지나갈 때는 살을 한 움큼씩 베어낼 거란 것도 잘 알고 있었다.

하지만 자신감이 넘쳐서일까? 하등 아무런 위협도 되지 않을 거라는 방약한 태도는 앞에서 한참 환술을 피워 올리던 종리혁을 도리어 위축시키고 있었다.

"저야 좋은 방패가……"

지공이 빙긋 웃으며 말하는 순간이었다.

소리도 없었다. 기척도 없었다. 허상(虛像)으로 만들어진 것이 분명한 칼이 불꽃과 함께 지공을 향해 파고들었다.

"있습니다, 이렇게요."

하지만 태연한 모습인 지공은 하려던 말과 함께 손에 잡힌 노인을 허공 중에 들어 올렸다.

그것을 보자 파란 빛의 눈동자가 크게 부릅떠지며 곧 첨인(籤燐), 즉 파란 불꽃의 단도가 방향을 크게 바꾸어 이번엔 천공을 향해 날아들었다.

"난 방패 따윈 없어도 된다네."

천공은 지공보다 더욱 태연사약했다.

그저 빈 손바닥을 활짝 펴 자신의 앞으로 날아드는 첨인을 향해 치켜들었을 뿐이다.

멎었다. 이름처럼 허공을 나르는 제비의 궤적처럼 기묘한 움직임을 보이던 첨인이, 흡사 눈에 보이지 않는 장벽에 막힌 것처럼 움직임을 뚝 멈춰 버린 것이다.

하지만 첨인이 멈춰 버린 대신 방 안의 모든 것이 일렁이기 시작했다.

"어떤가? 내가 먼저 지칠까, 아니면 이 요망한 물건이 먼저 멈출까?"

천공은 재미있는 놀이라도 하는 듯 지공을 향해 한쪽 눈을 찡긋 감아 보였다.

"하늘은 유구하여 그 끝이 없으니 어찌 지치겠습니까."

지공이 흐뭇한 태도로 천공 손바닥 앞에서 요동만 칠 뿐 빠져나가지 못하고 있는 천인을 보며 이죽였다.

확실히 승세는 여유있는 모습의 천지문 두 공자에게 있었다.

요동 치는 천인의 진동이 점점 미약해지면서 허공 중에 떠오른 파란 두 눈동자의 크기도 점점 작아지고 있었다.

"하지만 조금 지루하군."

천공이 흥미를 잃었다는 듯 얼굴을 장난스레 찡그리며 펴 든 손을 점점 오므리기 시작했다.

그와 동시에 허공에 멈추어 선 천인의 요동은 점점 커졌지만 상대적으로 크기는 줄어들고 있었다.

그리고 끝내 천공의 손바닥이 완전히 접혀 주먹이 쥐어졌을 때였다.

"크하학!"

천인의 빛이 완전히 꺼져 버리는 것과 동시에 허공 중에 떠올라 요사스런 파란 빛을 내던 눈동자도 사라져 버렸다.

그리고 종리혁의 처절한 비명 소리가 울려 퍼짐과 동시에 주위는 언제 어둠이 깃들었냐는 듯 다시 제 모습을 되찾았다.

"벌써 지쳤나?"

천공이 한 켠에 쓰러져 종리우의 부축을 받고 있는 종리혁을 보면서 조금 실망했다는 듯 입술을 삐죽이고 있었다.

사대봉공, 마혈의 주인인 고검사신을 추앙하고 보필했던 마인들의 무공은 과연 사람의 한계를 넘어서는 것임에 틀림없었다.

새한벽에 든 이교옥을 비롯해 현통과 주개육, 그리고 강구의까지도 꼼짝 못하게 했던 종리혁의 술법도 이들에겐 한낱 어린아이 장난에 지나지 않았다.

"어, 어쩔 수 없어. 그, 그 방법밖엔……."

"그 율법을 깨면 안 돼! 그것만은!'

멀건 눈을 들어 종리우를 보면서 더듬거리는 종리혁의 말에 종리우가 두 눈에서 눈물을 흘려내며 강하게 고개를 가로저었다.

"다, 다른 방법은 없어. 어차피 다 주, 죽으니까……."

종리혁이 입가에 가는 선혈을 흘려내렸다.

"오호~ 아직 남은 재간이 있는 모양입니다, 형님."

지공이 그 모습을 보고는 아직 장난이 끝나지 않았다는 게 신난다는 듯 천공을 보고 말하자, 천공은 팔짱 낀 손끝으로 제 턱을 간질이며 고개를 끄덕였다.

"나, 나를 좀 일으켜……."

종리혁이 멀건 눈을 들어 지신의 동생을 쳐다보았다.

그 눈을 바라보던 종리우의 쫙 째진 눈가에 이슬이 맺혔다.

"형, 형이 죽으면 나도……."

"나, 난 안 죽어. 사, 사부를 구해야지. 그리고 너, 너만이 나, 나를……."

종리혁은 간신히 몸을 일으켜 결가부좌(結跏趺坐)를 하고 앉았다.

그리고는 제 손가락을 물어뜯자 피가 손가락 끝에 흘러 맺혔다.

"불꽃에 심혼을 태우면 구층 지옥도 무사히 건너며 오색 구름다리를 건너 비로소 하늘에 들리니……."

종리혁의 주문은 한 번도 멈춤이 없이 자연스러웠다.

하지만 종리혁 손가락 끝에 맺힌 피는 그렇지 못했다.

종리혁의 주문이 방 안을 가득 에워쌀 때 갑자기 불꽃이 확 피어올랐다.

손끝에서 맺힌 피에서 피워 올려진 불꽃은 점점 손 전체로 너울대며 퍼져 나가기 시작했다.

불꽃은 종리혁의 옷을 태우고 피부를 태웠다.

그리고 불길이 지나간 자리에는 알지 못할 검은 문신과 법문(法文)이 새겨지고 있었다.

불꽃은 점점 그 키를 높이며 빠르게 종리혁의 모든 것을 삼키고 있었다.

머리를 삼키고 몸통을 삼켰으며 끝내 발끝까지 집어삼키고서야 사그라들었다.

"혀엉님! 제, 제가 꼭 되돌려 드리겠수! 이 동생이 무슨 일이 있더라도!"

그 모습을 본 종리우가 피 끓는 울음소리로 종리혁을 불렀다.

하지만 종리혁의 눈은 더 이상 종리우를 향하고 있지 않았다.

모든 것을 불꽃에게 내준 종리혁은 머리카락 한 올, 아니, 눈썹 한 올도 남아 있지 않은 상태였다.

검붉게 변한 채 벌거벗은 종리혁의 온몸은 알지 못할 법문과 괴이한 도해(圖解)로 가득 차 있었다.

"흐흐흐… 죽여, 모든 것을… 모두… 모두……."

자신의 모든 것을 불꽃에 먹혀 버린 종리혁의 영혼 또한 싸늘한 재로 남은 것이 틀림없었다.

입가로는 침이 흘러내리며 알지 못할 미소를 흘려내는 종리혁의 모습은 조금 전의 종리혁이라 믿기 어려울 정도로 변해 있었다.

검붉은 몸에 민대머리, 그리고 법문과 도해로 가득 찬 온몸은 어느 덧 울퉁불퉁한 근육이 피부를 가르고 튀어나올 만큼 팽팽해져 있는 것이다.

"괴상한 몰골이군. 하지만 허상은 아닌 것 같은데?"

괴기스럽게 변한 종리혁을 보면서 천공이 고개를 돌려 동생인 지공에게 물었다.

"점점 재미있어지는걸요? 놀아볼 만하겠습니다."

지공이 해실해실 웃으며 대답하자 천공이 고개를 끄덕였다.

"몸은 단단해진 것 같군. 어디, 얼마나 단단한가 볼까?"

천공이 말과 함께 손을 하늘로 치켜들어 무언가를 또다시 움켜잡았을 때였다.

"크허헉!"

절대 인간의 모습처럼 보이지 않은 종리혁이 눈에 보이지 않은 그 무언가가 제 목을 죄어든 것처럼 버둥거리기 시작했다.

"허억!"

비명은 동시에 천공의 입에서도 튀어나왔다.

분명 종리혁의 목을 움켜쥔 것은 자신인데 그 똑같은 고통이 자신의 목에서도 느껴지는 것이 아닌가!

"형님?"

지공이 보기에도 이상했는지 의아하다는 듯 물었다.

천공의 관자놀이에 처음으로 핏줄이 도드라졌다.

"이놈!"

허공을 움켜쥔 손을 활짝 펴서 가볍게 앞으로 내밀었다.

퍼억!

"크르륵!"

종리혁의 벌거벗은 가슴에서 가죽 북이 울리듯 커다란 굉음이 터져 나오는 것과 동시에 뒤로 튕겨 나가 벽에 부딪혔다.

"흡!"

동시에 천공 또한 뒤로 몇 걸음 밀려나며 숨 들이키는 소리를 내었다.

무슨 재주를 펼쳤는지 몰라도 조금 전처럼 종리혁과 천공은 똑같은 충격을 받은 것이 분명했다.

하지만 천공이 단지 몇 걸음 물러서 해소한 것에 비해 종리혁의 신형은 고통에 몸서리치며 땅바닥을 데굴데굴 구르고 있는 게 아닌가!

"우워어어~"

한참 짐승처럼 울부짖던 종리혁이 제 혀를 질겅질겅 씹으며 핏줄기를 토해내었다.

"주, 죽일 거야. 모두… 모두……."

종리혁의 멀리 떨어진 두 눈에는 알지 못할 붉은 기운이 서리서리 뻗어 나오고 있었다.

"형님? 무슨?!"

지공은 아직도 이해하지 못하겠다는 듯 고개를 갸웃거리며 묻자 천공이 호흡을 가다듬으며 대답했다.

"묘하군! 이놈의 몸뚱어리는 벽과 같아. 공을 벽에 던지면 다시 튕겨 나오듯 이놈에게 펼쳐진 수법을 시전자에게 다시 되돌리는 게 틀림없어."

천공의 설명에 지공이 못 믿겠다는 듯 멍하니 종리혁의 검붉은 나신을 보다가 손가락 하나를 가볍게 튕겼다.

퍼억!

"꾸워어억!"

종리혁의 입에선 또 한 번 고통에 찬 비명이 토해지며 등이 활처럼 뒤로 젖혀졌다.

"어라?"

종리혁과 동시에 제 왼쪽 어깨가 크게 뒤로 밀리자 지공이 놀란 눈을 동그랗게 떴다.

자신의 탄지공(彈指功)은 분명 저 괴물의 왼쪽 어깨에 적중했다. 하지만 동시에 자신의 왼쪽 어깨에선 어떤 조짐도 없이 아련한 고통이 밀려드는 게 아닌가!

하지만 지공이 그저 감탄성을 토해내고 어깨를 실룩이는 것에 반해, 몸을 활처럼 뒤로 젖힌 종리혁의 어깨에선 핏줄기가 허공으로 치솟고 있는 게 아닌가.

"크르르륵……"

종리혁의 입에선 알지 못할 신음 소리가 흘러나왔다.

그러자 어깨에서 뿜어져 나오던 피가 곧 불꽃으로 화해 허공을 불태우는 것이 아닌가!

"가지가지 하는군요."

지공이 저런 건 처음 본다는 듯 호기심에 어린 시선을 던졌다.

"그래도 만만치 않은걸? 저놈 몸에 비해 우리가 받는 타격이야 작지만, 저놈 숨통을 끊어놓으려면 꽤 대가를 치러야 할 게야. 특히 동생은 말일세."

천공이 어이없다는 듯 웃는 가운데서도 지공에게 농을 건네는 것을 잊지 않았다.

"저야 형님과 다르게 든든한 방패막이가 있지 않습니까."

지공은 제 손에 들린 노인을 흡사 새끼줄에 꿴 생선처럼 이리저리 허공에 흔들어대었다.

"글쎄? 저놈이 제 사부인 걸 알까? 이미 정신을 놓아버린 모양인데?"

천공이 안 될 것 같다는 듯 얼굴을 귀엽게 찡그렸다.

"그런가요? 그럼 실험해 볼까요?"

지공이 천천히 자신에게 다가오는 종리혁을 보면서 궁금하다는 듯 중얼거렸다.

이미 어깨에서 일렁이던 불길이 멎고 그 자리를 새로운 붉은 살이 돋아나 멀쩡한 것을 보니, 저 괴물은 도검불침(刀劍不侵)까진 아니더라도 쉽게 죽일 수 없는 게 확실했다.

아무리 가슴에 커다란 구멍을 내놓은들 저런 식이라면 아무런 소용이 없지 않은가.

"크르륵~ 하악!"

종리혁의 검붉은 손톱이 지공에게로 향했다.

"핫! 아이구!"

지공이 제 손에 들린 노인을 종리혁의 손아귀 아래 디밀었다가 재빨리 빼내며 뒤로 성큼 물러섰다.

"정말 정신을 놓은 모양입니다. 큰일인데요?"

지공이 입을 씰룩대며 천공에게 말하자 천공이 크게 껄껄 웃었다.

"왜 노인을 구했는가? 난 사문의 존장, 그중에서도 사부를 죽인 제자를 보는 게 작은 소원이었거늘."

"그럼 제가 실수한 거군요. 하하~"

이미 이성을 잃은 종리혁의 손끝을 맵시있게 빠져나가며 지공이 쾌활하게 웃었다.

"크르륵~"

자신의 뜻대로 안 되는지 종리혁의 목구멍에선 가래 끓는 소리가 흘러나왔다.

이미 혼이 나가 버린 종리혁이 곧 양쪽 손을 들어 제 가슴 앞에 모으고는 손가락을 꼬아 묘한 수결을 맺었다.

배화교의 법신(法身)으로 변한 종리혁. 비록 그 변신이 불완전하여 이지를 상실했지만 배화교의 법신이 보여주는 묘법은 극에 달한 능력을 보여주고 있었다.

호수에 뿌연 안개가 흐르듯 종리혁의 몸에선 무언가 꿈틀대며 허공으로 치솟고 있었다.

붉은 눈에 파란 비늘, 입에는 날카롭고 거대한 이빨이 번뜩이고 있는 괴물이었다.

"이번엔 용인가?"

천공이 감탄한 듯 커다란 몸을 허공에 띄운 괴물을 고개를 들어 쳐다보며 말했다.

"용하고는 조금 다른데… 산해경(山海經)에도 보이지 않으니 뭔지 모르겠지만 무시무시하게 생긴 건 틀림없네요."

지공 역시 한눈에도 모든 몸뚱이를 다 쳐다볼 수 없는 괴물을 쳐다보며 대꾸했다.

이윽고 종리혁의 몸에서 빠져나와 방 안을 가득 채우던 거대한 괴물의 입이 크게 벌어지며 천공을 덮쳐 왔다.

"타핫!"

저 괴물의 눈알 하나가 천공의 몸뚱이와 맞먹을 정도였다.

그러니 비록 허상에 불과한 괴물일지라도 거기에 맞서가는 천공의 기합 소리는 전과 다르게 커질 수밖에 없었다.

팽팽하게 당겨진 천공의 장포 자락을 보아도 거기 깃든 무지막지한 경력을 짐작할 수 있었다.

종리혁의 법신이 뿜어낸 가공할 법력(法力)이 빚어낸 용 역시 허공에 멈추어 선 채 알지 못할 비명을 질러대듯 입을 크게 벌리고 있었다.

그리고는…

뿌드드득.

분명 허상에 불과한 용의 머리가 허공에서 조금씩 으깨지고 있었다. 그것도 거목이 바위틈에서 짜부러지는 괴음을 내면서 말이다.

"이번 건 힘들군."

천공이 혀를 빼물고는 고개를 가로저을 때였다.

"형님, 조심하세요!"

지공이 큰 소리로 부르짖으며 손에 든 노인을 한 켠에 내동댕이쳐 버렸다.

점점 형체를 잃어버리는 용의 머리 뒤쪽에서 또 다른 용의 머리가 튀어나오고 있었기 때문이다.

그것도 하나가 아닌 두 개가.

지공이 허공을 가로질러 손가락을 부챗살처럼 활짝 폈다.

퓽퓽퓽~

새롭게 드러난 두 마리의 용 중에 한 마리의 머리에 지공의 손가락 움직임에 따라 구멍이 뚫리고 있었다.

"타핫!"

천공도 지공 덕에 한숨 여유를 가질 수 있는지 처음 용의 머리를 으깨어놓고는 다른 쪽 머리를 허공 중에 움켜쥐었다.

"완전히 없애진 마! 또다시… 젠장!"

지공에게 다급하게 전한 천공의 경고는 옳았다.

하지만 늦은 것만은 틀림없었다.

한 마리의 머리가 두 개가 되는 것처럼, 이미 없애 버린 두 마리의 머리는 곧 네 마리로 불어나고 있었기 때문이다.

"저놈! 저놈을 없애야 해!"

천공이 정신없이 허공의 빈틈 사이로 몸을 피하며 크게 외쳤다.

지공의 눈길이 천공이 가리키는 곳을 보니 벌거벗은 종리혁의 법신이 결가부좌를 틀고 있는 게 눈에 들어왔다.

"그렇군요! 뿌리가 없는 나무는……!"

지공이 다시 손가락을 부챗살처럼 뻗어 앞으로 내밀었다.

"쓰러지고 말지!"

천공 역시 지공과 호흡을 맞추며 손을 치켜들었다.

뚜두두둥~ 으적!

무언가 강하게 연이어 부딪치는 소리와 함께 종리혁의 신형이 뒤로 움찔거리며 물러났다.

"으으윽~"

이미 모든 신력(神力)을 쏟아내던 종리혁의 신형은 기우뚱거리다 곧 입과 코로 피를 게워내었다.

하지만 그 핏줄기는 땅에 떨어지기 전에 이미 불꽃이 붙으며 허공 중에 타올라 재도 남기지 않고 사라져 버리고 있었다.

"다시!"

천공이 크게 외치며 다시 손을 치켜들었다.

슈팍!

이번엔 전과 다른 타격음이 울려 퍼졌다.

종리혁의 신형이 주르륵 뒤로 밀려나며 이번엔 코와 입뿐만이 아니라 눈과 귀에서도 핏줄기가 흘러나왔다.

하지만 이번 핏줄기는 그저 미약한 불똥만 일어날 뿐 벌건 선혈 그대로 땅에 떨어지는 게 아닌가.

꾸웨엑!

종리혁의 신형이 크게 흔들리자 허공 중의 괴물 역시 온몸을 꼬며 괴음을 질러대었다.

"형님!"

지켜보던 종리우가 온몸을 벌벌 떨며 외쳤다.

사대봉공(四大奉公). 그들의 힘은 과연 전 무림을 공포에 떨게 만들기 충분했다.

계속 종리혁을 돕기 위해 틈을 노렸으나 천공과 지공이 내뿜는 가공할 내력과 종리혁이 영혼을 불사른 배교의 밀법이 충돌하는 공간엔 조금의 틈도 없었다.

아니, 도리어 경솔히 발을 디밀다간 종리우의 목숨부터 흔적없이 사라질 것이 분명했다.

하지만 종리혁이 점점 밀리며 죽어가고 있었다.

종리우로서는 이대로 형을 보낼 수는 없었다.

종리우의 신형이 허공으로 박차 오르려던 찰나였다.

"우야, 참아라!"

누군가 종리우의 어깨를 잡으며 다정하게 타이르는 목소리가 들렸다.

종리 형제의 사부이자 배교의 마지막 남은 장로가 정신이 들었는지 종리우의 어깨를 잡고 있는 것이다.

"사부, 이럴 틈이 없습니다. 형님을 구해야……!"

이미 정신에 깊은 병을 얻은 사부였다.

지금 어떻게 돌아가는 형세인지도 모르고 자신을 말리는 게 분명했다.

"우야, 경거망동하지 말아라. 지금 혁아를 구하는 것보다 혁아를 일깨우는 것이 더 중요하니. 급하긴 하지만 천지혈뇌의 재주를 혁아는 조금 더 견딜 수 있을 게다."

노인의 말에 종리우의 다급한 신형이 우뚝 멈추었다.

지금 목소리는 치매에 걸려 헛소리를 하던 목소리가 아니었다.

자신들을 소중하게 품에 안고 보듬어줄 때의 자상한 목소리.

종리우의 젖은 눈이 노인을 향할 때 오랫동안 보지 못했던 미소를 볼 수 있었다.

"미안하구나, 율법을 깨는 법을 완벽하게 일러주지 못해서……."

노인은 정말 미안한 표정이었다.

배교의 호교법신. 그것은 사대봉공의 재주 아래가 아니었다.

마교가 배교를 무너뜨리고 모든 배교도들을 죽였을 때 몰려온 마교도의 절반 이상을 홀로 도륙 낸 것이 배교의 호교법신이었다.

마교도의 절반이 넘는 숫자를 죽이는 것도 모자라 끝내 마교의 좌우쌍사 중 우사의 목을 따낸 것도 바로 호교법신의 위대한 힘이었다.

결국 배교를 무너뜨린 데까진 성공했지만 마교 역시 막대한 피해를

입었다.

하지만 그 이상으로 얻은 성과도 있었으니, 바로 공포의 상징이었던 배교를 무너뜨렸다는 전설을 만들어내었고, 무너뜨린 배교의 성지에서 찾아낸 배교의 술법을 죽은 우사를 대신해 새로운 우사에게 전한 것이었다.

배교는 그래서 두 갈래로 나뉘어지게 되었으니, 겨우 목숨만 부지한 채 탈출한 배교의 마지막 장로가 하나였고, 배교로부터 환술을 빼앗은 마교의 새로운 우사가 나머지 하나가 된 것이었다.

밀영각의 우두마면 종리혁이 전자라면, 마 총관과 함께 마교 좌우쌍사를 이루는 문추룡이 후자의 경우였다.

하지만 노인이 배교의 장로라도 배교의 모든 술법을 다 알 수는 없었다.

그래서 전해진 술법 중 불완전한 게 많았고 종리혁과는 달리 종리우는 무공에 치중하게 된 계기가 되었다.

그리고 불완전한 술법 중 가장 위험하면서도 가공할 위력이 있는 호교법신의 율법술.

배교를 배신한 술법자들을 찾아 죽이며 배교의 성녀를 호위하는 호교법신의 율법술을 불행히도 종리혁은 불완전하게 익힐 도리밖에 없었던 것이다.

"하지만… 너는 혁아를 깨우는 법을 알고 있지?"

노인이 급박한 상황과는 달리 자상한 태도로 또박또박 말했다.

"알려주신 것은 기억하고 있습니다만… 그것을 한 번도 해보지 않아서……."

"하늘에 맡기자꾸나. 하늘에 정성이 닿으면 모든 일이 이루어지겠지……."

노인은 한탄처럼 중얼거리다 하늘을 쳐다보았다.

"혁아와 너에게 모든 것을 맡긴다. 부디 성녀를……."

"사부님!"

종리우가 뭔가 심상치 않은 것을 느끼고 노인의 손을 잡았다.

"늦으면 혁아가 죽는다! 어서 빨리!"

노인이 눈을 크게 뜨고 나무라듯 서둘러 말했다.

노인의 말이 아니더라도 상황은 심각하게 돌아가고 있었다.

이미 허공에 피워 올린 용의 모습은 굴뚝에서 흘러나온 연기처럼 희미해지고 있었다.

그만큼 종리혁의 법신이 약해지고 있다는 것.

이미 종리혁의 검붉은 나신은 온통 붉은 피로 얼룩져 있었다.

법신의 치유력, 즉 피를 불태워 상처를 막는 능력이 깨져 버린 것이 틀림없었다.

종리혁의 다리는 조금씩 풀리는지 가로 읽어낸 결가부좌의 자세에서 흐트러지고 있었고, 온몸에서 흘러내린 피는 주위의 땅을 검붉게 물들이고 있었다.

"으으… 주, 죽여… 죽여 버릴……."

종리혁의 법신은 비틀거리면서도 신음성과 같은 말을 토해놓고 있었으나 이미 그 기세는 크게 줄어 있었다.

"급하다!"

노인의 신형이 훌쩍 허공을 날며 손가락으로 수인을 맺었다.

"옴호하연 토정특부……."

노인의 입에서 신비한 주문이 흘러나오는 것과 동시에 종리우는 제 품에서 장난감같이 자그마한 등을 꺼내 들어 불을 붙였다.

종리우의 손에서 묘한 빛이 흘러나오자 허물어지던 종리혁의 법신이 고개를 들어 불꽃을 바라보는데, 그 눈빛이 불꽃에 홀린 듯 몽롱했다.

"법화등(法火燈)… 법화등을 따라……."

종리혁이 비틀대며 한 손으로 땅을 짚고는 힘들게 몸을 일으켰다.

그와 동시에 허공을 얽어매었던 용의 자취도 흔적도 없이 사라져 버렸다.

"어라? 언제 기어나왔지?"

한참 호기가 올랐는지 지공이 노인을 보고는 큰 소리로 외쳤다.

배교의 호교법신. 이미 배교와 함께 까마득히 오래전에 묻혀 버린 전설을 자신들의 손으로 무너뜨린다는 흥분이 목소리에 가득 담겨져 있는 게 틀림없었다.

쐐액!

그때 어디선가 날카로운 예기가 천공과 지공의 전신으로 퍼부어지고 있었다.

"우웃!"

천지문의 두 공자는 신형을 빠르게 뒤로 빼내었다.

그 공간을 알지 못할 빠른 그 무엇이 거센 기세로 훑고 지나가고 있었다.

"뭐지?"

"글쎄요?"

어리둥절해하긴 했지만 크게 낭패한 모습은 아니었다.

그저 갑작스럽게 변화된 상황이 이해가 안 간다는 듯이 주위를 둘러보고 있을 뿐이었다.

"죽일까요?"

"글쎄? 그럼 여기 온 게 헛수고가 되지 않을까? 물론 계속 정신을 되찾지 못한다면 죽여야 하겠지만."

천공과 지공은 저 멀리 사라지고 있는 종리혁과 종리우를 보면서도 태연하게 서로 말을 건네고 있었다.

종리혁의 법신은 무언가 홀린 듯 종리우가 들고 있는 자그마한 등을 향해 한 걸음 한 걸음 옮기고 있었다.

종리우는 그렇게 형을 천천히 이끌면서도 불안한 눈을 허공에 두고 있었다.

"멀리 가거라! 이번이 아니면 기회가 없다! 나 역시 언제 맑은 정신을 잃어버릴지 모르니!"

아무것도 없는 허공 중에서 노인의 성난 목소리가 터져 나왔다.

"사~부~님~"

종리우가 허공을 향해 미친 듯 울부짖었다.

"얼른!"

하지만 허공에서 들려온 답변은 매우 싸늘한 대답뿐.

그러나 그 안에 절절하게 깃든 정은 누구보다도 제자들을 아끼던 사부의 마음이었다.

"어서! 빨리!"

다급한 노인의 목소리.

"빨리 끝내라는 것 같죠?"

노인의 말을 들은 지공이 천공을 보면서 웃었다.

"빨리 끝내야지, 우두마면을 잡으려면."

천공 역시 당연하다는 듯 고개를 끄덕였다.

그 말을 들은 종리우의 마음이 다급해졌다.

지금 사부를 돕는다면 세 목숨이 죽는다.

물론 자리를 피해도 사부는 죽지만 자신과 형이 살 수 있는 기회가 있다.

어찌할 것인가.

"끄으윽~"

종리우는 목으로 피 끓는 울음소리를 삼키며 되돌아서서 달리기 시작했다.

"법화등… 법화등이……."

종리혁의 법신이 성치 않은 몸으로 절뚝거리며 종리우의 뒤를, 아니, 정확히 말하자면 조그마한 등불에 홀려 뒤따르고 있었다.

종리우는 꺼이꺼이 울음을 삼키며 부지런히 발을 놀렸다. 자신의 목숨이 귀해서가 아니었다. 치매 걸린 사부가 귀찮고 하찮아서가 아니었다.

바로 형 때문이었다.

그리고 누군가는 사부의 복수를 할 사람이 있어야만 했기 때문이었다.

'독해져야 해! 난 독해져야만 해! 난 이미 죽은 몸이니까!'

종리우는 속으로 울부짖었다.

자신은 이미 밀영각에 목숨을 두고 온 몸이었다.

그런 자신은 독해져야만 했다.

마음속으로 수백 번도 더 외치는 종리우의 머리 속에 웬일인지 전에 만나봤던 사내의 얼굴이 떠올라 있었다.

'그자처럼 되어야 해! 그자처럼!'

그 사람이라면 비록 무공이 낮더라도 이렇게 비굴하게 등을 돌리진 않았을 것이다.

그렇게 되기 위해 종리우 자신은 그 사람을 닮아야만 했다.

언젠가 마주치면 죽이겠다고 을러대던 잔인한 눈동자.

구잔양의 잔인한 미소가 종리우의 뇌리 속을 가득 채우고 있었다.

"그새 꽤 멀리 갔군."

"서두르죠!"

천공과 지공의 태연한 말속에는 사람의 등줄기를 오싹하게 만드는 잔인함이 있었다.

아무리 노인이 배교의 마지막 장로라 해도 기력이 약해질 대로 약해져 있었다.

그래서 이미 지공에게 한번 붙잡혔던 것이 아닌가.

천공과 지공의 눈빛이 번뜩이며 허공 중에 몸을 숨긴 노인의 자취를 찾아 손을 나란히 벌쳐 낼 때였다.

으드득!

갑자기 땅이 흔들리며 뿌연 먼지가 가득해졌다.

"흡!"

천공과 지공의 입에서 신음성이 토해졌다.

막대한 경력. 절대 자신들에 비해 뒤지지 않는 경력이 맹렬하게 뿜어져 나왔기 때문이다.

"노인의 발버둥이 심하군요."

지공이 인상을 찡그리며 말하자 천공이 고개를 가로저었다.

"노인이 아니네! 노인은 이미 죽었어!"

노인의 신형은 스스로의 법술을 이겨내지 못하고 허공에서 먼지로 변한 것이었다.

그 죽는 마지막 순간에 억지로 짜내어 외친 마지막 단말마가 종리우에게 멀리 도망가라는 것이었다.

"그럼 이건?"

지공이 의외라는 듯 눈을 동그랗게 뜨자 천공이 비릿하게 웃었다.

"다음엔 벼락이 칠 테니 조심하게나!"

천공의 외침이 끝나기가 무섭게 온 세계가 하얗게 변했다.

뇌성벽력이 천공과 지공의 귀를 멀게 만들려는 듯 하늘에서 쏘아져 내려왔다.

그리고 땅거죽이 크게 부풀어 천공과 지공을 삼킬 것처럼 뒤틀리며 요동을 쳤다.

"크하하~ 회합까진 기다리지 못하겠나 봅니다."

지공이 비록 크게 웃었지만 인상을 잔뜩 구긴 것이 화가 치밀어 오른 것이 틀림없었다.

"우리라도 그랬겠지. 너무 화내지 말아라."

천공은 지공과 달리 낮게 으르렁거렸다.

하지만 천공의 뇌리엔 검붉은 힘줄이 도드라져 있는 걸 보니 지공보다 더 강한 분노를 참고 있는 게 분명하리라.

천공과 지공이 있는 밀영각은 조금씩 허물어지고 있었다.

"어떤가? 조금 심했는지도 모르겠는데……."

허물어지는 밀영각에서 멀리 떨어진 지붕 위에 노인 하나가 등을 굽히고 초라하게 앉아 입을 오물거리며 곰방대를 뻐끔거리며 빨았다.

"글쎄?"

하지만 노인의 대답은 지붕 아래에서 들려왔다.

"두 마음을 품은 것이 분명하다면 우리 사대봉공이 회합을 해봐야 무엇 하겠는가?"

지붕에 얹은 기와가 부르르 떨렸다.

"천공과 지공은 적으로 돌리기엔 버거운 상대야……."

지붕 위에 움츠리고 앉아 곰방대를 빨던 노인 시해서(尸解鼠) 여량(呂梁)이 목을 움츠리며 자신없는 태도로 말했다.

"버겁더라도 뜻이 다르면 적이네. 이 시체의 머리에 커다란 구멍이 났더라도 생각이 미련하지만은 않지!"

여량의 말에 지붕 아래 있는 개활시(開豁屍) 임서(林嶼)가 퉁명스럽게 대꾸를 했다.

"하긴, 저놈들은 형제의 연으로 묶였으니 우리 또한 손을 잡아야겠지. 저놈들은 혈첩을 손에 넣고도 그 혈첩 안의 귀문까지 읽어내려 하는데 우리라고 손을 놓을 수는……."

여량이 어쩔 수 없다는 듯 고개를 가로저었다.

"저놈들의 뜻이 다르다면 우리가 꺾어야지. 그래서 우리가 그 배화교도들을 도망가게 도와준 것 아닌가!"

임서가 당연하다는 듯 확신에 찬 듯 분명한 어조로 대꾸를 했다.

"이봐, 썩은 시체. 나는 정말 놀랐어, 밀영각이 배교도의 잔당들이 이루어놓은 곳이란 걸 누가 상상이나 했겠느냐. 사실 나도 밀영각의 도움을 얻으려 했거든."

여량이 어깨를 가늘게 떨며 킥킥대며 말하자 임서의 퉁명스런 음산한 목소리가 불쑥 물었다.

"마혈의 주인에 대해서?"

여량이 깊이 곰방대를 빨고는 입을 내밀어 연기를 뿜어냈다.

"그렇지, 천잔평의 혈사를 자세히 알아보려면 마교와 무림맹이 부딪쳐 많은 죽음을 만들어낸 것까진 알려졌지만, 그 이후 모든 일은 비밀에 부쳐진 게 이상하단 말이야. 누가 이겼다면 자랑스레 떠벌릴 것인데 그런 것도 없고… 마교 소교주는 그 이후 자취를 감추었다고 했지?"

"소교주뿐인가? 무림맹주의 외동딸도 죽었지. 그것도 자세히 알려지지 않았어."

여량에 말에 임서 또한 동감을 나타냈다.

"하지만 천잔평의 수천의 주검들은 분명 마혈의 주인 솜씨였어. 분명 마혈의 주인이 그 수천의 죽음을 만들어냈지. 이봐, 썩은 시체. 내 눈은 아직 썩지 않았다고."

그러나 여량은 도무지 이해가 가지 않는지 고개를 갸웃거리며 말하다 임서에게 물었다.

"내 눈도 쓸 만해. 분명 쥐새끼, 네놈이 다른 곳에서 주워들고 와 사기를 치지 않은 것이라면 그 시체의 뼈는 마혈의 주인 솜씨가 분명해."

임서의 입으로 자신이 원한 것을 들었는지 여량의 입꼬리가 한쪽으로 올라갔다.

"그렇지. 그렇다면 천잔평의 혈사에 분명 마혈의 주인이 나타났단 말이지! 그런데 마교와 무림맹 놈들은 왜 입을 굳게 다물고 있는 거지?"

"……."

임서는 여량의 말에 아무런 대꾸도 하지 않았다.

"이봐, 뇌공. 언제까지 밀영각의 배교도들을 도와줘야 하는가? 천공과 지공 역시 우리가 가까이 와 있는 것을 알고 있을 텐데……."

잠시의 적막이 흐르고 난 뒤 임서가 여량에게 물었다.

"충분히 알았겠지, 썩은 시체. 자네와 내가 한 방 멋지게 먹여줬으니."

여량이 자랑스럽다는 듯 다시 곰방대를 깊숙이 빨았다.

하지만 임서의 뜻은 다른 곳에 있었는지 약간은 다급한 목소리로 말했다.

"만만치 않았어. 물론 한 수 나누어본 걸로만 평가하는 게 무리긴 하지만. 그러나 그 배교도 놈들 때문에 우리가 꼭 그래야 했는가? 밀영각의 일로 분명 무림맹의 수신이위가 냄새를 맡고 바짝 추격해 올 게 뻔한데 말이네."

하지만 다급한 임서와는 달리 여량의 태도는 한가롭기 짝이 없었다.

"수신이위뿐 아니야. 얼마 전부턴 여럿으로 불어나 있더군. 곤란하지, 곤란해. 하지만 밀영각의 우두머리, 아니, 배화교의 호교법신이라고 해야 맞겠군. 아무튼 그놈을 통해 천지문의 귀하디귀하신 두 공자께서 혈첩의 귀문을 해석하게 놔두어야 하겠는가?"

"그도 그렇군."

여량의 말에 임서 또한 수긍의 빛을 나타내었다.

하지만 순순히 여량의 뜻대로만 따르는 것이 마음에 들지 않았는지 더욱 퉁명스러워진 목소리로 말했다.

"그래도 수신이위는 귀찮아. 제법 한가락 하는 놈들이라고."

"알았네. 이젠 슬슬 가도록 하지. 그 멍청한 밀영각의 두 아해들도 멀리 안전한 곳까지 도망갔을 테니."

여량이 지붕에서 몸을 일으키며 곰방대로 엉덩이에 묻은 흙을 툭툭 털어내었다.

허물어진 밀영각 위로 어느덧 황혼이 스러지고 밝은 밤이 찾아들고 있었다.

비록 밀영각은 허물어져 더 이상 존재하지 않지만 그 주위엔 공포의 천지혈뇌 사대봉공이 깊숙한 눈동자로 밀영각의 우두마면과 흑백살귀의 뒤를 쫓고 있었다.

제12장

귀신 —종리우 길을 나서고, 진금행 귀신을 찾는다

귀신

깊은 산속엔 벌거벗은 한 사내가 나동그라져 있었다.

사내는 천하에 어떤 고민도 없는 취객이 태평스럽게 벌러덩 누워 있는 모습이었다.

하지만 취객이 옷을 벗어 던질 수는 있어도 자신의 몸에 검고 붉은 문양을 새겨 넣을 수는 없었다.

그리고 온몸 가득 가느다란 침을 혈도를 따라 찔러 넣을 수는 더 더욱 없으리라.

종리우는 걱정스런 눈으로 자신의 형을 바라보았다.

법신으로 변한 자신의 형이 제 모습으로 돌아올 거라 자신하지 못했기 때문이다.

확률은 반반. 아니, 정확히 따지자면 열 번 중 두 번도 안 되리라.

천지혈뇌 사대봉공 중 둘과 맞설 만큼 법신의 위력은 막대했고, 또

이지를 잃어버리고 설치다 여지없이 패퇴할 만큼 불완전했다.

'과연 가능할까?'

종리우의 불안감은 시간이 점차 지남에 따라 더욱더 깊어지고 있었다.

사부가 알려준 호교법신의 법신술은 눈앞에 널브러진 종리혁의 모양새를 봐도 알 수 있듯이 완벽한 게 아니었다.

그렇다면 법신에서 다시 본모습으로 돌아오는 법술 또한 불완전할 게 뻔하지 않은가.

그래도 그 확률이 천만 분의 일이라도 종리우는 내기를 걸어야만 했다.

형 목숨이 달린 문제이기 때문이었다.

너무 오래 있을 수도 없었다. 그 무서운 청년들이 뒤를 따를 게 뻔했기 때문이다.

"끄어억~"

흡사 트림을 하듯 종리혁의 입이 열리며 검은 연기를 토해내었다.

아니, 입뿐만 아니라 종리혁 몸에 구규(九竅:아홉 구멍)마다 검은 연기가 토해지고 있었다.

'됐어!'

그 모습을 바라보던 종리우의 입가에 회심의 미소가 어렸다.

일단 일은 사부가 알려준 대로 무사히 진행되고 있었기 때문이다.

자신과 형이 서로 배교의 법술과 무공으로 나누어 익힌 것은 다 이유가 있었다.

자신의 무공으로 일을 처리하고 그 뒤를 종리혁이 든든히 받쳐 주었던 것이다.

사부가 알려준 불완전한 술법으로는 모든 일을 처리할 때 한계가 있었기 때문이다.

그렇다고 종리우가 그저 형의 도움만을 받은 것은 아니었다.

오늘처럼 만약 종리혁이 호교법신으로 변해 미쳐 버리면 그것을 다시 되돌릴 수 있는 사람은 사부와 종리우 자신밖에 없었다.

하지만 그 일을 정신 나간 사부를 시킬 수는 없는 일.

결국 두 명이 한 몸처럼 어울려 다닐 수밖에 없었다.

배교의 위대한 부활을 이루어내려면 종리혁의 법술과 종리우의 살인 기예, 그 둘 중 하나로만은 어려웠기 때문이다.

그리고 지금, 다행히도 종리우의 환법신술(還法身術)이 잘 먹혀들고 있었다.

물론 다시 쓴다고는 상상조차 하기 싫은 법술이었지만 종리우가 유일하게 알고 있는 배교의 재주였다.

'이제 어디로 가나……'

점차 혈색이 돌이오며 몸에 새겨졌던 검은 법문이 사라지는 종리혁을 보면서 종리우는 멍하니 생각했다.

갈 곳이 없었다.

무림맹이 배교도인 자신들을 받아줄 리가 없었다.

더더구나 배교의 철천지원수인 마교로는 갈 수가 없었다.

종리혁이 이은 배교의 술법이 불완전한 만큼 마교 역시 탈취한 배교의 술법이 완벽하진 않았다.

마교가 자신들을 본다면 얼씨구나 하고 모든 술법을 빼내어 완벽한 술법을 만들려 할 것이 분명했다.

'그럼 어디로?'

성녀를 찾는 일도 아직 이루지 못했는데 정처없이 떠돌 수는 없었다.

어디에도 깃들지 못한 저주받은 몸.

종리우는 멍하니 밤하늘의 달만을 하염없이 바라보았다.

'사부님.'

달 속에선 이미 고인이 됐을 것이 뻔한 사부가 인자한 미소와 함께 자신들을 내려다보고 있었다.

'그래, 거기야! 거기라면…….'

문득 좋은 생각이라도 떠오른 듯 종리우가 벌떡 일어섰다.

그리고 아직 정신을 완전히 되찾진 못했지만 검붉은 호교법신의 몸에서 보통의 몸으로 돌아온 종리혁의 몸에 꽂았던 침들을 하나하나 뽑기 시작했다.

'거기로… 거기라면 우릴 받아줄지 몰라. 아니, 거기밖에 없어. 무림맹도 아니고 마교도 아닌. 하지만 그 잠재력은 막대한… 거기로 가야 해!'

종리우는 형을 등에 업고 빠르게 수풀을 헤집어 나가기 시작했다.

'바로 그곳! 조천대! 조천대를 찾아야 해!'

종리우의 머리에 떠오른 생각.

자신이 경험해 본 바로는 절대 우습게 볼 곳이 아니었다.

아니, 도리어 자신과 형이 급히 도망을 나와야 했던 곳이 아니었던가.

수풀 속으로 몸을 숨기는 종리우의 머리 속엔 한 사람의 얼굴이 떠올랐다.

바로 조천대에 몸담고 있는 구잔양의 얼굴이었다.

자신이 닮고 싶은 유일한 인물, 아니, 닮아야만 하는 잔인한 사내가 바로 그였다.

하지만 종리우의 머리 속에 떠올랐던 구잔양의 얼굴은 점점 옆으로 넓게 퍼지며 또 다른 사내의 얼굴로 변하고 있었다.

넓적한 얼굴. 바로 진금행의 얼굴이었다.

'에이, 재수없어!'

종리우는 카악~ 퉤! 하고 굵은 가래침을 내뱉었다.

상상만 해도 역겨운 사내.

하지만 어쩔 수 없었다.

자신이 조천대에 들려면 그 사내의 눈에 들어야만 하니 말이다.

달이 밝은 밤이었다.

＊　　　＊　　　＊

종리우가 종리혁을 업고 조천대를 찾아 나서는 동안, 정작 조천대는 무너져 없어진 밀영각을 향해 길을 서두르고 있었다.

"저어기, 그런데 그 손바닥 말이야."

현통이 조금은 미안스럽다는 듯, 안 그래도 검은 얼굴이 더욱 검게 변하며 조심스럽게 말했다.

"무슨?"

한참 뻥 뚫린 콧구멍 사이로 두툼한 새끼손가락을 밀어 넣던 진금행이 웬 뚱딴지 소리냐는 듯 현통을 바라보았다.

"그, 그 살악포덕부에 박아 넣을……."

"아항, 그거? 왜? 급해?"

"아, 아니. 언제쯤인지 궁금해서 말이지."

현통은 면목없다는 듯 굵은 제 뒷목을 손으로 긁으며 말했다.

"왜, 지금이라도 모아줄까?"

진금행이 별일 아니라는 듯 태연하게 말하자 도리어 당황한 건 현통 자신이었다.

한두 개가 아니었다. 자그마치 오백 개의 손바닥이었고 아무 손바닥이 아닌 흉적들의 손바닥이 아닌가.

자신만 해도 손바닥 다섯 개를 모으려던 게 오백 개로 불었는데, 저 퉁퉁한 놈은 별로 어려운 문제가 아니라는 듯 말하고 있었다.

"지금이라도 가능하단 말인가?"

현통이 놀라 되묻자 진금행은 콧속을 들락거리던 손가락으로 이번엔 이빨 사이를 긁어내며 말했다.

"글쎄, 종류에 따라 다르겠지. 그저 채워 넣는 거야 걱정없지만, 만약 장문인 자리를 노린다면 조금 시일이야 걸리겠지. 한 달 정도?"

"하, 한 달?"

"그래, 한 달."

현통은 눈알을 멀겋게 뜨고는 안 돌아가는 머리통을 억지로 굴려보았다.

'한 달에 오백이라… 한 달은 삼십 일. 그럼 하루에 열 명씩 손도장을 받아낸다 해도 삼백밖에 안 되니까, 그럼 모자라네. 그럼 까짓거 하루에 스무 명씩 받으면, 삼백 곱하기 둘이 되나? 가만, 둘을 어디에 곱해야 하는 거지? 오백 곱하기 둘? 그럼 천인데. 아니야, 오백에 둘을 곱하는 게 아니야. 그럼 어디에 곱하는 거지? 진금행 말에 따르면 곱하긴 곱해야 하는데… 가만, 진금행이 능히 3인분은 되고, 곱하기 둘 하면 6인분이 되고. 그럼 주개육 하나는 먹여 살리겠군. 가만, 내가 왜 주개육을 먹여 살리지?

현통의 눈으로 보는 세상이 다 노랗게 변했다.

속이 울렁거리면서 엊그제 먹은 밥까지도 게울 지경이었다.

"이봐, 괜찮아? 청성 장문인이 된다고 생각하니까 그렇게 좋아?"

진금행이 멀겋게 들떠 하늘을 쳐다보면서 홍알홍알대는 현통의 어깨를 흔들어댔다.

"청성? 장문인? 난 싫어!"

당연히 싫을 수밖에 없었다. 아니, 거저 준다 해도 싫다고 멀리 도망갈 놈이 현통이었다.

서른 넘게 도가(道家)에 몸담은 현통이었지만 도장(道藏:도교 경전을 총 집대성한 전집)을 머리에 담는다는 건 꿈도 못 꿀 일이니 깊은 수양은 애당초 틀린 몸이었다.

또한 도사로서 당연히 행하여야 할 세초(齋醮) 의식에도 능하지 못했다.

처음 제신(祭神)께 아뢰기도 전에 주신(酒神)을 먼저 찾아보기 일쑤요, 부(符)를 발행하는 재주보다는 주막에 외상어음 발행하는 재주가 더 뛰어나고, 혼(魂)을 부르기는커녕 술에 취해 제 혼이 먼저 나가는 게 태반이었다.

그러니 복잡하기 짝이 없는 의식, 즉 삼관초(三官醮), 북음초(北陰醮)를 마련하고 등(燈)을 나누고, 발(醱)을 올리는 의식을 행하고, 록(籙)을 행하여 기를 세우고, 경(經)을 읽고 기도를 하며, 투간(投簡)하고,

소지(燒紙)하며, 연도초(煉度醮)를 마련하는 신령스러운 제초(齊醮) 의식을 행하기엔 불행히도 현통의 머리통으론 역부족이 아닐 수 없었다.

그저 축주(祝呪) 대신에 술주정을 안 하면 다행이요, 부록(符籙)을 만들어 태운답시고 도관(道觀)에 불이나 내지 않으면 감사할 지경이었다.

그럼에도 불구하고 그나마 현통이 청성에서 쫓겨나지 않은 이유는 인(印), 경(鏡), 검(劍)을 잘 흔들어댄다는 것이었고, 그중에서도 아무것도 들지 않은 손바닥과 손가락의 재주가 가장 뛰어났기 때문이다.

그런 현통이었다.

그러니 만약 청성의 장문인이 된다면, 작게는 현통부터 온갖 잡무로 머리를 썩히다 바짝 말라 죽을 것이고 크게는 청성이란 대문파가 강호에 먼지로 화할 것은 뻔하지 않은가.

강하게 도리질하는 현통의 머리통을 멍하니 보다 진금행이 다시 한 번 다독여 주었다.

"알았어. 내가 알아서 처리해 줄게. 걱정 마."

"그, 그래, 고마워."

현통은 진정으로 진금행에게 고마워했다. 무엇을 고마워해야 할지도 모르면서.

참으로 감동적인 장면, 즉 상판 더러운 도사의 어깨를 팅팅 분 돼지 한 마리가 다독여 주는 분위기를 깨며 불연이 조그마한 소리로 말을 이었다.

"저기… 그런데 오늘 밤은 어디서 자나요, 대주?"

"왜? 돈이 없나?"

진금행이 혀를 가볍게 차면서 불연에게 묻자 불연이 기어들어 가는 목소리로 대답했다.

"예, 그리고 여긴 인가가 떨어져 있고 마을도 크지 않아 돈을 벌 곳도 없어요."

불연도 그동안 많이 늘었다.

그저 깊은 아미산 구름에 마음을 적시고 꽃만 담아두던 눈망울은 조천대를 따라다닌 지 오래지 않아 연 복리이자 일수도장 찍는 법까지 터득해 버린 것이다.

"그럼 아무 데서나 자지. 그게 뭐 대수라고."

불연의 걱정이 이해가 안 된다는 듯 주개육이 중얼거렸다.

"나도 괜찮아, 술만 있으면."

이교옥도 주개육의 말에 동감한다는 듯 고개를 끄덕였다.

"난 싫네! 풍찬노숙(風餐露宿)은 예전에 신물나도록 해봤어!"

절각도 강구의가 말도 안 된다는 듯 고개를 저었다.

힘들게 몸을 단련하고 이 악물고 세력을 키워 사천에서 신으로까지 불린 이유가 무엇이란 말인가.

저 보잘것없는 거지새끼야 집이 있을 리 만무하고 화산에서 쫓겨난 이교옥도 잠자리를 구태여 따지진 않겠지만 자신은 더 이상 그런 생활이 싫었기 때문이다.

하지만 어디서 자느냐는 자신에게 달린 문제가 아니었다.

오로지 한 명, 조천대 대주인 진금행만이 결정할 문제였다.

절대 땅을 이불 삼고 밤하늘을 지붕 삼아 잘 수 없다는 강구의와 불연, 그리고 묘웅의 뜨거운 시선을 받은 진금행이 곤란하다는 듯 인상을 찌푸렸다.

"으흠, 나야 두툼한 우문하를 깔고 자면 되지만, 밥은 어떻게 되지?"

"……!"

우문하의 눈이 동그랗게 변하는 듯싶다가 곧 오만 가지 인상를 썼다.

다른 사람 입에서 저 말이 튀어나왔다면 '농담도 잘하셔!' 하고 웃고 지나가겠지만, 진금행 입에서 나온 말 중에 농담이나 장난은 절대 없었다.

말뚝으로 똥구녁을 박겠다고 했으면 박는 놈이란 걸 자신이 너무도 잘 알고 있지 않는가!

자신이 각고의 노력 끝에(?) 무사히 거덜난 항문을 치료하자마자 이번엔 진금행의 푹신한 이불이 될 위험에 처한 것이다.

하지만 다행히 우문하의 걱정은 실현될 가능성이 적어 보였다.

불연이 오물거리며 한 말이 진금행의 속을 뒤집어놓았기 때문이다.

"글쎄요, 없네요. 아미타불~"

불연이 미안한 듯 양 볼을 발갛게 물들이며 고개를 숙이는데 정작 진금행보다 더 속이 뒤집어진 사람은 따로 있었다.

"뭐? 먹을 게 없다니! 불연 아우, 설마 그럴 리가……!"

자신의 부모가 죽었다고 해도 저렇게 충격적이진 않으리라.

주개육의 눈알이 확 돌아가며 입에 거품을 보글보글 무는 처참한(?) 광경을 보다 못했는지 웃는 얼굴 온양이 조심스럽게 말했다.

"저기, 묵을 곳과 먹을 것 모두를 해결할 수 있는 곳을 내가 알긴 하지만……."

온양은 말을 끝내자마자 곧 제 코를 베어 물듯 바싹 나가와 있는 주개육의 낯짝을 볼 수 있었다.

"어디지, 온 형? 거기가 어디냐구!"

아니, 코뿐만 아니라 잘못하면 주개육의 커다란 아가리에 머리를 먹힐 위험에 처한 온양이 곧 몇 걸음 뒤로 물러나며 큰 소리로 외쳤다.

"돈이 없어도 되고 주위엔 과실 나무 또한 많아 대강의 배는 채울 수 있는 곳인데……."

먹을 것만 들어도 환장하는 족속들이 거지들인데, 거기다 공짜라는 말까지 들으니 온양 앞으로 우다다~ 달려가는 주개육의 신형은 눈에 보이지도 않을 정도였다.

흡사 겨드랑이의 털이 날개로 변한 듯 바짝 온양의 코에 제 코를 들이밀고는 할딱대며 물었다.

"어딘가, 온 형! 내 온 형의 입이 그렇게 활짝 쪼개진 이유를 진작 알아봤어야 하는데! 온 형, 후딱 말해 보게, 그 극락이 어딘가!"

이미 '먹을 것'에 환장해 눈이 돌아간 주개육이었다. 그러니 만약 온양의 답변이 조금이라도 늦어진다면 당장 먹살잡이를 벌이리란 걸 조천대원이라면 누구라도 알고 있었다.

"해결할 수 있소, 주 형이 귀신만 무서워하지 않는다면,"

갑자기 수개육의 신형이 우뚝 멈췄다.

"귀… 신……?"

온양의 입에서 난데없는 말이 튀어나오자 고개를 외로 꼬며 의아하다는 듯 되묻는 주개육이었다.

하지만 그것도 잠시일 뿐, 곧 주개육의 커다란 아가리엔 침이 담뿍 고이고 있었다.

"귀신이라… 그러고 보니 내 웬만한 건 다 먹어봤어도 귀신은 못 먹어봤네. 그래, 그 귀신이란 음식은 맛이 어떻수?"

이미 식욕이 당겨진 주개육은 불붙은 심지의 폭탄과 다를 바가 없었다.

주개육의 뇌리에는 귀신이란 이름의 음식이 떠오르고 있었지만, 온양이 말한 귀신은 죽어 원귀가 된 귀신을 뜻한다는 것은 누구라도 알 수 있었다.

물론 식욕이 당겨진 주개육에겐 진짜 귀신이라도 먹어 삼킬 놈이긴 했지만 말이다.

"귀신이라니? 진정 귀신을 뜻하는 말인가?"

이교옥도 의외라는 듯 온양을 쳐다보며 되묻자 고개를 끄덕이며 온양이 설명을 하기 시작했다.

"이 산만 넘으면 작은 마을이 나오고, 그 마을 뒷산이 바로 양추산(釀秋山)이오. 하지만 그 마을 사람들은 그 산을 귀곡산(鬼哭山)이라 부르며 얼씬도 하지 않지요. 낮에도 귀신이 출몰하여 사람을 홀린다고 믿기 때문이오. 그 양추산에 태활장(泰闊莊)이란 장원이 있는데, 주인이 원인 모를 병으로 죽고 난 뒤 폐장원으로 버려져 있다오. 사람들은 귀신이 태활장의 장주를 죽였다고 믿기 때문에."

온양의 웃는 얼굴이 친절하게 고개까지 끄덕이며 말을 이어가자 갑자기 소름 끼치게 하는 비명이 터져 나왔다.

"까아악! 무서버! 이 묘웅이는 무서버!"

묘웅이 비명을 지르며 굵은 힘줄이 튀어나온 손등으로, 역시 툭 튀어나온 검은 광대뼈에 살포시 올려놓고는 다리를 벌벌 떨고 있었다.

쭉 째진 눈을 희번덕거리며 무서워하는 묘웅을 향해 참다못한 구잔양이 버럭 고함을 질렀다.

"이년아, 니가 더 무서워! 미친년!"

괴상하고도 구역질나는 광경을 참다못해 버럭 고함을 지르긴 했지만, 자신도 모르는 사이에 '놈' 을 '년' 으로 바꾸어 불렀다는 것을 깨

닫고는 얼굴이 벌게지는 구잔양이었다.

비록 욕설이긴 해도 간만에 '년'으로 불리워졌다는 게 가슴 벅찼는지 묘웅은 빈약한(?) 가슴에 두 손을 얹고는 잠시 비칠거렸다.

"귀신? 정말 귀신이 나오는가?"

진금행은 호기심이 발하는지 점잖게 물었지만 그 속내를 모르는 조천대원은 하나도 없었다.

주개육이 미친 것은 공짜로 '먹을 것'이었다면 진금행이 궁금한 것은 정말로 '공짜로' 먹을 수 있느냐란 것을.

"내가 본 것은 없소. 하지만 양추산에 한 번이라도 가본 사람 중에 귀신을 보지 못한 이는 하나도 없다고 들었소. 하지만 귀신이 있는지 없는지는 몰라도 지붕 튼튼한 태활장이란 커다란 장원이 있다는 것과 양추산이 각종 동물과 먹을 것으로 풍족하다는 것은 아오."

"으흠……."

진금행은 손으로 턱을 괴고는 잠시 생각을 하다가—순전히 신중한 대주의 모습을 보여주기 위해서가 틀림없다—고개를 발딱 들고는 호기롭게 외쳤다.

"좋지! 귀신은 무슨 나발이 귀신이야! 이런 놈도 보고 사는데 귀신쯤이야 우습지!"

진금행은 바닥에 질질 끌려오면서도 계속 해롱대고 있는 오필도를 보며 자신있다는 듯 두 주먹을 불끈 쥐어 보였다.

"그래, 저놈도 귀신을 보면 제정신을 차릴지도 몰라! 신령스러운 힘으로 치료하는 게 별건가? 귀신이 진짜 있다면 그 힘을 빌릴 수도 있지 않겠어?"

언제부터 제정신을 차렸는진 몰라도 현통이 오필도를 그윽한(?) 눈으로 쳐다보다가 고개를 끄덕이며 말했다.

"그래, 그 귀신 나온다는 산이 어디지?"

진금행이 온양을 쳐다보며 묻자 온양이 손가락으로 산 하나를 가리키며 말했다.

"저 산 너머에 있다고 들었소. 비록 밀영각으로 가는 길을 약간 돌아가긴 하지만."

온양의 말이 끝나기가 무섭게 주개육의 신형이 치달려가기 시작했다.

"오호~ 저 산 너머에 귀신이 있단 말이군."

진금행이 거대한 양 뺨을 씰룩거리며 재미있다는 듯 먼 산을 바라보고 있었다.

이젠 사람 속을 뒤집는 것도 모자라 귀신의 속까지 뒤집어놓으려는 진금행이었다.

〈제3권 끝〉